안화동 연가

차례

Prologue

Epilogue

"정수야!"

어머니가 문짝 없이 기둥만 서 있는 대문에 기대어 마을이 떠나가
도록 부르신다.

"정수야! 밥 먹어!"

같이 놀던 아이들은 하나씩 집으로 들어간다.

기와집이나 초가집이나 저녁 굴뚝에선 연기가 피어난다. 마을보다
조금 높은 뒷동산에서 바라보면 굴뚝 연기인지 안개인지 구분되지 않
는 뿌연 기체가 마을을 감싸고 있다. 작은 목장에선 방목된 소들도
집을 찾아 들어간다. 지게를 짊어진 아저씨 손엔 낮에 매어 놓았던
염소의 목 끈이 들려있다.

이곳저곳 저녁상 위에 반찬 그릇 올려놓는 소리와 밥상 위에 젓가
락 달그락거리는 소리가 들린다. 된장찌개 냄새가 밖으로 퍼져 나온
다. 낮에 땄던 꾀꼬리버섯이 들어가 있어 쫄깃한 식감과 향이 짙은 된
장찌개다.

식구가 많은 강철이네는 더욱 요란하다.

"씻고 와! 빨리 안 나가? 세수도 해!"

강철이 누나가 강철이와 강근이 형에게 하는 소리는 멀리서도 들려온다. 강철이는 씻는 것을 싫어한다. 밥 먹을 때도 씻지 않아서 매일 반복되는 누나의 성화다. 강철이는 흙 묻은 손으로도 잘 집어 먹는다. 가을에 입던 옷 한 벌로 겨울을 난다. 우리 엄마는 강철이처럼 튼튼해야 한다고 늘 부러워하셨다.

강철이가 맹장염에 걸리기 전까지는…….

작년에 시집간 예쁜 철재 고모네 아기 우는 소리가 들린다. 아기 낳아서 친정집에 놀러 왔다고도 하고 산후조리를 하러 왔다고도 한다. 밤낮으로 아기가 운다. 어른들 말로는 조금 더 있어야 조용할 것이라 한다. 목청이 좋아 커서 가수가 될 거라고.

어른들은 아기들이 어렸을 때부터 아기가 크면 뭐가 될지 아셨다.

전기가 들어온 뒤로 마을이 한결 밝아졌다. 밤길이 마을 집마다 새어나오는 불빛만으로도 어둡지 않다. 석유등도 없어졌다. 아버지는 당신의 몸속 기생충을 없애기 위해 더는 석유를 드시지 않게 되었다.

"정수야!"

"예! 가요!"

내가 살던 마을 '안화동'이다.

오류동 아기호랑이

1970년, 서울 변두리 오류동은 한적한 시골 모습 그대로다. 우리 마을은 많지 않은 집으로 이루어진 작은 마을이었다. 집 대부분은 슬레이트 지붕이거나 기와지붕으로 된 한옥뿐이었다. 집은 자그마했고 비슷비슷하게 생긴 집들이었다.

제일 큰 기와집이 마을 한복판에 있었는데 우리는 '큰 기와집'이라고 불렀다. 큰 기와집 대문 안에는 TV 볼 겸 한 번 들어가 보았다. 이 집 마루에 걸터앉아 처음으로 만화영화를 보았다. 마루 끝에 앉아서 열린 방문 안으로 방 끝쪽에 있는 흑백 TV를 보았다. 엄마가 아들을 억지로 떼어내려는 장면이었다. 다시는 엄마를 찾지 말라고 매정하게 말하는 장면에서 그만 울었다. 주인집 아줌마가 방문을 닫으면 전부 집으로 돌아갔다. 그 집은 TV를 산 뒤 두 달쯤 후에는 커다란 대문을 거의 닫고 살았다.

큰 기와집에는 며느리와 아저씨, 할머니, 할아버지, 아들 한 명 해서 다섯 명이 넓게 살았다. 그 집은 대문안에 커다란 마당이 있고 대문 밖에도 학교 운동장만 한 마당이 있었다. 대문안에 있는 마당도 엄청나게 컸다. 정원이 마당 한가운데 있고 큰 나무가 정원 가운데 있었다. 우리 마을 애들은 그 집 바깥마당에서 놀았다. 바깥마당은 주변에 나무도 없고 마을 공터처럼 매우 커서 아이들 놀기에 적당하였다. 큰 기와집은 벼 타작을 이곳에서 일주일 이상 하기도 했으며 또한 우리의 놀이터였다. 마을에서 이곳 말고는 달리 평평하고 넓은 마당이 없었다. 집주인은 우리가 거기서 놀고 있으면 종종 다른 데 가서 놀라고 쫓아내었다.

구슬치기 중에서 우리가 즐기던 놀이는 땅에 어린아이 주먹만 한 구멍 여섯 개를 파고 노는 놀이었다. 구멍 간격은 두 걸음 정도로 해서 십자 모양으로 팠다. 그곳에 구슬을 굴려 넣거나 못 넣은 상대편 구슬을 내 구슬로 맞추어 쳐내는 놀이었다. 할아버지는 마당의 땅을 팠다고 우리를 꾸짖고 손수 흙을 퍼서 메웠다. 비가 오면 땅이 파여 마당이 없어진다고 하셨다. 오징어놀이를 한다고 마당에 선을 그어도 작은 선이 굵은 선이 되어 땅이 파인다고 하셨다. 막자치기를 하여도 땅이 파이고 자치기를 하여도 땅이 파인다고 하였다. 그래도 이곳 말고는 달리 놀 곳이 없었다. 하루나 이틀이 지나면 다시 거기서 놀았다. 쫓아내면 길에서 잠시 놀았다가 그 집 마당으로 되돌아갔다. 길은 차가 다니기도 하고 차바퀴 자국 때문에 바닥이 평평하지 않았다. 할아버지와 우리들의 숨바꼭질 놀이는 계속되었다. 할아버지는 우리를 나무라는 것에 재미가 있는 듯했고 우리는 할아버지의 큰 소리가 늘 있는 소리려니 했다.

그 집에 나와 비슷한 또래의 아이가 한 명 있었는데 놀 때에는 같이 놀다가 자기네 할아버지가 나타나면 슬그머니 집 안으로 들어갔다. 남은 우리는 할아버지의 잔소리를 고스란히 들었다. 그것도 많이.

우리 가족은 이 마을에서는 지극히 평범한 기와집에 세 들어 살았다.

양철판을 각목에 박은 대문이 있는 집이었다. 대문은 어린아이 키 정도의 크기로 정확하게 닫히지 않았다. 대문 한 짝은 항상 고정해 놓고 다른 한 짝만 움직여 닫았다. 문짝 밑엔 깨어진 벽돌로 지지하여 고정했다. 들어오고 나가는 사람은 대문을 살짝 들고 밀면서 닫았다. 낮에는 늘 열어 놓고 밤에는 반드시 닫고 다녀야 했다. 밤에 대문을 열어 놓으면 주인집 아주머니의 잔소리가 어김없이 있었다. 도둑이 맘대로 들어온다고 하였다. 내가 밤에 집을 나갈 일이 없는데도 아주머니 잔소리 다음엔 어머니의 잔소리가 나에게로 이어졌다.

우리 방은 대문 옆에 방 한 칸, 작은 부엌 하나가 전부였다. 우리 말고 두 집이 더 세를 들어 살고 있었다. 남매가 사는 방 하나, 아주머니와 형, 누나가 사는 집.

주인집에는 형만 두 명이 있었다. 아저씨는 어딘지 모를 회사에 다니셨고 아주머니는 집에서 살림만 하셨다. 아저씨는 늘 웃으시는 분이셨다. 인사를 하면 꼭 머리를 쓰다듬어 주셨다. 아주머니는 자주 화를 내었고 내게 하고 싶은 말이 무척 많으신 분이셨다.

'이것은 하지 마라! 이것엔 손대지 마라! 저기는 가지 마라!'

좁은 집에서도 내가 가지 말아야 할 곳이 여러 군데였다. 부엌, 안방도 출입금지 구역이었다. 어머니는 주인집 마루에도 올라가지 말도록 하였다.

아저씨는 어디서 새로운 물건이나 먹거리를 종종 가져오셨다. 하루는 아저씨가 버터를 가져오셨다. 주인집 형들은 버터를 밥에 비벼 먹으며 자랑을 하고 싶어 하였다. 내가 주인집 방 근처에도 얼씬거리지 않자 마당까지 밥그릇을 가지고 와서 먹어보라고 권하였다. 아주머니는 분명히 방에 있음에도 아무 말이 없었다. 아주머니도 형들처럼 자랑하고 싶으셨던 것 같다.

"맛이 없는데?"

"네가 맛을 몰라서 그래."

"무슨 맛인지 모르겠어."

정말 맛이 하나도 없었다.

'저걸 왜 먹지?'

처음 먹어 본 버터였다. 어머니는,

"누가 주는 것 함부로 먹지 말고 달라고도 하지 마라! 그건 거지나 하는 거야."

어느 날은 주인집 아저씨가 녹음기를 사오셨다. 작은 상자의 스티로폼 속에 라디오같이 생긴 검은 기계가 들어있었다. 라디오와 다른 점은 마이크가 같이 있었다. 형들은 또 자랑하고 싶었겠지만 듣는 대상이 없었다. 주인아저씨가 어머니와 나를 초대했다. 녹음기에서 형들의 목소리들을 녹음하고 내게 들려주었다.

"신기하지? 신기하지?"

구경만 하는 내게 아저씨가 내 목소리도 한 번 녹음하여 들려주었다. 내 목소리가 나오는 것이 정말 신기하였다. 다른 사람들의 목소리는 알겠는데 내 목소리는 내가 아닌 다른 사람이 말하는 것처럼 들렸다.

어머니는 주인집 녹음기에 손대지 못하게 했다. 방 근처에도 가지 못하게 하셨다. 그러다가 고장 나면 내가 다 물어 주어야 한다고 하셨다. 어머니는 아주머니를 너무 잘 아셨다.

녹음기가 정말 고장이 났다.

"누가 고장 냈어? 응?"

주인집 아주머니의 앙칼진 목소리는 종일 계속되었다. 형들은 고개를 절레절레 흔들며 모른다고 하였다. 아주머니는 나를 보며,

"정수 너 이거 언제 해 봤어?"

"처음 사왔을 때 아저씨랑 있을 때 했었잖아요?"

"그 뒤론 손대지 않았지? 거짓말 아니지?"

"우리 정수는 아무도 없는 방에 안 들어가요. 단단히 일러두었기 때문에 함부로 만지지는 않았을 거예요."

엄마가 대답했다.

"애들인데 어떻게 알아요?"

엄마 말을 듣지 않고 주인집을 드나들었으면 정말 내가 녹음기를 고장 낸 사람이 되었을 것이었다.

녹음기를 고장 낸 사람은 주인아저씨가 퇴근하면서 바로 드러났다. 둘째 형이 녹음기를 고장 내는 과정 전부가 처음부터 끝까지 녹음되어 있었다.

집 뒤편엔 녹이 잔뜩 슬어 있어 잘 굴러가지 않는 유아용 수레가 있었다. 나는 그것을 장난감으로 끌고 다녔다. 아주머니는 며칠 동안은 내가 가지고 놀아도 아무 말도 하지 않았었다. 마을 이곳저곳을 재미있게 밀고 다니는 내 모습을 보고 처음엔,

"그거 밀고 다니는 것이 그렇게 재미있어?"

"예!"

아주머니는 흐뭇하게 바라보았고 별다른 이야기를 하지 않았다. 며칠 후에 가만히 지켜보시던 아주머니는 내게 갑자기 수레를 갖다 놓으라고 하셨다.

"녹이 슬어서 못 쓰는 건데 가지고 놀면 안 돼요?"

아주머니는 아주 천천히 부드럽게 말씀하셨다.

"누가 쓸 사람이 있을 수도 있잖아!"

내가 너무 재미있게 가지고 놀았던 것 같았다.

'주인집 방에는 절대로 들어가지 마라. 물건이 없어지면 네가 가져간 것으로 안다. 주인집에서 절대로 먹지 마라. 내 것이 아니면 손대지 마라.'

어머니는 매우 엄격하셨다. 가끔 있는 일이었지만 어머니가 세우신 원칙을 지키지 않으면 종아리를 맞을 수도 있었다. 어머니가 화를 내시는 것이 제일 무서웠다. 어머니가 하지 말라고 하는 것은 절대로 하지 않았다.

아주머니는 내가 뒤뜰에서 찾아낸 수레를 더는 가지고 놀지 못하게 한 뒤 자주 뒤뜰을 돌아보았다. 전에는 전혀 가보지 않던 곳이었다. 뒤뜰엔 엉덩이 하나 겨우 걸칠만한 좁고 긴 툇마루가 있었다. 마루 바로 앞은 지붕에서 떨어진 낙숫물로 인해 길게 땅이 파여 있고 그 앞에 담이 쌓여 있었다. 담 밑은 돌로 쌓아 기초를 했고 그 위에 규격화된 시멘트 블록 담이 쌓여 있었다. 기초로 쌓은 돌 사이에는 구멍이 많이 나 있어서 쥐들이 드나들었다. 엄마는 이곳이 지저분하고 쥐가 많이 다녀 병균이 있을 수 있다고 하셨다. 못 쓰는 유아용 수레가 여기에

방치되어 있었다. 수레를 가지고 놀기 위해 이곳에 들린 것이지 평소
엔 거의 가지 않는 곳이었다. 아주머니가 수레에 손대지 말라고 한 이
후로는 다시 가지 않았다. 아주머니는 못 쓰는 물건이 있는 이곳을 전
보다 자주 들렸다. 우연히 내가 뒤뜰에서 나오는 것을 본 아주머니는
곧이어 뒤뜰로 향했다. 그 뒤로 아주머니와 마주치면 일부러 뒤뜰 쪽
으로 뛰어갔다. 뒤뜰에 한 발짝만 들여 놓았다가 다시 뛰어 나오면,

"거기 뭐가 있어?"

"아니요."

그러면 아주머니는 어김없이 내 뒤를 이어 뒤뜰을 돌아보았다. 내
가 뒤뜰에서 무엇을 눈여겨보았는지 무척 궁금해했다. 나는 이 상황
을 즐겼다. 뒤뜰에 가지 않아도 뒤뜰 쪽으로 한 발짝만 들여났다가
되돌아오면 곧이어 아주머니가 뒤뜰로 향했다.

아주머니의 할 일이 생겼다.

밖에서 놀다가 대문 안으로 막 들어서면서 안방에서 마루로 나오
는 아주머니와 마주쳤다. 나는 얼른 뒤뜰로 뛰어갔다가 아주머니를
한 번 쓱 쳐다본 뒤 우리 방으로 들어갔다. 뒤뜰에서 무슨 일을 한 것
도 없고 볼 일도 없었다.

아주머니는 불이 나게 신을 신고 뒤뜰을 보러 갈 것이었다. 방에서
문구멍으로 밖을 보고 있었다. 아주머니는 내 예상대로 뒤뜰로 향했다.

'이상한 일이야!'

나로서는 이해할 수 없었다.

잠시 후에 아주머니의 비명이 들려왔다. 집안에 있던 사람들은 전부 뛰어 나왔다.

"뱀! 뱀에 물렸어요!"

어른들은 아주머니를 부축해서 바로 병원으로 가셨다. 그 날 곧바로 퇴원하셨는데 집 안에 독사가 있어 잡아야 한다고 하였다. 마을에서 뱀을 잘 잡는 아저씨들이 와서 며칠 있더니 정말 뱀을 잡았다. 약이 된다고 작은 단지에 뱀을 넣고 산채로 불을 지폈다. 단지 뚜껑에 돌을 얹어 놓았지만 뱀이 머리를 들고 기어 나오자 아저씨들이 다시 잡아다가 통째로 구웠다. 엄마는 내가 보지 못하게 했다.

그다음부터는 내가 뒤뜰을 훑어보아도 아주머닌 내 뒤를 이어 뒤뜰에 가지 않았다.

"거기 뱀 나와 가지 마라!"

내 귀에 속삭이듯이 말하였다. 내 걱정을 많이 하셨다. 아저씨는 시멘트를 사다가 담 밑의 돌 사이 구멍을 전부 메웠다.

◇◇◇◇

우리 집 옆엔 마을 공동우물이 있었다. 우물은 크고 넓었지만, 턱이 낮아 아주머니들이 앉아서 바가지로 물을 뜰 수 있었다. 대여섯 명 이상의 아주머니들이 우물에 둘러앉아 빨래하는 것은 흔한 모습이었다.

내가 이 우물에 거꾸로 빠졌다. 아주머니들은 이야기하며 빨래하고 있었다. 나는 옆에 쭈그리고 앉아 우물 속을 들여다보았다. 턱이 낮아서 내가 앉아 있어도 우물 속을 들여다볼 수 있었다. 하늘에 구름도 우물 속에 보이고 내 모습도 보였다. 아주머니들이 우물물을 바가지로 뜨면 우물에 파동이 생겨 얼굴이나 구름의 일그러짐이 내 관심을 끌었다. 우물 속이 궁금하였다.

'우물 속에 무엇이 있을까?'

점점 우물 속으로 머리를 가까이하여 들여다보았다. 정신이 멍해지며 천천히 거꾸로 떨어졌다. 머리부터 우물 속으로 들어갔다.

'내가 우물 속으로 들어가고 있구나!'

옆에서 빨래하던 아주머니가 발목을 잡고 꺼내 주었다. 이날 아프지 않았지만 울었는데 어머니에게 꾸중 들을 것이 무서워 울었다.

우물 속에는 물밖에 없었다.

우물 옆에는 고목이 다 되어가는 커다란 느티나무가 있었다.

"떡 하나 주면 안 잡아먹지!"

옛날이야기에서 호랑이가 남매를 잡아먹으려고 쫓아와 호랑이를 피해 올라갔다는 나무가 우물가의 이 느티나무라고 생각했다.

"아빠 호랑이가 쫓아와서 저기 우물가 나무로 올라갔지?"

"그럼."

아버지도 내 말이 맞는다고 하셨다. 남매가 하늘에 기도하여 튼튼한 동아줄을 타고 하늘로 올라간 곳이 틀림없었다. 나도 나무 밑에서 동아줄을 내려달라고 기도했다. 줄은 내려오지 않았다.

'나무 위에서 기도해야 하나?'

호랑이도 쫓아와야 하느님이 도와줄 것 같았다.

한동안 호랑이에 정신이 팔렸다. 아버지에게 호랑이를 그려 달라고
졸랐다. 아버지가 안 계시면 엄마에게 그려 달라고 하였다. 엄마의 호
랑이는 고양이도 닮지 않은 호랑이였다. 호랑이는 무서워야 하는데
엄마가 그린 호랑이는 사람처럼 생겼다. 내가 직접 호랑이를 그리기
시작하였다. 얼룩무늬 호랑이는 눈이 무섭고 사람을 잡아먹는 커다
란 짐승이었다.

나는 서서히 호랑이가 되어갔다.
"어흥!"
목에 힘을 주어 호랑이 소리를 내고 다녔다. 엄마는 목 아프겠다고
하지 말라고 하였지만 늘 '어흥! 어흥!'하고 다녔다. 밥을 먹을 때도 땅
에 밥그릇을 놓고 호랑이처럼 먹었다. 호랑이가 먹는 것처럼 머리를
조금씩 좌우로 흔들며 입을 벌리고 먹었다. 모든 말을 오로지 '어흥!'
하나로만 하였다.
"어서 밥 먹어!"
"어흥!"
"밥 다 먹었어?"
"어흥!"
"물 좀 떠와라!"
"어흥!"

큰 소리와 작은 소리를 섞어가며 의사 표시를 하였다. 실제로 호랑이는 그렇게 말을 할 것으로 생각했다. 엄마는 누가 오면 괴로워하였다.

"손님이 오시면 조용히 좀 있어!"

"어흥!"

손님이 와서 인사를 하라고 해도,

"어흥!"

"정수가 호랑이가 되었구나?"

고개를 끄덕이면서도,

"어흥!"

안면이 있다 싶으면 팔을 뜯어 먹는 시늉을 해 보다가 실제로 물어서 엄마에게 혼이 났다. 살금살금 걸어 다니며 호랑이 걸음걸이도 익혔다.

팬티를 사도 가로로 줄무늬가 있는 것이어야 하고 러닝셔츠도 가로로 무늬가 있어야 했다. 내가 점점 호랑이가 되어 가는 느낌이었다.

어머니는 가끔 시장에 가곤 했다. 나를 데리고 가기도 하지만 대부분 나를 두고 혼자 다니셨다. 내가 무엇이라도 사달라고 하는 것보다 물어보는 것이 많아 귀찮아하셨다. 또 마을에는 마땅한 식료품 가게가 없었다. 다행히 시장은 멀지 않았다. 작은 언덕 하나를 넘으면 시장이 있었다. 어머니는 내가 밖에서 놀고 있을 때 다녀오셨다. 내가 집에 있으면 '공부해!' 하시곤 혼자 시장에 다녀오셨다.

그날은 밖에서 놀고 오니 어머니가 안 계셨다. 으레 시장에 가셨을 것으로 생각했다. 노트를 폈다. 생각나는 단어를 말로 한 번 하고 그것을 노트에 썼다. 스스로 받아쓰기를 하였다.

"어머니, 엄마, 아버지, 아빠, 시장, 장난감, 두부, 호랑이… 호랑이?"

'내가 호랑이지?'

"어흥!"

연필을 내려놓았다. 아무도 없는 방에서 혼자 '어흥!' 소리를 내며 네발로 기어 다녔다. 어머니의 몇 안 되는 화장품이 보였다. 입술에 바르는 빨간 립스틱이 눈에 들어왔다. 조금씩 돌리니 립스틱이 드러냈다. 엄마가 입술에 바르던 모양대로 손에 묻혀 봤다. 빨갛게 색이 들었다. 거울을 보았다. 호랑이는 얼굴에도 얼룩이 있어야 했다. 얼굴을 가로질러 줄무늬를 만들었다. 조금은 호랑이 같아 보였다. 손등에도 조금 발랐다. 엉금엉금 기어서 마당으로 나왔다. 아무도 없었다. 집을 나서자 옆집 강아지가 늘 하던 대로 꼬리를 흔들었다.

"어흥!"

강아지는 고개만 갸우뚱거렸다.

"어흥! 나는 호랑이다. 너를 잡아먹겠다!"

잡아먹겠다고 하는데도 도망가지 않았다.

'이놈이?'

호랑이 하면 떠오르는 곳이 있었다. 집 옆의 우물가로 갔다. 우물가의 고목 느티나무로 다가갔다. 엄마와 아빠가 이야기하던 하느님이 동아줄을 내려주던 그 나무였다. 나는 늘 그렇게 생각했다.

"아빠 호랑이가 떨어진 나무가 우리 집 옆에 있는 나무 맞지?"
"그럼."
"다른 애들은 아니라고 해."
"잘 몰라서 그런 거야."
여기에서 남매가 기도하고 두레박을 타고 하늘로 올라간 장소였기에 느티나무를 볼 때마다 경외감이 들었다. 호랑이가 썩은 동아줄을 내려 달라고 기도해서 하늘로 올라가다가 떨어진 수수밭도 있었다.
"엄마 우물 옆의 수수밭에 수수가 빨간 것이 호랑이 엉덩이 피 때문이지?"
"그럼!"
수수밭에 가서 빨갛게 물든 수수를 보고 왔다. 수수를 베어내고 난 뾰족한 부분은 충분히 호랑이 엉덩이를 찌르고도 남을 만하였다.

'이게 호랑이 피?'

그 이야기를 들을 때면 안타까웠다. 우선 남매가 호랑이에게 잡혀 먹힐 것 같은 안타까움과 또 하나는,
'호랑이는 하느님에게 튼튼한 동아줄을 내려달라고 기도하지 왜 바보같이 썩은 동아줄을 내려달라고 기도했을까?'

20

'내가 호랑이라면 절대로 그렇게 기도하지 않을 텐데.'

나는 지금 호랑이이기 때문에 기어서 우물가 느티나무까지 왔다. 나 혼자 느티나무를 올라갈 수 없었다. 남매는 작은 도끼로 찍고 나무로 올라갔다는데 도끼가 없었다. 주인집 뒷마당의 처마 밑에 놓여 있는 사다리를 질질 끌고 왔다. 느티나무에 갔다 대었다. 사다리가 닿는 부분까지는 가지가 없고 사다리가 닿은 부분에 작은 가지가 왕관 가지 서듯이 나 있었다. 사다리를 살살 잡고 나무 위로 올라갔다. 무서웠지만 나무 위로 오른다는 생각이 더 앞섰다. 호랑이는 나무를 잘 탄다.

나무 위는 밑에서 보는 것과는 다르게 평평한 공간이 있었다. 자라는 느티나무를 잘라버려 더는 위로 크지 못하고 작은 가지들이 이곳부터 빙 둘러 여러 개 나 있었다. 자른 부위는 책상만 한 넓이에 어른 한 명도 앉아 있을 만하였다.

'남매와 호랑이가 앉은 곳이 여기지?'

호랑이나 남매가 나무 위에 올라가 하느님께 기도할 만한 충분한 장소였다. 주위에 나뭇가지가 위로 솟아 있어서 아늑한 느낌마저 들었다. 하늘을 향해 기도를 드렸다.

"어흥! 썩은 동아줄 말고 아주 튼튼한 동아줄을 내려 주세요!"

"……"

"어흥! 튼튼한 동아줄을 내려 주세요!"

아무리 기다리고 기다려도 동아줄은 내려오지 않았다. 남매가 먼저 올라가고 나서 호랑이가 올라가야 하는데 남매가 없어서 안 내려

올 수도 있었다. 썩은 동아줄이 아니고 튼튼한 동아줄을 내려 달라고 해서 안 내려 줄 수도 있었다.

"썩은 동아줄이라도 내려 주세요!"

"아무 줄이라도 내려 주세요!"

하늘을 목이 아프게 쳐다보아도 소식이 없었다. 실오라기 하나 내려오지 않았다.

나무 위에서 어흥 거리며 왔다 갔다 하였다. 생각보다는 넓어도 역시 나무 위라서 움직임에는 제약이 있었다. 재미가 없어졌다. 내려가야겠다는 생각에 사다리를 찾았다. 저 아래 우물이 보였다. 올라올 때는 몰랐는데 너무 높아 무서웠다. 엉덩이를 뒤로 해서 올라오던 모양대로 발을 살짝 내려 보아도 사다리는 발에 닿지 않았다. 무서워도 울 수 없었다. 호랑이는 잘 울지 않는 동물이다.

이제는 내려갈 수 없는 처지가 되었다. 누군가의 도움이 있을 때까지 기다려야 한다.

주인집 아주머니가 오시는 모습이 보였다. 내가 사다리를 만졌다는 것을 알면 절대로 가만히 있을 아주머니가 아니었다. 나무 그루터기에 납작 엎드렸다. 호랑이가 사냥할 때처럼.

"누가 사다리를 여기다 가져다 놓았지?"

주인집 아주머니는 사다리를 알아보고 가져가 버렸다.

저녁이 되어도 내가 보이지 않자 엄마가 나를 부르며 찾기 시작하였다. 이젠 야단맞을 일이 걱정되었다. 못 들은 척 가만히 있었다. 어둑어둑해지면서 엄마와 아빠는 바빠지기 시작하였다. 주인집 아저씨를 비롯하여 마을 사람들이 내 이름을 계속 부르며 다녔다. 여기저기에서 내 이름을 부르는 소리가 들렸다.

'어떻게 하지?'

아빠는 우물을 조심스레 들여다보았다. 전에 내가 우물에 빠진 것을 기억하신 모양이었다. 우물에 비친 나를 보셨다. 천천히 나무 위를 올려다보았다.

"정수야!"

엄마와 아버지의 목소리엔 힘이 없었다.

"엄마! 엄마!"

엄마의 힘없는 목소리에 눈물이 났다.

"정수야! 너 거기 왜 올라갔어? 정수야! 찾았어."

아빠는 나도 정수, 엄마를 부를 때도 정수라고 불렀다. 사람들이 몰려왔다.

"사다리가 이래서 여기 있었구나?"

주인집 아주머니가 한마디 하였다. 사다리를 타고 내려오는 것도 보통 일은 아니었다. 다른 어른들이 사다리를 잡고 아버지가 사다리로 올라왔다.

"이리 와라. 걱정하지 마라."

무서웠다. 아버지와 같이 떨어질 것 같았다. 아버지는 나를 설득하고 달랬다.

"너 혼자 올라갔어?"

난 고개만 끄덕였다. 내가 밑으로 내려오자마자 엄마는 눈물을 글썽였다. 엄마가 눈물을 글썽이는 모습은 처음 보았다. 아무 말도 안 하고 나를 안아 주기만 하였다.

"거기를 왜 올라갔어?"

"동아줄 내려 달라고."

엄마의 화장품을 망쳐놓았으니 무척 야단맞을 일인데 그날은 앞으로 다시는 나무에 오르지 않겠다는 약속만 했다.

"호랑이가 올라간 나무는 이 나무가 아니고 멀리 시골에 있어."

"왜?"

"거기에 호랑이가 사니까. 호랑이가 토끼도 잡아먹고 멧돼지도 잡아먹어야 하는데 여기엔 그런 짐승이 안 살잖아. 호랑이가 올라간 나무는 이 나무가 아니야."

"그럼 시골에 있어?"

"그럼."

"그래?"

나는 고개를 끄덕였다.

'옛날에는 여기에도 토끼랑 돼지가 살았을 거야. 거기 나무 위에 평평한 그루터기도 있고 수수깡도 빨간색으로 변한 걸 내가 봤는데…….'

엄마는 서울서 나고 자라셨다. 엄마의 사촌들이 전부 서울에 사셨다. 모래내에 엄마의 사촌 오빠가 사셨는데 종종 거기 가곤 하였다.

모래내 시장에 들러 장을 보러 갔다가 나를 잃어버리셨다. 시장의 화장실에서는 돈을 받았다. 엄마는 내게 화장실 밖에서 기다리라는 당부를 하고 화장실에 들어가셨다. 나는 잠깐은 기다렸다.

'조금만 구경하고 와야지.'

조금 걸었는데 어디가 어딘지 전혀 알 길이 없었다. 되돌아가면 될 것처럼 생각되었는데 돌아갈 길을 찾을 수 없었다.

엄마는 화장실을 나와 보니 내가 없어졌다. 순찰 중이던 경찰에게 아이를 잃어버렸다고 부탁하였다.

"아이가 몇 살예요?"

"여섯 살예요."

"아이가 무슨 옷을 입었어요?"

엄마의 머릿속은 하얘졌다.

"호랑이 옷이요. 호랑이 색 옷이요."

엄마는 서슴없이 내가 호랑이 옷을 입었다고 하셨다.

경찰이 여러 번 물어보았지만, 엄마는 무슨 옷을 입었는지 전혀 생각이 나지 않았다. 호랑이 옷만 고집하던 내 말대로 엄마는 내가 호랑이 옷을 입고 있다고 이야기하였다. 경찰은 엄마를 가만히 쳐다보다가 고개를 갸우뚱하고 못 들은 척 지나갔다.

"정수야! 정수야!"

엄마는 사람 많은 시장에서 큰소리로 나를 불렀다. 엄마의 목소리는 매우 컸고 효과가 있었다.

그 뒤로 내 주머니에는 우리 집 주소를 적은 종이가 늘 들어 있었다.

나는 그 종이 밑에 호랑이를 작게 그려 넣었다.

그해 겨울에 나는 심각한 고민에 빠졌다. 우리 집 장판의 무늬엔 네모 속에 동그라미가 그려져 있었다. 그래서 나는 네모가 동그라미보다 크다는 확신이 있었다.

"엄마! 네모가 동그라미보다 크지?"

"그럼."

누가 먹을 것을 주어도 언제나 동그라미보다 네모 모양을 선택하였다. 네모의 어묵을 먹으면서 귀퉁이를 뜯어내면 동그라미가 되었다. 그래서 네모는 동그라미보다 언제나 큰 모양이었다.

이런 내 생각에 혼돈이 오는 날이 생겼다.

어머니와 라디오를 사러 갔는데 그 집 장판은 네모가 동그라미 속에 있었다. 내 신념에 커다란 충격이었다. 그 후로 늘 동그라미와 네모의 크기에 대한 고민은 초등학교 고학년이 될 때까지 계속되었다.

'동그라미와 네모는 어떤 것이 더 클까?'

어머니가 산 라디오는 그날 고장 났다. 주파수를 돌렸는데 한쪽으로 계속 돌리다가 멈춰 버렸다. 다음 날 다시 라디오 가게를 가서 맘대로 돌려도 되는 라디오로 바꿔왔다. 이 라디오는 한동안 우리 집 보물이었다.

겨울이면 집마다 부엌에 연탄을 쌓아놓고 태웠다. 연탄아궁이 하나로 밥하고 먹을 물이나 씻을 물을 끓였다. 잠자는 중에도 다 탄 연탄을 바꿔 주어야 해서 어머니가 자다가 일어나 연탄을 갈았다. 이 연탄 위에 주전자를 올려 보리차를 끓여 먹었다. 주로 어머니나 아버지가 물을 따라 주셨는데 그날은 나에게 따라 먹으라고 하셨다. 주전자가 무거워 들지 못하고 기울여 조금씩 따라 먹었다. 내 나이에 쉬운 일은 아니었다. 힘에 부쳐 내 배에 쏟아 버렸다.

"으악!"

어머니는 보자마자 너무 놀라서인지 나를 한 대 쥐어박았다. 괜찮으냐는 말보다

"그거 하나도 제대로 못 따라 먹어? 아까운 보리차 새로 끓여야 하겠네."

옷을 가위로 뜯어내었다. 과산화수소를 부어 배에서 천을 떼어내었다. 상처에 연고를 발랐다. 그 위에 거즈를 대고 반창고를 붙였다. 다시 천으로 배를 감쌌다. 매일 어머니가 소독해 주셨다. 그 덕에 덧나지 않았으나 배꼽을 중심으로 원형의 상처가 생겼다.

"엄마! 내 배에 상처 봐! 내 배에 호랑이 무늬가 생기는 것이 아닐까?"

손수레에 배경 그림을 싣고 다니며 사진을 찍어 주는 사진사가 왔다. 월남전을 배경으로 비행기가 날아가고 포탄이 떨어지는 커다란 배경 그림이 손수레 한쪽에 세워져 있었다. 어머니는 작은 장군 군복을 입혀서 찍어 주셨다. 사진에는 뒤로 비행기가 날아가고 포탄이 떨어지는 듯 보였다. 이 사진으로 초등학교 3학년 때까지 자랑했다. 친구들은 내가 월남을 갔다가 온 줄 알고 부러워하였다.

손수레에는 호랑이 옷도 있었다. 얼굴만 나오고 엎드려 있으면 몸이 호랑이였다. 군인 옷보다 호랑이 옷이 더 맘에 들었다. 호랑이를 입은 사진을 매일매일 보며 호랑이가 되는 꿈을 꾸었다.

'꼭 호랑이가 되어야지.'

아버지는 특별한 기술 없이 막노동하셨다. 아버지의 일터를 가게 되었다. 점심 도시락을 가지고 다니셨는데 그날은 아침에 점심 준비가 안 되어 어머니가 점심 도시락을 가져다 드렸다. 커다란 밥통에 보리밥 점심을 들고 어머니를 따라 아버지 작업장을 갔다. 산만한 모래 더미가 쌓여있었다.

아버지는 모래 더미에 앉아 우리 앞에서 홀로 점심을 드셨다. 아빠 동료가 지나다가 인사를 건넸다.

"고놈 참 똘똘하게 생겼네. 커서 뭐가 될래?"

"호랑이요."

엄마는 밥을 지을 때 쌀을 한 줌씩 섞어 쌀밥은 나만 걷어서 먹이고 두 분은 보리밥을 드셨다. 어머니의 김치 담그는 솜씨는 좋은 편이셨다. 열무김치 하나를 젓가락에 끼워 조금씩 베어 먹었다. 밥 한 숟가락에 무 한입. 잎사귀는 떼어내고 무만 베어 먹었다. 배추김치도 물에 씻어 줄기만 찢어 주면 그것을 먹었다.

그렇게 하루하루 살면서도 저녁이면 라디오 앞에 앉거나 누워 연속극을 들었다. 라디오에서 간혹 나오는 호랑이 울음소리를 목이 쉴 때까지 따라 했다.

아버지와 어머니는 담배를 피우셨다. 특히 겨울엔 추워 방 환기를 하지 않기에 늘 뿌연 연기 속에서 지냈다. 겨울밤엔 두 분이 화투를 즐기셨다. 나는 그 옆에서 여벌의 화투로 탑을 쌓으며 놀았다. 옆으로 세모로 세워보고, 네모로 세워보고 그 위에 다시 옆으로 쌓다가 무너지고를 반복하며 놀았다. 그러다가 지치면 어머니와 아버지에게 물었다.

"아빠 호랑이는 누가 낳았을까?"

"호랑이 엄마가 낳았지."

"그 엄마는 누가 낳았어?"

"엄마의 엄마가 낳았지."

"엄마의 엄마는 누가 낳았어?"

"엄마의 엄마의 엄마가 낳았지."

"엄마의 엄마의 엄마는 누가 낳았어?"

"엄마의 엄마의 엄마의 엄마가 낳았지."

"엄마의 엄마의 엄마의 엄마는 누가 낳았어?"

"빨리 자라."

'누가 낳았을까?'

◇◇◇◇

그해 겨울은 무척 추웠다. 우리 마을은 앞에 논이 많았다. 그중 커다란 논에 물을 대어 얼려서 썰매나 스케이트를 탔다. 아버지는 썰매를 만들어 주셨다. 나는 썰매 앞부분에 구멍을 내고 그곳에 썰매 지팡이의 송곳을 박아 어깨에 메고 다녔다.

아버지는 겨울이 되면서 집에 있는 날이 많았다. 나보다 늦잠 잘 때도 있고 늦게 일어날 때도 있었다.

"아빠! 아빠! 아빠는 이 세상에서 뭐가 제일 무서워?"

주무시는 아버지를 흔들어 물었다. 눈을 다 뜨지도 않으시고,

"나는 세상에서 네 엄마가 제일 무섭다."

나는 호랑이가 제일 무섭다고 하실 줄 알았다.

'이럴 수가!'

이럴 수는 없었다. 나는 눈물이 쏟아졌다.

"세상에 엄마가 귀신도 아니고 괴물도 아닌데 엄마가 세상에서 제일 무섭다니……."

아직 일어나지 않은 아빠 옆에서 훌쩍이고 있었다.

"울지 마! 눈물 흘리지 말고 저리 가서 공부해."

멀어져 봐야 한 방이지만 아빠 곁에서 엉덩이를 끌고 멀리 앉았다. 그래도 엄마가 무섭다는 아빠의 말은 너무 서운하였다. 더구나 나보고 눈물을 흘리지도 말라고 하셨다.

"세상에, 눈물은 안구 건조를 막아주고, 세균감염을 예방하고, 노폐물을 배출하는데 아빠는 이것을 흘리지 말라니……."

백과사전에서 읽은 눈물에 대한 내용이었다. 아빠는 내 눈에서 나오는 이 눈물을 흘리지 말라고 하셨다.

시장에 다녀온 엄마의 얼굴을 아무리 봐도 세상에서 제일 예쁘기만 하였다.

'아빠는 왜 세상에서 엄마가 제일 무서울까?'

◇◇◇◇

어느 날 어머니와 아버지는 썰매장 논 옆에 천막을 치고 연탄 화덕을 설치하였다. 연탄난로 위에 양은 양동이를 얹어놓고 어묵과 달걀을 삶아 팔았다. 아마 겨울 일거리가 없어서 궁여지책으로 하는 것이었겠지만 별로 재미를 보지는 못했다. 난 그 덕에 겨우내 썰매를 타다가 손이 시리면 연탄 화덕 불을 쬘 수 있었다. 내가 좋아하는 어묵이지만 팔아서 돈을 번다는 말에 아무리 먹고 싶어도 달라고 하지 않았다. 어쩌다가 어머니가 먹으라고 터진 어묵 하나씩 주면 그것을 받아먹었다.

"엄마! 호랑이도 어묵 좋아하지?"

간이 스케이트장 옆엔 이차선 포장도로가 있어 버스가 무섭게 다녔다. 이곳은 부모님과 같이하지 않으면 절대로 오지 않는 곳이었다. 수색에 사시는 이모님 댁에 가려고 이곳을 가 본 적이 두 번 있었다. 수색의 이모님은 둘째 며느리로 막 시집을 간 상태였다. 이모부는 편찮으셔서 누워 계셨다. 난지도에 논이 있어 한강물을 소달구지를 끌고 들어가 농사를 지으셨다. 여름에 홍수가 나면 전부 걱정이셨다. 어머니는 이모가 탈이 없어야 한다고 하시고 홍수가 끝나면 꼭 수색에 가 보았다. 물이 기와지붕 천장까지 차서 산으로 대피하였다는 말을 들었다. 이모가 분가하여 결국 수색 옆 동네지만 그때까지 그곳에서 사셨다. 분가한 집도 열 평 남짓한 작은 한옥이었지만 터는 넓어 밭으로 사용하셨다. 수색을 간다면 긴 굴다리를 지난 기억이 제일 떠올랐다. 중간중간에 질퍽거리는 끝이 없을 것 같은 통로를 한참 지나야만 이모님 댁을 갈 수 있었다.

하루는 마을 어른들과 엄마가 함께 나를 놀렸다.

"정수 주워왔지?"

"예 주워왔어요."

"어디서 주워왔어?"

"수색에서 주워왔어요."

내가 아는 곳이 수색이고 나도 거짓말인 것은 알고 있었다. 계속 그렇게들 말을 하니 화가 났다.

"나 엄마 찾아 수색으로 갈 거야!"

"정말 갈 거야?"

길을 나섰다. 숨어서 나를 쫓아오는 엄마의 존재를 알고 있었다. 수색 가는 버스가 지나는 아스팔트로 나왔다. 내가 아스팔트를 건너자 다급해진 엄마가 부르기 시작했다.

"정수야! 엄마가 거짓말한 거야!"

이미 알고 있었다.

"아냐! 엄마 찾아갈 거야!"

"정수야! 위험해!"

차들이 속력을 내는 곳이었다. 위험하다고 해서 다시 뛰어서 건너오는 중에,

"건너지 마! 거기 있어."

거의 다 건너왔다가 다시 건너가면,

"가만히 있어!"

"가만히 있어?"

다시 뛰어갔다.

아스팔트 길을 가로로 뛰어 왔다 갔다 반복하였다.

그 이후로 나를 주워왔다고 하는 말을 다시는 하지 않았다.

'혹시 산에서 주워온 것은 아닐까?'

나는 일찍 한글을 알고 있었다. 어머니와 아버지의 희망은 온통 내게 있었다. 여섯 살 먹은 어린애에게 공부하라고 하셨다.

"공부 열심히 해라."

"예."

무엇이 공부인지 그것을 어떻게 해야 하는지의 정보가 내겐 전혀 없었다. 어머니는 연필과 공책을 사다 주셨다. 저녁이면 어머니와 받아쓰기를 하였다. 틀린 것은 다음날 다시 써 보았다. 내겐 도대체 공부가 무엇인지 알 길이 없었다.

"엄마 공부를 어떻게 하는 거야?"

참다못해 어머니에게 물어보았다. 그저 생각나는 것을 써보라 하였다. 집에 아무도 없어도 혹은 놀다가 집에 들어오면 공책에 생각나는 모든 것을 썼다.

"나무, 호랑이, 집, 논, 우물, 밭, 콩나물…"

생각나는 단어를 매일 썼다. 공부를 잘해야 훌륭한 사람이 된다고 하셨다. 이제 그것만 하면 훌륭한 사람이 될 것이란 믿음이 있었다. 부모님은 덧셈 뺄셈을 가르치고 기어이 구구단도 가르쳤다. 내게 공부를 시키고 싶은데 마땅히 어떻게 가르쳐야 하는지 모르셨기에 자신들이 아는 것을 가르치는 것이 공부라 생각하셨다. 내가 초등학교 입학 전에 한글을 안다는 것을 무척 자랑으로 여기셨다. 간판이 보이면 간판을 읽고 신문이 보이면 신문을 읽었다. 사람들이 있는 곳에서 한글만 보이면 읽게 하였다. 옆에 있는 사람들에게 그렇게 자랑을 하셨다.

하지만 나를 정확히 아시는 데 그리 오래 걸리지 않았다.

나는 한글은 일찍 알았지만 다른 것은 부족했던 것 같았다.

"엄마! 우리 술래잡기해!"

"여기 방에서?"

"응."

비좁은 방 한 칸이 전부인데 여기에서 술래잡기하자고 하니 어머니가 놀라셨나 보았다.

"여기에 어디 숨을 곳이 있어?"

"응. 내가 숨을 테니 찾아봐."

"숨어라."

우리 방은 겨울에는 늘 이불이 깔렸었다. 외풍이 심하였지만 그래도 깔아 놓은 이불 속은 따뜻하였다. 난방비를 아끼려는 의도도 있었을 것이었다.

나는 어머니가 보는 앞에서 방바닥에 있는 이불 속으로 들어갔다. 어머니가 이불을 들치며,

"여기 있잖아."

"어떻게 빨리 찾았어?"

아버지는 무척 놀라셨다.

"너 지금 장난으로 하는 거지?"

"응. 장난이야! 그런데 어떻게 빨리 찾았어?"

엄마와 아버지는 심각한 대화를 나누었다. 아무래도 내가 또래보다 정신적으로 미숙한 상태일 것으로 생각하셨다.

"엄마가 보는 앞에서 숨으니까 다 알잖아. 몰랐어?"

"알았어."

"알았지?"

"응. 근데 어떻게 빨리 찾았어?"

아버지는 병원에라도 데려가야 하는 것 아니냐고 하였고 어머니는 좀 더 지켜보자고 하였다. 두 분은 내가 한글만 조금 빨리 깨우쳤지 나머지 정신적 기능은 뒤떨어진 상태를 아셨다.

◇◇◇◇

1971년 3월 말경에 이사한다고 했다.

"이사가 뭐야?"

"다른 곳으로 가서 사는 거야."

"여기는?"

"우리가 가는 곳이 더 좋아."

꽃샘추위가 기승을 부렸다. 눈발이 조금씩 날리는 날이었다. 우리 집의 모든 짐을 세발 자동차에 실었다. 조수석에 운전기사 외에 우리 셋이 탔다. 난 아빠 무릎에 앉고 라디오는 엄마 무릎에 놓았다.

내 생일이 얼마 남지 않은 3월 말에 우리 세 식구는 세발 자동차를 타고 이사했다. 아버지는 삼륜 자동차라고 하셨지만 나는 끝까지 세발 자동차라고 하였다. 고속도로 중간에 화장실에 가려고 한 번 쉬었다 갔다. 아버지는 고속도로 길가에 앉아 신문지를 오린 곳에 담뱃가루를 넣었다. 신문지를 둥글게 말아 혀로 한번 쓱 훑은 다음 불을 붙이셨다. 먼 산을 보며 담배 연기를 길게 내뱉으셨다.

세발 자동차는 운전기사 앞쪽의 유리창에 가로로 작고 크게 금이 가 있었다.

나는 왜 이사를 해야 하는지 그곳이 어딘지 모르고 부모님을 따라 새로운 세상, 안화동으로 이사했다.

안
화
동
으
로

일곱 살 되던 해 3월 말에 오류동을 떠났다.

서울 오류동에서 수원 밑에 있는 안화동으로 이사했다. 안 씨 집
성촌이라 안화동이라 하였다. '화'는 왜 들어갔는지 모를 일이었다. 인
근에 개나리가 많은 개나리 마을도 있고 미꾸라지가 많이 난다는 미
꾸리도 있었으니 아마도 꽃이 많아서일 것으로 생각된다. 집마다 꽃
이 많이 있었다. 기와집은 거의 드물고 초가집이 대부분이었다. 수원
에서 삼십 리 떨어진 곳에 병점이 있고 거기서 조금 더 들어간 곳이었
다. 나중에 안화동이 병점리 일부라는 것을 알았다. 편지 주소를 쓸
때는 병점리라 쓰고 괄호 안에 '안화동'이라 쓴 이유이다. 안화동은
수원과 오산의 가운데 지점에 있었다.

우리가 이사한 집은 제법 큰 기와집이었다. 주인집엔 크고 긴 방과 부엌이 있었다. 우리 집은 주인집 안방에서 대청마루를 지나면 우리 방이 마루로 연결되어 있었다. 우리 집은 밖으로 노출된 부엌이 딸려 있었다. 부엌이 없었다고 해야 맞다. 아궁이 하나와 솥 하나를 얹을 구멍만 있었지만, 아버지는 노출된 아궁이 주위에 나무를 대고 짚을 감싸 바람막이를 만들었다. 아주 작은 부엌을 만들었다.

마당은 제법 컸는데 가운데에 사철나무가 있는 정원이 있었다. 정원은 책 크기만 한 돌을 빙 둘러 만들었고 돌 밑은 채송화가 드문드문 심어져 있었다. 문짝이 없는 형식적인 대문밖엔 급경사로 이루어져 있었다. 흙 계단을 만들어 다섯 계단 정도 내려가면 다시 큰 마당이 있었다. 그 마당은 길과 붙어 있어서 누구의 마당인지 구분할 수 없었다. 마을 어린이들의 놀이터가 되었다.

담장은 싸리나무와 개나리가 심어진 나무 울타리였다. 대문에서 왼쪽 담 아래에 붙어 있는 초가는 강근이 형네 집이었다. 나와 동갑인 강철이도 있고 강숙이 누나와 강순이 동생도 있는 대가족이었다. 그 집엔 어른인 큰 누나도 있었는데 한 번 보았다. 내가 이사 온 뒤로 곧 시집을 갔다. 강철이 어머니는 천주교 신자로 매주 일요일엔 수원으로 미사를 보러 다녔다. 강철이 어머닌 천식이 있어서 큰 소리를 내지 못하신다고 하셨다. 늘 작은 소리로 말씀하시고 자주 웃으셨다. 그럴 때면 왼쪽 어금니가 금색으로 빛났다. 국 하나를 끓여도 담장 너머로 엄마와 나를 불렀다. 새로운 먹을 것이라도 있으면 나를 불러 그 집 자식들과 같이 먹었다. 강철이 아버지는 새까만 얼굴이 온통 주름으로 가득 차 있었고 작은 체구에 얼굴은 더 작았다. 난 이분도 큰소리치는 것을 한 번도 본 적이 없다. 늘 웃음 띤 얼굴이었다. 강철이는 나와 동갑이고 친구였다. 초등학교를 같이 다녔지만, 반은 달랐다. 안화동에서 나와 동갑인 애들은 희순이, 점숙이, 미화, 나와 강철이, 용근이, 여섯 명이 있었다. 희순이와 나는 같은 반이고 나머지 애들은 다른 반이었다. 초등학교에는 두 개 반이 있었다.

강철이네 집은 초가지붕에 마루가 작아 큰 방과 작은 방 사이가 두 걸음 정도로 거의 붙어 있었다. 두 개의 방에 부엌이 하나 있는 구조였다. 이 마을 초가집은 거의 이런 구조를 가졌다. 조금 사는 집은 기와를 얹었고 대부분은 초가지붕이었다. 가을이면 마을 사람들이 마당에 모여 볏짚으로 이엉을 엮었다. 날을 정해 집마다 지붕을 새것으로 갈았다. 이엉을 엮는 모습도 새로운 일이었다. 오른손으로 한 줌의 볏짚을 잡고 반 바퀴 돌려 땅에 '탁' 치며 볏짚의 밑 부분을 같게 한다. 뒤에 다시 거꾸로 반의반 바퀴를 싹 돌려 왼손의 볏짚 매듭 위에 올려놓고 두 개의 끈 모양의 볏짚을 엇갈려 단단하게 엮었다. 각자 엮은 이엉은 둘둘 말아 커다란 항아리만 한 이엉 덩어리를 만들었다. 사다리를 타고 이엉을 지붕 위로 올리면 지붕 위에서 펼쳐 새 지붕을 만들었다.

강철이네는 아주 작은 외양간이 있었다. 소는 없는데 외양간의 담벼락도 이엉으로 둘러 만들어져 있었다. 어느 날엔 소가 몇 마리 있다가 어느 날에는 한 마리도 보이지 않았다.

이 마을에서는 오산이나 수원에서 소를 받아다가 며칠 동안 여물을 먹인 뒤에 다시 가져다주고 돈을 받았다. 정부에서 하는 것인지 개인이 하는 것인지는 알 수 없었지만, 농가 입장에서는 돈이 되는 일이었다. 자기 집이 있는 이 마을 사람들 대부분은 이 일을 하였다. 오산에 가서 자기가 먹일 만큼 소를 끌고 왔다. 집에 온 소는 며칠 동안 키운 뒤에 다시 가져다주고 소 밥값을 받았다.

우리 옆집 철재네는 이렇게 해서 많은 돈을 벌었다고 했다. 내가 초등학교 2학년 때 철재 아빠는 커다란 트럭을 샀다. 그리고 그 트럭으로 다시 많은 소를 받아왔다. 소의 수에 비례해서 더욱 많은 돈을 벌게 되었다.

하굣길에 철재 아빠 트럭을 한 번 탈 수 있었다. 집에 터덜터덜 걸어가는 길에 트럭이 서더니 타라고 하였다. 처음엔 누군가 살펴보다가 철재 아버지를 알아보았다. 운전석 옆에서 보는 아저씨는 한껏 신이 나 있었다. 핸들을 돌리면서도 받아쓰기 처음 만점 맞은 아이 얼굴이었다. 그런데 아저씨는 자주 코를 후벼 팠다. 콧속이 메마른지 오른손과 왼손을 번갈아 코를 팠다. 그 때문에 운전도 한 손으로 해야 했다. 집에 가서 트럭을 탄 이야기를 자랑하였다. 아버지 어머니는 무슨 이유에선지 앞으로는 절대로 타지 말라고 하였다.

며칠 후에 이장님의 다급한 목소리가 마을 방송에서 흘러나왔다.

"지금 철재 아버지의 차가 뒷산 큰 비석 근처에서 빠졌으니 마을 사람들은 속히 모이시기 바랍니다. 소가 있는 집은 소를 몰고 오시기 바랍니다! 다시 반복합니다!"

우리는 오랜만에 구경거리가 생겼으니 어른들보다 먼저 도착하여 상황을 파악하였다. 트럭은 경사진 아래로 미끄러지듯이 빠져서 네 바퀴가 큰길을 벗어나 있었다.

"어쩌다 좋은 길 놔두고 산으로 차를 몰았어?"

이장 아저씨의 말이었다.

"잠시 잡생각을 하다가 그만…"

철재 아빠는 여전히 틈만 나면 코를 파면서 이야기하였다. 나는 아마도 코를 파면서 한 손으로 운전하다가 빠졌을 거로 생각했다.

소 네 마리를 두 마리씩 짝을 지어 차의 뒷부분에 묶었다. 사람들은 전부 차 옆에 다닥다닥 붙었다. 이장님이 구령하면 차에 붙은 전체 인원이 동시에 힘을 썼다. 소를 모는 사람들도 같이 보조를 맞추었다. 조금씩 움직여 차를 꺼냈다. 소가 타고 다녀야 할 차인데 소를 고생시켰다고 어떤 아저씨가 말씀하셨다.

몇 달 후에는 철재네 차가 다른 차와 부딪치는 사고가 나서 차를 팔아야 한다는 이야기가 오고 갔다. 면허증 없이 운전했다고 한다. 여러 차례 면허 시험을 봤지만 따지 못해서 무면허로 운전했다고 한다. 무슨 말인지는 모르지만 아마도 해서는 안 될 것을 했다는 것만 이해했다.

'또 코를 파셨나?'

철재는 나보다 한 살 어렸다. 철재네는 마을에서 잘 사는 축에 속
했다. 안화동에서 유일하게 칠면조를 키웠다. 흑염소도 두 마리 키웠
다. 목에 줄을 매어 논가에 묶어 놓았다가 저녁이면 집으로 끌고 갔
다. 나는 그 염소가 탐이 났다. 철재네는 부자니까 내가 염소 한 마리
가져가도 되겠다는 생각도 들었다.

'어떻게 하면 저 염소를 가질 수 있을까?'

논가나 밭둑에 메어놓은 염소를 매일 찾았다. 일주일 정도 풀도 뜯
어 주고 머리도 쓰다듬어 주었다. 염소 목에 매인 줄은 철 꼬챙이로
땅에 박혀 있었다. 발로 철 꼬챙이를 툭툭 차 보았다. 잘 뽑히지 않았
다. 사람들이 보이지 않는 틈을 타서 슬쩍 뽑아 놓았다. 거의 뽑혔지
만, 완전히 뽑진 않았다. 염소에게 풀을 주어 스스로 나머지를 뽑도
록 하였다. 염소가 슬슬 따라왔다. 철 꼬챙이가 완전히 뽑혀 줄에 끌
리고 있었다. 이제는 되었다. 사람들이 있는 곳으로 유인하였다. 누군
가 외치는 소리가 났다.

"염소가 풀렸다."

나는 얼른 염소 줄을 잡았다.

"이제 이건 내 염소다!"

"철재네 염손데?"

"아냐! 내가 주웠어. 봤잖아."

길에 떨어진 것은 누구나 먼저 줍는 사람이 주인이라고 생각하였
다. 물론 발로 몇 번 차기는 하였지만, 완전히 뽑은 것은 아니었다. 염
소가 길에 떨어져 있어서 내가 주웠으니 내 염소였다. 염소는 힘이 세

었다. 따라오려 하지 않는 염소 줄을 끌고 우리 집까지 갔다.

"엄마! 엄마! 내가 염소를 주웠어. 이제 이것은 우리 거야. 얼른 잡아!"

엄마가 쫓아와서 염소를 받아줄 줄 알았다.

"어디서 끌고 왔어?"

"길에서 주웠어. 이제 우리 거야!"

"철재네 염손데?"

"아냐 이제 내가 길에서 주웠으니까 우리 거야."

엄마와 실랑이를 하는 사이에 염소가 내 힘을 이기고 달아났다. 나는 염소 힘에 부쳐 땅에 넘어져 끌려갔다. 울음을 터뜨렸다.

"엄마가 얼른 잡아야지."

"우리 염소가 아니야. 철재네 염소잖아."

"길에서 주웠어도?"

"주인을 찾아주어야지."

철재네 할머니는 나를 볼 때마다

"염소가 갖고 싶었어? 가져가 키워라."

"아니에요. 우리 거가 아니에요."

길에서 주웠어도 무조건 내 것이 안 될 수도 있었다. 마을 사람들도 나를 볼 때마다,

"네가 철재네 염소 끌고 가서 너희 것이라고 했다며?"

부끄럽기도 했다. 조금은 양심의 가책도 느꼈다. 완벽하게 염소가

길로 나온 것은 아니어서였다. 길에서 주운 것은 내 것이라는 생각은 이 일이 있기 전에 있었던 달걀 사건 때문이었다.

나는 술래잡기를 좋아하였다. 그것도 술래가 좀처럼 찾지 못하는 곳에 숨어 있는 것을 즐겼다. 커다란 항아리 속에 숨어 들어가며,
'이곳에 숨으면 절대로 찾지 못할 거야!'
웃음이 절로 나왔다. 웃으며 항아리 속으로 들어가다가 항아리 주둥이에 이를 부딪쳤다. 아픈 줄도 모르고 아이들이 다 떠날 때까지 숨어 있었다. 항아리에서 나왔을 때에는 저녁이 되었고 앞니가 시렸다. 항아리 주둥이에 앞니가 깨진 줄도 모르고 항아리 속에서 혼자 웃었다. 아이들은 나와 술래잡기를 별로 좋아하지 않았다. 내가 숨으면 찾다가 집에 가도 나오지 않아서 재미가 없다고 하였다. 어떤 날은 찾기 전에 스스로 나왔다.

강철이와 희순이랑 셋이 술래잡기 놀이를 하였다. 나는 이번에도 거의 사용하지 않는 헛간으로 숨었다. 헛간은 거미줄이 쳐져 있고 먼지가 잔뜩 쌓여 있었다. 헛간 가운데는 바퀴 하나 빠진 수레가 기울어진 채 먼지를 뒤집어쓰고 있었다. 이 헛간은 용근이네 외갓집 것이었다. 집에서 떨어져 조금 외진 곳에 있는 이곳에는 버리기는 아깝고 당장 쓰기엔 불편한 물건을 놓았다. 우리는 마을 공동 소유처럼 사용하였다. 헛간 끝에 있는 화장실도 누구나 사용하였다. 놀다가 화장실에 갈 일이 있으면 이곳을 마치 내 집처럼 사용하였다. 술래잡기하면

서 숨기엔 좋은 장소였다. 이곳을 숨을 곳으로 찾은 내가 대견하였다. 누구도 나를 찾지 못할 것이란 생각에 미소가 절로 나왔다. 수레 밑의 컴컴한 곳에 내 몸이 겨우 들어갈 만한 공간을 찾아 엎드렸다. 처음엔 캄캄해서 보이지 않던 곳이 조금씩 보이기 시작하였다. 내가 엎드린 곳 바로 앞에 둥글둥글한 하얀 돌들이 쌓여 있었다.

'무슨 돌이지?'

돌로 보이던 것이 차츰 달걀로 보였다. 멍하니 바라보았다.

"못 찾겠어! 얼른 나와!"

강철이의 목소리에도 그대로 엎드려 있었다.

"안 나오면 집에 간다!"

술래잡기는 끝이 났다. 친구들은 나를 찾다가 지쳐서 집으로 돌아갔다.

양동이를 들고 가서 거의 한 양동이의 달걀을 두 번에 걸쳐 주워왔다. 마을에선 집마다 닭을 내어 놓고 키웠다. 대부분 닭은 자기 집에서 알을 낳았다. 그런데 이 달걀은 누구네 닭이 낳은 것인지 알 수 없었다.

"이게 어디서 났어?"

"바퀴 빠진 수레 놓는 창고에서."

"용근이네 외갓집 헛간?"

"응."

"함부로 가져오면 안 되지."

"이거 주인 없는 달걀이야."

어머니는 먼저 용근이 외갓집에 이야기하였다. 그 집 것이 아니라고 하였다. 주위 집들도 물어봤지만 서로 자기 것이 아니라고 하였다. 어머니와 강철이 어머니는 상의 끝에 전부 삶아서 이웃들과 나누어 먹었다.

"정수가 헛간에서 주운 달걀에요."

"임자 없는 것인데 정수나 먹이지 그랬어요?"

누구도 이 달걀의 처리 방법에 이의를 달지 않았다. 나는 그때 그런 생각을 하게 되었다.

'주인을 알 수 없는 것은 주워서 가져도 된다.'

그런데 철재네 염소 사건을 계기로 기준이 바뀌었다.

'주워도 내 것이 안 될 수도 있다.'

◇◇◇◇

김용근은 나와 동갑이고 몸집도 비슷하였다. 용근이네 집은 마을과 앞산 사이에 있는 논을 두 개 정도 길이를 지나서 있었다. 과수원 속에 한 채 있는 집이 용근이네 집이었다. 용근이네는 소문이 많았다. 용근이 엄마는 잘 웃는 분이셨고 나도 좋아하는 분이셨다. 우선 용근이 엄마는 젖이 커서 업은 아이에게 젖을 등 뒤로 넘겨 먹일 수 있다는 소리가 있었다. 물론 한 번도 본 적은 없었다. 자세히 보면 가

습이 크긴 컸다. 용근이 엄마는 재혼했다. 용근이는 첫 번째 남편의
아들이라는 사실을 마을 사람들은 다 알고 있었다. 이런 사실을 누
구도, 단 한 번도, 용근이에게 묻거나 놀리는 일을 하지 않았다. 어린
마음에도 혹시 용근이가 싫어할 것 같았다. 용근이 아빠는 마을에서
제일 먼저 오토바이를 타고 출근하셨다. 오산의 냉장고 만드는 기술
자라는 소문이 있었고 미군 부대 기술자로 있다는 소문도 있었다. 용
근이가 가끔 아버지가 만들어 주었다고 가져오는 것을 보면 기술자인
것은 맞는다고 생각했다. 우리 마을에서 전기가 들어오기 전에 집에
서 발전기로 전기를 만들어 사용했다. 용근이 아버지는 인사를 하면
늘 웃으며 받아 주시는 푸근한 아저씨였다.

　용근이와 한 번 크게 싸운 일이 있었다. 나를 자주 놀렸다. 세 번은
참았다. 그만큼 참았다는 것은 그 뒤의 어떤 행동에도 정당성을 갖는
다는 것을 의미했다. 엄마는 늘 화가 나면 세 번 참으라고 하셨다. 그래
서 늘 세 번을 참았다. 그 날도 용근이는 나를 세 번까지 화나게 하였
다. 둘이 엉겨 붙었다. 내 목덜미를 꼬집고 나도 용근이의 얼굴과 여기
저기를 사정없이 잡아 뜯었다. 결국 용근이가 울면서 집으로 갔고 나도
집으로 왔다. 어머니와 아버지에게 세 번 참았다는 이야기를 하였다.
목에 난 상처를 보고 싸우지 말라는 소리를 듣고 있었다. 용근이 아버
지가 우리 집을 찾아왔다. 아마 아버지는 어른들 싸움이 될 것으로 아
셨던 모양이었다. 아버지는 나를 얼른 숨으라고 하시고는 용근이 아버
지를 맞았다. 용근이 아버지는 뜻밖에 애들이 싸울 수 있다고 하면서
나를 찾았다. 용근이 얼굴에 손톱자국이 많이 났다고 정수는 어떠하

냐고 보러 왔다고 하였다. 숨어 있다가 나를 혼내러 온 것이 아님을 알았다. 용근이와 싸우게 된 것부터 해서 내가 정당함을 이야기했다.

"그랬구나."

용근이 아버지는 웃으며 내 얼굴을 보더니,

"너도 상처가 많이 났구나. 이리 와 봐."

내 상처에 빨간 약을 발라주며 싸우지 말라고 하였다. 고개를 끄덕여 대답했다. 어른들은 아이들이 크면서 그럴 수도 있다며 웃었다. 나는 이해되지 않는 것이 있었다. 분명히 내가 잘못한 것이 없으면 용근이가 와서 먼저 싸우지 말자고 해야 할 텐데 용근이 아버지와 약속한 것이 이상했다. 우리는 다음 날에는 싸우지 않고 같이 놀았다. 용근이 아버지가 점잖으신 분이라는 소문은 자자했고 용근이 엄마도 나를 볼 때면 머리를 쓰다듬어 주었다. 용근이와 사이좋게 지내라는 말을 늘 하셨다.

용근이와 사이좋게 지낸 것은 그 며칠 동안이었다. 서로 덩치가 비슷해서 지려고 하질 않았다. 한 번씩 싸움할 때가 있었다. 문제는 용근이 엄마였다. 분명히 용근이가 아주 많이 잘못 했는데도,

"우리 용근이 때리지 마라?"

"예!"

마지못해 대답했지만 내가 일방적으로 때릴 상황도 아니었다. 또 용근이가 억지를 쓰니까 싸우는 것인데 용근이 잘못한 것은 한 번도 이야기하지 않았다. 나는 그것이 싫었다. 아무리 용근이의 잘못을 이야기해도

"용근이와 사이좋게 지내라?"

"용근이가 먼저 놀려요."

"사이좋게 지내라!"

"용근이가 먼저 꼬집어요."

"사이좋게 지내!"

"용근이가 먼저 저를 때린다니까요?"

"사이좋게 지내라? 용근이 때리지 말고?"

웃는 것인지 비웃는 것인지 모를 미소만 지으며 무조건 싸우지 말고 용근이 때리지 말라고만 하였다.

'용근이가 나를 때리는 것은 괜찮은 일인가?'

용근이에게도 정수를 때리지 말고 정수와 싸우지 말라고 하여야 할 터인데 무조건 나보고만 참으라고 하니 생각할수록 화가 났다. 막무가내인 용근이 보다 용근이 엄마가 더 속상하게 하였다.

상점에서는 과학 실험용으로 주사기를 팔았다. 처음엔 바늘도 없는 주사기였는데 언제부터인지 거의 주사기와 같은 바늘 달린 주사기를 팔았다. 병원의 주사기와 거의 같은 모양이었다. 엄마를 졸라 주사기 하나를 겨우 살 수 있었다. 주사기에 물을 빨아들여 개구리 엉덩이에 주사를 놔 줄 수도 있었다. 주사기로 바람을 넣어도 들어가지만, 개구리가 죽을 것이라고 하여 개구리보다 큰 동물이 필요하였다. 강아지도 주사를 놓으려고 했는데 처음에는 가만히 있다가 한 번 아픈 뒤로는 주사기만 보여도 도망을 갔다. 뒤에 숨기고 있다가 다리를 잡기만 하여도 도망을 가서 놓을 수는 없었다. 닭은 잡기가 힘이 들어서 그렇지 잡으면 엉덩이에 주사 한 번 정도는 맞아도 잘 참았다. 주사 놓는 것도 시들해 지면서 물을 쏘는 장난감으로 사용하였다. 그것도 심심하면 바늘을 뺀 주사기를 얼굴에 대고 죽 잡아 뽑아 얼굴 살이 연필심처럼 솟아오르는 것을 보며 놀았다.

주사기를 가지고 놀던 시기에 용근이와 또 싸우게 되었다. 이번엔 용근이 엄마가 우리 엄마에게 마구 큰소리로 퍼부었다.

"애들 싸움에 왜 그래요?"

"애들이래도 맨날 정수에게 맞고 오니까 그렇죠?"

"아무 이유도 없이 그랬겠어요?"

엄마도 처음엔 차근차근 이야기하다가 서로 목소리가 높아졌다. 그 날도 내겐 잘못이 없었다. 너무나도 억울하였다. 어머니는 용근이 엄마에게는 큰소리를 쳤지만, 용근이 엄마가 가고 난 뒤에는 내게도 싸웠다고 혼을 내었다.

'지는 것이 이기는 것이다. 싸우면 너도 똑같은 사람이 된다.'

고개는 끄덕였다. 무슨 말인지 하나도 모르는 이야기뿐이었다.

나는 저녁 무렵에 주사기를 들고 용근이네 집으로 갔다. 저녁 TV를 보느라 용근이네 식구는 전부 안방에 모여 앉아 있고 웃음소리가 밖으로 흘러나왔다.

용근이네 마당 한쪽에는 용근이 아버지가 어디서 가져왔는지 거실에 앉는 길고 푹신한 소파가 있었다. 그 위에는 지붕을 만들어 비를 피할 수 있고 더운 여름에는 여기에 앉아 옥수수를 먹거나 자기도 하는 의자였다.

며칠 후에 용근이 아버지는 트럭을 불러 소파를 치워 내었다. 마을 사람들이 멀쩡한 소파를 왜 버리느냐고 하자,

"소파에 앉으면 옷에 오물이 묻고 냄새가 나요. 소파 속이 썩어서 그런가 봐요."

"겉은 새 건데…"

'오물 아닌데 닭똥물인데…'

용근이는 자기 어머니에게 이야기해도 내게 별 효과가 없자 자기 아버지를 졸랐다. 내가 가만히 있어도 지 아버지만 있으면,

"아빠! 얘가 맨날 때려요."

"언제 때렸어?"

"지난번에 때렸잖아."

"거짓말 마라!"

"정수야 우리 용근이 때리지 말고 사이좋게 지내라?"

"정말 용근이 때리지 않았어요."

"괜찮아! 너 혼내는 거 아니야 앞으로만 때리지 말고 지내라!"

"정말 안 때렸다니까요?"

"허 참! 어른이 말하는데. 음."

"정말 안 때렸어요."

"그래도! 다신 안 그러겠습니다. 하면 되는 거야!"

아저씨 뒤에서 혀를 내미는 용근이가 보였다.

"저거 보세요. 용근이요."

"내가 뭘."

"정수 애도 고집이 있네?"

용근이 아버지나 용근이 어머니나 똑같았다. 왜 내 이야기는 전혀 듣지 않고 용근이 이야기만 듣는지 이해되지 않았다. 집에 와서 아무리 생각해도 분이 풀리지 않았다. 어른인데 왜 자기 자식이 잘못한 것은 생각하지 않고 거짓말만 믿고 나를 나무라는지 생각할수록 화가 났다. 다음날 일찍 마을 앞산으로 갔다. 앞산 끝에 과수원과 용근이네 집이 있었다.

그 날 용근이 아버지는 오토바이를 집에 놓고 헐레벌떡 병점까지 뛰어서 출근했다.

오토바이 배기관에 무가 박혀 시동이 걸리지 않았다고 했다.

'일찍 찾아냈네?'

나는 친구들과 자주 싸우지는 않았다. 내가 옳다고 생각되거나 상대가 막무가내면 세 번까지 참았다가 일단 화를 내면 끝내 이겨야 속이 풀렸다. 강철이와는 거의 싸울 일이 없었다. 강철이 형인 강근이 형이 옆에서 조정하였다. 내가 잘못하면 내가 잘못 하였다고 하고 강철이가 잘못하면 자기 동생임에도 강철이가 잘못했다고 명확하게 선을 그었다. 오히려 강철이가 떼를 쓰면 자기 동생이 잘못 했다고 혼을 내었다. 세 살 위의 형이었지만 믿음직한 형이었다. 물론 강철이 엄마가 정수는 혼자이니 네가 동생과 같이 돌보아야 한다고 당부하셨다. 그래서인지 강근이 형은 친형 같았고 누나들도 친누나 같았다. 하순이는 나보다 두 살이나 어린 동생이었고 나도 동생으로 돌보았다. 특별히 돌본다는 것보다 같이 싸우지 않고 노는 것이 돌보는 것이었다.

강철이는 나와 동갑이고 친구였다. 사시사철 코를 흘리며 달고 살았다. 코가 나오면 오른팔로 쓱 훔치거나 훌쩍 콧속으로 삼켰다. 겨울에도 내복 없이 홑바지 하나를 입고 다녔다. 바지는 짧아 장딴지까지 올라왔다. 두 손을 바지 앞쪽 속에 넣고 덜덜 떨면서 놀았다. 안 추우냐고 물어보면 춥다고 하면서도 그렇게 다녔다. 어머니는 강철이처럼 튼튼해야 한다고 하셨는데 어떻게 해야 하는 것이 튼튼한 것인지는 가르쳐 주지 않았다. 강철이는 겨울만 되면 감기를 늘 달고 살았는데 꼭 튼튼한 것 같지는 않아 보였다.

　수원 근처에 외삼촌이 군인으로 근무하셨다. 엄마에게는 외삼촌과 이모 한 명 해서 삼 남매가 있었다. 외삼촌은 정이 많으신 분이셨다. 결혼 전에는 물론이고 결혼하여 당신의 자녀가 있음에도 무척 나를 아끼셨다. 우리가 안화동으로 이사를 오고 나서 바로 외삼촌 면회를 갔다. 하사관으로 계셨는데 진급 전에는 외박이 되지 않았던 모양이었다. 시외버스를 물어물어 타고 삼촌 근무지까지 찾아갔다. 가서도 면회신청을 하고 한참 기다려 면회를 하였다. 야산의 작은 건물에 소대 규모가 파견 나와 있는 곳에서 근무하셨다. 그다음부터는 면회를 간 기억이 없다. 삼촌이 자주 나오시고 나중에는 부대 밖에 집을 두고 출퇴근을 하셨다.

삶아간 닭을 먹고 삼촌 면회가 끝나자 저녁이었다.

이렇게 늦은 밤에 다닌 적이 없었다. 버스를 타고 집으로 오다 보니 하늘에 커다란 달이 따라다녔다. 버스를 타고 가도 따라다니고 아버지가 나를 업고 가도 나를 따라다녔다.

"엄마! 달이 왜 나를 따라와?"

아빠는,

"달이 멀리 있어서 그렇게 보이는 거야."

엄마는,

"정수를 좋아하나 보다."

'왜 나를 따라다닐까? 내가 크면 알 수 있을까?'

두 분 말씀이 하나도 알아들을 수 없었다.

"엄마! 달이 커졌다가 작아졌다 하잖아?"

"그래? 어떻게 알았어?"

엄마와 아버지는 나를 바보로 아셨다. 오로지 내가 잘하는 것은 한글을 조금 빨리 깨우친 것뿐이고 나머지 정신적인 기능이 부족하다고 믿고 있었다. 생각 없이 사는 아이. 늘 다치고 사고 치는 아이였다.

"나는 달이 왜 커졌다가 작아졌다 하는지 그 이유를 알아!"

내가 달이 커졌다가 작아졌다 하는 것을 관찰만 한 것도 아니고 그 이유를 안다고 했다. 두 분은 놀라셨다.

"그래? 왜 그러는데?"

엄마와 아버지가 합창했다. 아마도 달의 움직임과 해의 움직임에

관한 이야기를 듣고 싶으셨을 것이다.

"응. 달님이 밥을 많이 안 먹어서 홀쭉하게 되니까 별님에게 혼나고, 너무 많이 먹어서 뚱뚱해지니까 또 별님이 혼내고 그래서 다시 밥을 안 먹고 그래서 그렇게 된 거야."

나는 아주 자랑스럽게 대답을 하였다.

아버지와 어머니는 나지막한 소리로 다시 합창하셨다.

"그래?"

"응."

◇◇◇◇

외삼촌은 나만 보면 좋아하셨다. 자신의 월급을 전부 털어 내 옷을 사 입히곤 했다.

그 날도 월급날이었다. 외삼촌은 내게 맞는 작은 양복을 해 입혔다. 이발소에서 2:8 가르마를 타고 포마드머릿기름를 발랐다. 완전한 꼬마 신사를 만들었다. 그렇게 자랑을 하려고 나를 안고 가다가 빗속에서 넘어졌다. 내 몸 한쪽은 흙탕물에 완전히 젖어 있어 비에 젖은 신사가 되었다. 옷을 전부 버리고 비 맞은 신사. 반쪽신사가 되어서도 엄마 아빠 앞에 자랑하였다. 그래도 두 분은 미소를 멈추지 않았다. 새 옷, 새 구두에 머리도 마음에 드셨던 모양이었다. 신사 머리는 한참 동안 유지하고 다녔다. 내 머리카락이 자람에 따라 2:8 가르마도 서서히 없어졌다. 외삼촌이 해준 머리를 손대고 싶지 않았지만, 머리카락은 계속 자랐다. 집에는 머릿기름도 없었다. 머리카락이 눈을 찌르고 한동안 머리를 깎아 줄 분위기는 아니었다.

천을 자를 때 쓰는 커다란 가위를 들었다. 마루에 앉아 거울을 보면서 앞머리를 자르기 시작하였다. 가지런하게 잘리지 않고 들쑥날쑥했다. 겨우 맞추어 보면 왼쪽 위가 올라가 있고 다시 조금만 더 자르다 보면 오른쪽 위가 올라가 있었다. 중이 제 머리를 못 깎는다고 하지만 나는 기어이 내 머리를 내가 깎았다. 앞머리를 앞으로 내리면 조금 이상하지만, 옆으로 돌려 넘기면 그런대로 괜찮게 보였다. 머리를 깎은 내가 자랑스러웠다. 가위를 들고 마루 밑에 앉은 강아지 머리를 깎아 주었다. 양쪽 귀 가운데를 바짝 잘랐다. 몸의 털은 조금씩 자르다 보니 움푹움푹 이상해졌다. 강아지가 계속 가만히 있으면 잘 깎을 수 있었다. 꼬리를 자르다가 살을 잘랐는지 '깨갱!'하고 강아지가 도망갔다.

'뭐를 자를까?'
가위를 들고 나섰다. 울타리 나뭇가지도 잘라 보았다.
바로 앞집 강철이네 집으로 갔다. 강철이 동생 하순이가 있었다.
"하순아 이리와 봐! 오빠가 머리 잘라 줄게"
하순이는 나보다 나이가 두 살이나 어렸다.
"싫어."
"오빠가 예쁘게 잘라줄게."
"엄마에게 혼나."
"너 지금 머리가 너무 길어서 잘라야 해! 안 그러면 머리가 길어져서 귀신처럼 될 거야."

"내가 귀신이 된다고?"

"어휴! 그게 아니고… 지금 머리를 잘라야 한다고!"

하순이를 마루에 앉혔다. 그리곤 앞머리 뒷머리를 조심스럽게 잘랐다. 하순이 머리카락은 내 머리카락보다 부드러워 잘 잘렸다. 머리카락 수도 작았다. 조금만 힘을 주어도 쓱쓱 잘려나갔다.

"오빠 여기 삐뚤어졌어."

"그래?"

"여기가 이상해."

"그래?"

긴 머리를 대부분 짧게 잘랐다.

"예쁘지?"

하순이도 고개를 끄덕였다.

엄마는 나를 보고 기겁을 하였다.

"누가 머리를 이렇게 했어?"

"내가 잘랐어."

자랑스럽게 대답하였다. 엄마는 한숨을 쉬며 고개를 옆으로 떨구었다. 그때,

"정수 엄마!"

강철이 엄마가 하순이를 데리고 오셨다.

"하순이 머리가 왜 이래?"

"정수가 잘라 주었데요."

엄마의 눈은 이글거리고 있었다. 하순이 엄마도 원망의 눈초리였다. 엄마의 화난 목소리가 온몸의 솜털을 건드렸다.

엄마는 하순이와 나를 데리고 이발소로 갔다. 하순이 엄마는 되었다고 했지만, 엄마는 여자애라고 다듬어야 한다고 하였다. 하순이도 이발소 아저씨가 다듬어 주었고 나도 이발소에서 다시 잘라 주었다. 내 머리는 더는 자를 것이 없다고 이발소 아저씨가 빡빡 밀어버렸다. 머리 감겨주는 형은 왜 화가 났었는지 내 머리를 손톱으로 빡빡 밀며 감겨 주었다.

"엄마! 머리 아파요."

"참아!"

엄마도 내 편은 아니었다. 머리에서 피가 났을 거라는 생각을 하였다.

이발소에서 머리를 다듬은 하순이와 나를 데리고 하순이 엄마에게 용서를 빌게 했다. 하순이 엄마는 머리카락은 길어지니까 괜찮다고 하였다. 엄마는 계속 미안하다고 하였다. 내 머리보다도 하순이 머리 잘라준 것 때문에 많이 혼났다.

강아지 털 잘라 준 것은 아무도 모르는 것 같았다.

삼촌은 여기저기 옮겨 다니면서 근무하였다. 수원 비행장에 근무할 때 놀러 가면 산 위에 올라 전투기를 구경할 수 있었다. 전투기가 두 대씩 짝을 이루어 뜨고 내리는 것을 볼 수 있었다. 아주 큰 비행기가 뜰 때에는 한 대만 떴다. 내릴 때에는 전부 한 대씩 내려앉았다. 비행기가 정말 하늘로 날아오르는 것이 신기했다. 나도 비행기를 타고 하늘을 날고 싶은 마음이 간절했다.

비행장은 이중 철조망으로 되어 있었다. 첫 번째 철조망 안에는 외삼촌이 거주하는 집과 다른 군인들이 사는 집이 있었다. 다시 철조망을 지나가면 거기서부터 비행기장이었다. 거기서부터 비행기까지는 철조망이 없었다.

외삼촌 집에는 내가 놀만 한 장난감이 아무것도 없었다. 집에서 나와 철조망 밑 부분을 살짝 위로 들추면 나 정도의 몸은 마음대로 통과할 수 있었다. 풀이 많이 나 있었지만, 그곳부터 비행장이었다. 비행장이 바로 앞에 있는 것이 아니고 내가 앉은 곳은 산 위였다. 거기에서 아래로 내려다보면 저 멀리서 비행기가 뜨고 내리는 것이 훤히 보이는 곳이었다. 거의 온종일 비행기를 바라보았다.

비행기가 처음 출발 할 때에는 소리가 엄청 커지면서 서서히 움직이다가 빠르게 이동하며 하늘로 날아올랐다. 하늘에서 내려올 때에는 땅에 닿자마자 비행기 뒤에 낙하산을 펼치고 멈춰 섰다. 산에 앉았다가 누웠다 하면서 하늘의 비행기를 보면 손을 흔들어 댔다. 땅에 내린 비행기가 자기 집을 찾아가는 것을 보며 나도 직접 조종하고 싶었다. 비행기를 한 번이라도 만져보고 타보고 싶었다.

오후 늦게 비행기 두 대가 뜨려고 준비하다가 갑자기 멈추어 섰다. 비행기 두 대가 요란한 엔진 소리를 내고 꼬리에서 불꽃이 보일 정도 이면 바로 떠야 한다. 늘 그랬는데 비행기가 엔진 소리를 크게 했다가 다시 작게 하고 비행기 집으로 돌아갔다.

순간 사이렌이 요란하게 울렸다. 무슨 일이 급하게 일어나고 있다 는 생각이 들었다. 아마도 누가 아프던지 불이 났을 거로 생각했다. 불이 난 곳은 보이지 않았다. 불자동차도 보이지 않았다.

"애 앵!"

시끄러운 소리가 나고 얼마 동안 있었다. 비행기가 더는 뜨지 않았 다. 이제 집에 가야겠다고 일어서려는데 어디서 무슨 소리가 들렸다.

"손들어!"

'무슨 소리지?'

소리 나는 곳으로 머리를 돌렸다. 총을 든 많은 군인이 내 주위를 둘러쌓고 있었다. 총을 내게 겨누고 있었다. 내가 일어서자 엎드려 있 던 많은 군인도 천천히 일어섰다.

"안녕하세요?"

군인은 모두 삼촌 친구로 생각했었다.

'언제 내 옆에까지 왔을까? 발걸음 소리도 없이.'

"어떻게 여기 들어왔어?"

"저기 보이는 곳이 삼촌 집이에요."

"그래? 여기 철조망은 어떻게 들어왔어?"

내가 들어온 곳으로 다시 나갔다가 들어왔다. 이중 철조망이어서 안쪽 철조망은 엉성하게 설치되어 있었다.

"너 때문에 우리가 혼났다. 여기 들어오면 안 돼!"

"비행기만 보는데요?"

"그래도 여기 철조망 안으로 들어오면 안 되는 거야."

삼촌 말로는 누가 산에서 비행기를 관찰한다고 비상이 걸렸었다고 했다. 그래서 급히 군인들이 출동했고 외삼촌이 곤욕을 치렀다는 소리를 들었다. 엄마에게 철조망 안으로 들어갔다고 엄청나게 혼이 났다. 외삼촌이 퇴근하면서 엄마를 말리지 않았다면 더 혼났을 것이다.

"애가 뭘 안다고 그래?"

"정수 때문에 상관에게 혼나지 않았어?"

"애가 한 일인데 뭘. 신고가 들어와서 비상이 걸리고 대기조가 출동했는데 거기 출동한 병사 한 명이 정수를 알아본 모양이야. 별일 없이 끝났어."

외삼촌은 다음부터 정문으로 가서 위병에게 말하고 들어가라고 하였다. 미리 말을 해 놓았다고 하셨다. 내가 정문에서 인사를 하면 문을 지키는 군인 아저씨들도 반갑게 맞아 주었다.

"저기에서만 구경해야 해!"

내가 비행기를 볼 수 있는 장소를 지정해 주었다. 군인 아저씨가 의자도 가져다주었다.

'비상이 뭘까?'

외삼촌은 외숙모와 그곳에 사실 때 결혼하셨다. 결혼 전에 셋이 영화도 보고 짜장면도 셋이 같이 먹고 했는데 어느 날부터 외숙모가 되셨다. 외숙모도 매우 좋은 분이셔서 갈 수만 있으면 자주 놀러 갔다.

용주사로 소풍을 갈 때에 김밥을 싸서 따라오신 분이 외숙모셨다. 담임선생님 김밥도 외숙모가 싸 주셨다.

나의 우상인 외삼촌과 외숙모, 이분들이 가을 운동회에 구경 오셨다. 엄마도 그날은 도시락을 싸 들고 단체로 하는 무용과 매스게임을 관람하였다. 나는 내 또래보다 키가 큰 편이었는데 달리기는 아주 형편없었다. 달리기는 3위까지 상품을 주었다. 오전엔 맨손 달리기를 해서 상품을 주고 오후엔 달리다가 지령을 수행하는 경기였다. 물론 그냥 맨손 달리기에서는 우리 조 여섯 명 중에 5등을 하여 상품과는 인연이 없었다. 그래도 5등 한 것이 잘한 것이라고 점심 먹는 내내 칭찬이 많았다. 처음엔 1등으로 뛰었다고 잘했다고 하였다. 내 머릿속엔 전혀 들어오지 않았다.

오후에는 조금 희망이 있었다. 달리는 도중에 종이에 쓰인 지령대로 임무를 수행하며 최종 목적지에 도착하는 경기였다. 내게 3위 안에 들 수도 있을 확률이 제일 높은 경기였다. 어떤 지령이냐에 따라 달라지겠지만, 잘만 하면 쉽게 1등도 가능하였다. 앞선 조들에서는 꼴등이 1등이 되는 경우가 많았다.

'꼭 3등 안에 들어야지!'

달려가다가 땅에 반쯤 심어 놓은 임무지를 선택하여 임무를 수행하면서 달리면 되었다. 화약총소리가 나자마자 달렸다.

내 임무지를 펼쳤다.

'구두를 한 짝 들고 달리시오!'

내게 주어진 임무는 관중석에서 구두를 얻어서 들고 달리는 것이었다.

'구두를 누가 신었을까?'

관중석에 있는 사람들을 둘러보아도 구두는 보이지 않았다. 아주머니들이나 아저씨 모두 고무신을 신고 있었다. 평소에도 고무신을 신는 학생들이 운동회 날 구두를 신을 일은 없었다. 선생님들도 운동화를 신고 있었다. 교장 선생님은 가능성이 있지만, 감히 가까이 갈 수 없는 분이셨다.

'어떻게 하지? 구두 신은 사람이 없는데… 맞다!'

외삼촌이 생각났다. 외삼촌에게 가려면 처음 출발한 지점을 다시 지나쳐 관중석까지 와야 하였다. 그래도 오직 믿을 분은 외삼촌밖에 없었다. 엄마나 아버지 또는 주위의 사람들도 구두를 신은 사람이 없었다.

외삼촌은 내 임무지를 펼쳤다.

"여기에 구두를 신은 분이 어디 있어? 어떻게 하라고 이런 임무지를 만들었을까?"

잠시 생각하시던 외삼촌은 내게 주어진 지령을 수행하느라 자신이 신고 있던 군화를 벗기 시작하였다. 군인들이 신는 군화는 무릎 밑까지 오는 가죽 장화인데 끈이 많이, 아주 많이 묶여 있었다. 그래도 외삼촌은 최선을 다해 벗어 주셨다.

'빨리 벗어 주시지…'

"빨리! 빨리!"

외삼촌도 최선을 다하는 것을 알지만, 발을 동동 굴렀다.

외삼촌의 군화는 무겁기도 하였다. 군화를 들고 뛰다가 넘어져도 다시 일어나 열심히 뛰어갔다. 오로지 1등만 머릿속에 있었다. 3등도 좋다.

앞에 1등만 누릴 수 있는 흰 붕대테이프를 두 명이 들고 있는 것이 보였다.

'내게도 이런 일이… 1등이다.'

열심히 달려 두 팔을 활짝 들고 테이프를 끊었다.

우리 조는 이미 끝나고 다음 조의 테이프였다.

실망한 나를 위해 외삼촌이 나섰다. 관중석의 학부모를 위한 달리기 대회였다. 즉석에서 학부모를 모집하여 어른들의 달리기 시합을 하였다. 외삼촌은 잠시 망설였다. 운동화가 없었다. 맨발로 뛸 수도 없고 무릎까지 오는 군화를 신고 뛰자니 무거웠을 것이다. 그냥 군복에 군화를 신고 나섰다. 청년들 여섯 명이 나왔다.

외삼촌이 처음엔 1등으로 나섰다. 우리는 함성을 질렀다. 나도 모르게 벌떡 일어났다.

그런데 점점 떨어졌다. 뒤에 있는 사람들이 한 명씩 한 명씩 외삼촌을 따라 잡았다.

외삼촌은 6등을 하셨다.

엄마는 운동화만 신고 뛰었어도 1등 할 수 있었을 것이라고 하고 아버지도 군화 신고 그 정도면 아주 잘한 것이라고 하였다.

결국 내 손에 주어지는 상품은 하나도 없었다. 집에 가는 길에 외삼촌이 노트를 사 주었지만, 그것과는 전혀 다른 것이었다. 하나도 고맙지 않았다.

1등을 한 사람은 고무신을 신고 뛰었다.

소와 추억

안화동에서 소는 특별하였다. 집마다 부를 가져다주었다. 자신의 소가 있어서 소를 키우는 집도 있었고 자신의 소가 없는 집은 오산이나 수원에 가서 소를 받아왔다. 그래서 자신의 소가 없어도 소를 키울 수 있었다. 며칠 동안 소를 먹이고 재운 후 다시 가져다주면 일정한 돈을 받아왔다. 소를 받아오는 집에는 늘 소 여물을 준비하고 있었다. 소를 받아오려면 외양간이 있어야 하고 소를 먹일 볏짚이나 풀이 있어야 했다. 우리 집은 아무것도 없었다. 외양간도 없고 논도 없고 볏짚도 없었다.

소를 받아 온 집은 자기 소유의 소처럼 여물을 먹이고 소 몸을 쇠로 만든 빗으로 빗겨 진드기를 뜯어내었다. 이렇게 받아온 소는 진드기가 많이 붙어 있었다. 진드기는 회색으로 쌀알보다 작은데 점점 커졌다. 강낭콩만 하게 커진 진드기는 소의 피를 계속 뜯어 먹으려고 소 피부에 단단히 붙어 있었다. 쇠 빗으로 일일이 뜯어내어 발로 밟아서 제거했다. 진드기를 밟으면 먹은 소피를 흩뿌리며 소리를 내고 터졌다. 모기처럼 소피를 머금고 있는데 먹기만 하면서 자랐다. 물에서 피를 빨아먹는 거머리와 다르게 진드기는 입만 있었다. 이 해충이 먹는 피의 양이야 작겠지만, 병을 옮기기도 하고 소가 가려워하였다. 단단히 소 피부에 붙어 있어 손으로 떼어지지 않았다. 뾰족하게 생긴 세모 모양의 날카로운 날이 있는 소 전용 빗으로 긁어내야 떨어졌다.

'나쁜 진드기!'
소가 괴로워할 생각을 하면 진드기는 몹시 나쁜 놈이었다.
보이는 모든 소에 진드기가 있으면 떼어주고 다녔다.

소를 바라보는 것은 재미있는 일이었다. 우리 부모님은 소 가까이에 가지 말라고 하셨다. 소가 발로 차면 사람이 다칠 수 있어 위험했다. 그래도 나는 소가 여물을 먹는 모습 보는 것을 좋아하였다. 커다란 눈을 껌뻑이며 오물오물 여물 먹는 모습은 늘 귀여웠다. 소가 자기를 계속 쳐다보면 소도 여물을 먹다 말고 같이 쳐다본다. 큰 눈을 껌뻑이면서 나를 빤히 바라보는 소의 눈은 예쁘다는 생각이 저절로 들게 하였다. 소들은 속눈썹도 길고 쌍까풀도 있었다.
암소는 순하고 말을 잘 들었다. 뿔이 강하고 크게 달린 황소는 무

서워 가까이 가기 힘들었다. 더구나 뛰거나 씩씩댈 때는 금방이라도
받을 것 같았다. 부모님이 말하는 소의 발차기가 황소를 말하는 것임
이 틀림없었다. 황소는 뿔도 무서웠고 커다란 몸집 자체에서 위압감
이 느껴졌다.

소를 보면서 온종일이라도 있으라면 있을 수 있었다. 우리 집에는
소가 없으니 매일 강철이네 소를 구경하였다. 강철이 아버지는 일하시
는데 내가 거추장스러웠을 텐데도 쪼그리고 앉아서 마음껏 소를 보
게 내버려 두었다.

"소가 좋아?"
"예!"
"소 어디가 좋아?"
"예쁘게 생기고 착해요."

소가 오줌을 누는 것을 보는 것도 재미있었다. 황소는 배꼽 있는
곳에서 오줌이 좔좔 흘러나왔다. 엄청나게 많은 양의 물이 쏟아져 땅
이 파일 정도였다. 왜 소 오줌이 궁금했는지 나도 모를 일이었다. 소
가 뒷발로 찰 것 같아 소 옆으로 살살 다가갔다. 폭포처럼 흘러나오
는 소 오줌을 만져 보았다.
그냥 따뜻한 물이었다.

황소의 뒷다리 사이에 배 쪽으로 붙어있는 생식기관은 여름이면 축 처져 있었다. 겨울에는 단단한 돌처럼 생긴 것이 착 달라붙어 있는데 여름이면 겨우 붙어 있었다. 특별히 하는 일은 없는 것 같은데 주름진 것이 잡아당기면 바로 떨어질 것처럼 아슬아슬하게 붙어 있었다. 금방이라도 떨어질 것 같아 안타까운 생각마저 들었다. 소가 움직일 때마다 흔들흔들 거렸다. 소가 조금만 뛰어도 떨어질 것 같았다. 며칠 동안 소의 그것만 쳐다보았다.

'만져보면 뭐가 들었을까? 잡아당기면 떼어 낼 수 있지 않을까? 소가 아플까?'

가만히 소를 보고 있다가 나도 모르게 팔을 뻗쳤다. 내가 짚을 먹이면서 여러 날 동안 소를 사귀어 놓았다. 나와 친해진 소는 얼굴을 만져도 가만히 있었다. 소 옆에 앉아서 배를 만져 보아도 가만히 있었다. 자신감이 생겼다. 떼어내지는 않고 만져만 볼 생각이었다.
'물컹.'
느낌이 손바닥으로 전해졌다. 여전히 소는 가만히 있었다. 나와 아는 사이라고 그러는 것으로 생각하였다. 조물조물하면서 무엇이 들었든지 왜 그렇게 생겼는지 알아보고 있었다.
그 순간 소 뒷발굽이 내 허벅다리 앞부분을 때렸다. 뒤로 툭 나가 떨어지며 주저앉았다. 다리가 아픈 것은 둘째고 정신이 하나도 없었다. 강근이 형이 무슨 일이냐고 달려왔지만 말할 수 없었다.

"그냥 옆에 있는데 얘가 발로 찼어."

"소 가까이 가지마!"

이 이야기를 어머니에게 하면 어머니에게 빗자루로 호되게 맞을 것이었다. 소 근처에 가지 말라고 당부하였는데 소의 몸에 손을 대다가 소발에 채였다면 더욱 혼날 일이었다. 자고 일어났더니 허벅다리가 아파서 걷기 불편하였다. 오른쪽 허벅다리 앞쪽에 멍이 들었다. 소 발굽 모양을 그대로 본뜬 것 같고 하트 모양 같은 푸른 멍이 들어 있었다. 어머니 말대로 사람이 죽을 수도 있겠다는 생각이 들었다.

손으로 만지면 어떤지 애들에게 자랑하고 다녔다. 아무도 그곳을 만져 본 애들은 없었다. 영웅이 되었다. 특히 젖소를 키우는 형근이 형 동생이 무척 부러워하였다. 젖소를 키우는 집의 형근이 형 동생은 나보다 한 살 어렸다.

내가 소를 만져 보았다는 말을 들은 며칠 후 그 애가 소발에 채여 다리가 부러졌다. 허벅지부터 장딴지까지 부목을 대고 거의 두 달 동안 목발을 짚고 다녔다.

형근이 형네 젖소 한 마리는 매우 사납다고 팔아 버렸다.

◇◇◇◇

강철이는 나와 동갑인데도 소를 몰 줄 알았다. 나는 무서워서 가까이 가지 못하였다. 소발에 채인 뒤로는 더욱 그랬다. 강철이는 소를 마음대로 부릴 줄 알았다.

강근이 형과 강철이가 어른도 없이 둘만 오산으로 소를 받으러 간다고 하였다. 여름이 끝나고 가을이 접어들 무렵이었다.

"강근이 형! 나도 데리고 가."

"너희 엄마가 아시면 꾸지람 들을 텐데?"

"일찍 오면 되잖아."

누군가를 따라서 처음으로 오산을 간다는 것은 신 나는 일이었다. 소풍을 가는 느낌이었다. 더구나 든든한 강근이 형과 같이 가니 무서울 것도 없었다. 우리 셋은 오산으로 출발하였다. 낯선 밭길이나 논길, 마을들을 강근이 형은 다 알고 있었다. 여러 번 와 보았다고 했고 강철이도 어느 정도 길을 아는 듯했다. 내가 사는 마을과 다를 바 없었지만 그래도 새로운 곳을 걸어가는 것이 즐거웠다. 가다가 배가 고프다고 하니 강근이 형이 우리를 길가의 토마토밭으로 데리고 갔다. 밭에는 토마토를 수확하고 남은 아주 작은 토마토가 빨갛게 붙어 있었다.

"이거 우리 거 아니잖아."

"이건 다 거둬들이고 버리는 것이라서 괜찮아."

추수가 끝나고 남아 버리는 것은 누구나 가져가도 된다는 것을 배웠다. 토마토는 버리는 것이라 농익어 붙어 있었다. 배가 부를 정도로 따먹고 오산을 향했다. 많은 소가 있는 곳에서 강철이 형은 소 두 마리를 끌고 왔다. 하나는 자신이 끌고 다른 한 마리는 강철이에게 끌도록 하였다. 아마 어른들이 바빠서 강근이 형에게 소를 받아 오라고 시킨 모양이었다. 받아오는 소의 수는 상황에 따라 달랐다. 여름에는 다섯 마리를 받아와 외양간 밖에 재우기도 하였다. 나는 소를 몰 줄을 몰라 강근이 형이나 강철이 뒤만 졸졸 따라다녔다.

오산에서 오는 길에 소는 배가 고픈지 냇가의 풀을 계속 뜯어 먹으려고 했다. 우리는 소를 냇가에 묶어 놓아 풀을 먹게 하고 놀았다.

"강근이 형 소 타봤어?"
"아니."

내가 형을 부추겼는지 강근이 형은 소 등을 타고 싶어 했다. 강근이 형이 먼저 소 등에 타 보려고 하였지만, 소가 가만히 있질 않았다. 강철이가 소를 잡고 있어도 소는 엉덩이를 요리조리 피해서 자기 등을 내어주지 않았다. 소의 키가 커서 강근이 형도 오르기가 만만치 않았다. 본인이 타기엔 버거웠는지 이젠 나보고 타보라고 하였다. 나도 소를 타보고 싶은 마음이 컸다. 두려운 마음도 들었다. 강철이가 소를 잡고 강근이 형이 나를 들어 소 등에 태웠다. 소 등은 너무 무서웠다. 앉을 자리도 불편하여 금방이라도 앞으로 떨어질 것 같은 상황이었다. 생각보다 높아 떨어지면 크게 다칠 것 같은 높이였다. 소가 움직이는데 잡을 만한 곳이 없었다. 가만히 있어도 앞으로 몸이 쏠려 떨어지려 하였다. 소가 서너 발자국 움직이다가 점프를 하며 몸을 털었다. 나는 개울물로 떨어졌다. 다행히 물에 떨어져 다친 곳은 없지만, 옷을 흠뻑 젖었다.

젖은 옷 때문에 내가 오산에 다녀온 것이 발각되었다. 강근이 형은 그냥 물에 빠졌다고 하라고 가르쳐 주었지만 어린 애를 데리고 오산까지 다녀왔다는 사실만으로도 아주머니에게 심한 꾸중을 들었다.

"아빠 사람이 소 등에 탈 수 있어?"

"소는 탈 수가 없어."

"이발소 그림에 소 등에 타고 피리를 불며 가는 사람도 있던데?"

"그림을 그리는 사람이 생각해서 그린 것이고 사람은 소 등에 탈 수 없어. 말은 등이 오목해서 앉을 수 있지만, 소는 등이 위로 튀어나와서 앉을 수가 없어. 그림에 있는 피리 부는 사람은 상상해서 그린 거야!"

"강근이 형이 소 등에 타려고 했는데?"

"소가 뛰면 큰일 난다. 소 옆에 가지 말라고 했지?"

"나는 멀리서 구경만 했어."

자연스럽게 거짓말을 하였다.

"소뿔에 받혀서 죽는 사람도 많아. 절대로 소 근처에 가지 마라!"

"소를 타고 다니면 좋을 텐데……"

"소는 움직이는 것을 보면 자기를 해치는 줄 알고 달려와서 받아. 조심해야 한다."

'소는 움직이는 것을 보면 받는다?'

소를 마음대로 타고 다니면 얼마나 좋을까 생각했다. 아무도 나를 이길 사람은 없을 것이었다. 달식이 형도 내 소가 받으면 꼼짝 못 할 것이다.

'어디 갈 때 소를 타고 다니면 힘들지 않고 갈 수 있는데……'

"아빠 우리도 소 키우면 안 될까?"

"소밥은 어떻게 주려고?"

"소는 풀만 먹어도 되잖아."

"여물도 있어야지, 외양간도 있어야지."

"우리도 여물이랑 외양간 만들면 되지 않을까?"

강철이네가 오산에서 소를 받아 올 때 간혹 어린 송아지가 같이 오는 경우도 있었다. 제법 큰 송아지라 할지라도 코를 뚫지 않으면 어미 곁에서 이리저리 뛰어다녔다. 남의 밭을 망치기 때문에 관리하기가 여간 까다로운 것이 아니었다. 강철이나 강근이 형이 송아지 쫓는 것이 하루의 일이었다. 아버지가 하신 말씀이 생각났다.

'정말 움직이는 것을 보면 달려올까?'

소가 달려오면 무섭겠지만, 송아지는 작아서 괜찮을 것 같았다. 나는 집에서 보자기를 들고 나왔다. 밭 가운데 서서 송아지를 향해 보자기를 흔들어 댔다.

"너 뭐하냐?"

강철이와 강근이 형이 물었지만, 보자기만 흔들어 댔다.

'정말 송아지가 올까?'

처음엔 별 관심을 보이지 않던 송아지가 아버지 말대로 보자기를 흔들자 내게로 달려왔다.

"정말 송아지가 뛰어온다!"

보자기만 보고 보자기를 향해서만 뛰어 오면 좋을 텐데 송아지는 일직선으로 뛰지 않았다. 왼쪽과 오른쪽을 왔다 갔다 하면서 펄쩍펄쩍 뛰어왔다. 아무리 송아지이지만 가만히 있다가는 송아지에게 받히게 생겼다. 송아지가 가까워짐에 따라 무서움도 커졌다. 보자기를 던져 버리고 뛰었다. 송아지는 계속 나를 따라 뛰어왔다. 밭 근처의 뽕나무로 잽싸게 올라갔다. 송아지는 뽕나무까지 쫓아와서 나를 노렸다. 강근이 형이 와서 송아지를 쫓아줄 때까지 나무에 붙어 있었다. 아빠 말이 맞았다.

'소는 움직이는 것을 보면 달려든다.'

이 마을에서 소를 잘 키운 이야기만 있지 않았다. 소를 괴롭힌 이야기도 있었다.

뒷동산 너머에 사시는 어느 할머니는 소 엉덩이를 잘 때린다고 소문이 났다. 소를 팔려면 살이 토실토실하게 쪄야 하는데 소가 생각대로 살쪄 보이지 않는다. 그 할머니는 소를 팔기 전날 작은 회초리로 소 엉덩이를 다듬이 방망이질 하듯이 잘 때려 마치 소가 살이 찐 것처럼 보이게 한다고 소문이 났다. 일부러 그 집을 찾아갔다. 그 집엔 암소 한 마리가 있었다. 아무리 봐도 회초리가 보이지 않았다.

"할머니 소 엉덩이를 정말 때렸어요?"

웃기만 하였다. 내 머리를 쓰다듬었다.

"누가 그러던?"

할머니 손은 따뜻했다.

'소가 아플 텐데……'

그 할머니가 소를 때리지는 않을 것이란 생각이 들었다. 그 집에 있는 소는 다른 집의 소처럼 행복해 보였다. 엉덩이가 빨갛지도 않았다.

마을 공동 우물은 마을에서 50m 정도 떨어져 있었다. 논과 밭을 끼고 주위엔 앵두나무가 있는 우물이었고 우리 집에도 깊은 우물이 있었는데 해마다 물을 퍼내고 사람이 줄을 타고 들어가 우물 청소를 해야 했다. 그 해에 우리 집엔 우물 청소 할 사람이 없어 한동안 공동 우물을 길어다 먹었다. 이곳에선 마을 사람들이 빨래도 많이 하는 편이었다.

이 우물 옆 밭에 아주 커다란 창고가 지어졌다. 그 창고에 어느 날부터 소를 실은 차들이 드나들었다. 마을 사람들이 수군거리기 시작한 것은 이 건물이 들어서고 몇 달이 지나서였다. 소에게 강제로 물을 먹인다는 뉴스가 나왔다. 그것도 우리 마을에서 소에게 물을 먹였다는 뉴스가 TV에 생생하게 나왔다. 뉴스에 나온 건물은 이 건물이 맞았다. 이 건물은 윤달식 형네 건물이었는데 이곳에서 소에게 물을 강제로 먹이다가 기자에게 들켰다고 했다. 나는 이해가 되지 않았다.

소는 원래 물을 많이 먹는다. 그 소에게 물을 주었다고 나쁜 일은 아닐 것으로 생각되었다. 나는 그 창고를 며칠 동안 들여다보았다. 아무 일도 없었다. 다른 집보다는 많은 소가 여물을 먹었다. 때가 되면 물을 주어 물을 먹었고 강제로 먹이는 것은 볼 수 없었다.

'왜 강제로 물을 먹일까? 가만히 두어도 잘 먹을 텐데…'

한 번도 강제로 물을 먹이는 것을 본 적은 없었다. 아마도 한 번 그랬을 것으로 생각되었다.

"아빠 소에게 왜 강제로 물을 먹여?"

"나쁜 사람들이 소가 살이 찐 것처럼 보이려고 물을 먹인단다."

"오줌 누면 다시 빠질 텐데."

"그렇지."

"우리 동네도 물을 먹였어?"

"우리 동네에는 없단다. 그런 소리 하면 못쓴다."

아마도 그 창고에서 나쁜 일을 계속하였다면 경찰 아저씨가 못하게 하였을 텐데 그 창고에는 계속 소가 드나들었다. 누가 잘 모르고 한 이야기일 것으로 생각했다.

이 건물이 들어서고 건물 앞에 쇠 파이프를 깊게 심어서 전기 펌프 우물을 팠다. 그 우물이 생기고 나서 마을 공동 우물의 물이 점차 말라 갔다. 먹을 물 뿐만 아니라 빨래를 할 만한 물도 안 나왔다.

뒤에서는 공동우물 옆에 쇠파이프를 너무 깊게 박아서 그렇다고는 하였지만, 누구도 그 말을 대놓고 하는 사람은 없었다.

윤달식 형은 고등학교를 졸업할 정도의 큰 형이었다. 그 형네는 마을에서 제일 잘사는 부자였다. 그 집의 형들도 수원에서 아주 잘 산다고 하였다. 국회의원과도 잘 아는 사이이고 큰 회사 사장님과도 잘 아는 사이라고 하였다. 무엇인지 하나도 알아들을 수 없었지만, 부자임은 틀림없었다. 그 형은 힘이 세었다.

자주 황소를 뒷동산에 풀어 놓고 싸움을 시켰다. 멀리서 보기만 하여도 무서운 황소들인데 그 형은 옆에서 싸움을 시켰다가 떼어 놓으며 소를 조종하였다. 황소 두 마리를 붙여 놓고 화를 나게 한 다음 고삐를 풀어 놓고 싸움을 시켰다. 그러면 소 둘이 머리를 맞대고 싸움을 하였다. 서로 싸움만 하는 것은 아니었다. 가끔은 진 소가 도망을 갔는데 고삐가 풀려 마을을 질주하는 바람에 마을 어른들이 방송하고 잡으러 다닌 적도 있었다. 그 뒤로 한동안 소싸움을 시키지 않았다.

우리는 소를 무서워하지 않은 형이기 때문에 소보다 그 형이 더 무서웠다. 그 형은 막무가내였다. 욕도 잘하고 싸움을 한 적은 없지만, 누구도 그 형에게 함부로 하지 않았다. 그런 부잣집에서 고등학교를 왜 안 보내는지 알 수 없을 일이었다.

그 형을 우리가 멀리하게 된 것은 그 형이 활을 만들어 쏘는 것을 본 뒤였다. 달식이 형이 만든 활은 우리가 만든 활과는 달랐다. 수수깡에 얇고 긴 못을 박아 날카롭게 끝을 갈았다. 나무를 맞히면 나무에 깊이 박혔다. 처음엔 나무에 쏘는 것을 연습하였는데 점차 움직이는 것을 맞추기 시작하였다. 마을을 돌아다니는 닭을 향해 쏘기 시작하였다. 닭이 몸에 맞은 긴 화살을 달고 뛰는 모습을 보며 낄낄거렸다. 구경하는 우리는 그 위력에 놀랐고 그 형은 우리를 향해 화살을 겨냥하며 겁을 주었다. 우리는 곧 화살이 날아올 것 같아 집으로 도망을 갔다.

그날 밤, 마을 회관에 어른들이 모여 회의를 하였다. 달식이 형의 장난이 너무 위험하니 집에서 교육해야 한다고 달식이 형의 아버지, 어머니에게 이야기했다. 달식이 형 아버지는 잘못 가르쳤다고 했지만, 달식이 형 엄마는 애들이 그럴 수도 있다고 화를 내며 집으로 돌아갔다.

내가 집으로 온 뒤로 그 형이 쏜 화살이 미화 동생인 동훈이의 눈에 맞았다. 동훈이 아버지가 너무 심한 거 아니냐고 마을 회의를 요청하였다. 결론이 없는 회의였다. 결국 동훈이는 병원 검사에서도 한쪽 눈을 실명할 것이라고 하였다.

몇 달 뒤에 동훈이네는 이사를 했다. 사람들이 모이면 달식이네가 그러면 안 된다는 이야기들이 들렸다. 그 후로 우리는 달식이 형 근처에도 가지 않았다. 멀리서 보기만 하여도 피해 다녔다.

달식이 형은 한동안 마을에 나타나지 않았다. 수원의 형 집에 갔다고도 하고 무슨 잘못을 저질러서 감옥에 갔다는 말도 들렸다.

우리 마을엔 목장 하나 없는 작은 마을이었다. 목장을 지을 만한 초원이 없었고 산도 크지 않았다. 그런데 소를 키우는 집은 많았다. 누런 소는 목장이 없어도 목을 묶어 두면 되었고 먹이도 짚을 먹이면 되었기 때문에 목장이 필요 없었다.

강철이네 옆집 성복이네는 어느 날 마당 옆에 작은 철망을 쳤다. 바깥마당이 많이 줄어들더니 마당 앞에 있는 논에도 철망을 쳤다. 그곳에 얼룩소들이 들어왔다. 우리 마을에서 처음으로 젖소가 들어온 날이었다. 젖소를 얼마 동안 키우더니 어미가 되니까 송아지를 낳았다. 송아지가 태어난 뒤로 송아지가 먹을 우유를 짜서 큰 알루미늄 통에 담았다. 우유를 담은 통은 아침마다 오는 트럭에 실어 내보냈다.

"엄마! 송아지 젖을 뺏어 먹으면 나쁜 거지?"

어머니는 젖이 너무 남아서 사람도 같이 먹는 거라고 하였다.

아버지는 성복이네 집일을 하루하고 일주일 동안 내게 우유를 먹였다. 송복이네 집에서는 짠 젖을 끓여 작은 유리병에 담아 집마다 배달해주었다. 우리는 돈을 줄 형편이 안 되어 아버지가 하루 일을 하고 그 대가로 일주일 동안 우유를 먹을 수 있었다. 아침에 온 따뜻한 우유는 조금 있으면 그 위에 얇은 막이 생겼다. 그 막을 입김으로 불어내고 먹었다. 처음 먹어본 우유지만 고소한 맛이 있었다. 그것도 매일 먹으려니 못 먹겠다고 하며 끊었다. 이유인즉 아버지가 그 집일을 계속할 수 없었을 것으로 생각된다. 그래도 난생처음으로 소에서 짠 우유를 먹어 보았다.

한동안 성복이네 젖소 젖 짜는 것을 구경 다녔다. 일반 소는 배를 만지면 가만히 있지 않은데 젖소는 젖을 짜도 가만히 있었다. 젖꼭지를 죽죽 잡아당기면 하얀 우유가 물총처럼 양동이에 쏟아졌다. 그런데도 소는 가만히 있었다. 젖소는 착한 거 같았다. 뛰어다니지도 않고 철망 안에서만 있었다. 다른 소는 코를 뚫어 밖에 묶어 두는데 젖소는 코뚜레를 하지 않아도 말을 잘 들었다. 새끼 먹일 젖을 가져가는데도 가만히 있었다. 나도 젖을 짜보고 싶었지만, 혹시 발로 찰 것 같아 두려웠다. 성복이 아버지는 내게 젖을 짜보라고 하였다.

"그래도 돼요?"

"그럼."

"아저씨가 소 다리를 잡고 있어 주세요."

성복이 아버지는 매일 젖 짜는 것을 구경하러 오는 내게 젖을 짜보게 하였다. 내가 원하는 대로 소 뒷다리를 잡아 주셨다. 젖소 젖은 엄청나게 컸다. 내 한 손에 들어오지도 않았다. 손을 아저씨처럼 주물럭거려도 젖은 나오지 않았다. 아저씨가 내 손위에 자신의 손을 얹어서 죽죽 짜 보였다. 내 손이 아팠다. 다행히 젖소는 발로 차지 않았다. 착한 소여서 얼굴도 착하게 보였다. 커다란 눈을 껌뻑이며 젖소도 나를 보고 뭐라고 하는 듯이 보였다.

젖소 눈에도 쌍꺼풀이 있다고 하여도 사람들은 믿지 않았다.

'젖소 눈에도 쌍꺼풀이 있는데…….'

주인집에는 천식이 심한 할머니와 막내 누나, 둘째 누나가 같이 살았다. 큰 누나는 결혼해서 수원에 사셨고 제일 큰아들도 수원에서 군청에 다녔다. 둘째 누나도 수원에서 버스 안내원을 하느라 거의 집에 오지 않았다. 막내 누나와 늘 '콜록콜록'하시는 주인집 할머니, 우리 세 식구가 살았다. 주인집에는 일할 사람도 없었다. 아버지는 주인집 밭을 일구어 고추나 상추, 배추 등을 심고 주인집과 우리가 나누어 먹었다. 내가 초등학교에 입학한 후에 막내 누나도 버스 안내원이 되어 집을 나갔다. 기숙사에서 생활한다고 하였다. 엄마와 수원에 가는 길에 누나를 만나면 버스비를 받지 않았다. 버스 뒷문에 서서 누나가 버스를 때려야 버스가 출발하였다.

안화동에 이사 온 뒤로 아빠는 무슨 일이든지 하셨다. 남의 논과 밭에서 일하고 삯을 받아 생활하였다. 이번엔 밭을 빌려 참외밭을 일구었다. 내가 일곱 살 되던 여름은 이 참외밭 때문에 친구들과 놀지도 못하고 거의 원두막에서 여름을 보냈다. 아침 일찍 참외밭에 가서 원두막을 지키고 있으면 느지막이 아빠나 엄마가 원두막을 교대해 주었다. 늦은 아침 집에 가서 엄마가 차려 놓은 아침을 혼자 먹었다. 엄마 아빠가 다른 일을 하시면 낮에도 원두막을 지켰고 두 분이 바쁘면 온종일 원두막에 있었다. 이럴 땐 엄마는 라디오를 원두막에 가져다 놓았다. 음악도 듣고 옆의 저수지에서 물방개를 잡아와 놀았다. 온종일 말 상대 없이 있는 것은 무척 심심한 일이었다. 지나가는 사람과 아무 이야기라도 하고 싶었다.

한여름에 머리에 무언가를 이고 가는 마을 아줌마가 참외밭을 지나가고 있었다. 심심해서 아주머니에게 말을 걸었다.

"뭐라고?"

아주머니는 나를 보고 되물었다.

"더운데 안녕하시냐고요?"

"뭐라고? 덥다고"

이거 참 대화가 되지 않았다. 그다지 멀진 않은 것 같은데 귀가 밝지 않아 잘 못 듣는 아주머니였다.

"더우니까 참외 하나 드시고 가시라고요!"

큰소리를 쳤다. 속으로는,

'에이! 그것도 못 알아들으시나?'

마지막 말을 잘 알아들으셨던지,

"고맙다!"

바쁜 걸음걸이로 그냥 지나가셨다.

이 사연이 삽시간에 마을에 퍼졌다.

"어린애가 누가 시키지도 않았는데 덥다고 참외 드시고 가라는 말
이 어떻게 나와?"

"세상에 어린애가 어쩌면 어른스럽게 그런 말을 해? 서울댁은 좋겠
다."

어머닌 서울댁이었다. 서울에서 내려왔다고 해서 서울댁. 어떤 분
은 '정수 엄마' 어떤 분은 '서울댁'.

심심해서 한 말이었는데 내가 무슨 큰일이나 한 것처럼 마을 어른
들은 돌아가며 칭찬을 하였다. 이 소문은 이웃 마을까지 퍼졌다. 소
나무 묘목밭에서 많은 사람이 어린 묘목을 심는 일을 하였다. 다른 마
을 사람들도 함께하는 자리여서 나에 대한 소문은 더욱 커져만 갔다.

학교에서는 선행상을 주었다.

참외밭에 참외가 익어 갈수록 엄마의 배도 불러왔다.

"여기에 동생 있어."

엄마는 배를 쓰다듬으며 내 동생이 거기 있다며 만져보게 하였다.

"내 동생이 여기에 있어?"

엄마의 배를 자주 만져 보았다.

'나에게도 동생이 생기다니. 동생이 있으면 참외밭도 교대로 지킬 텐데.'

동생이 생긴다는 것은 벅찬 일이었다. 시킬 일도 많았다. 형제가 서로 편을 들어 줄 때는 부러운 적이 많았다. 마을 사람들은 남동생이 좋은지 여동생이 좋은지 꼭 물어보았다. 게다가 더 묻는 것은

"아빠와 엄마 중에 누가 더 좋아?"

그것이 대답할 일인가? 아이가 고민하는 것을 즐기는 어르신들.

아침 일찍 참외밭 원두막에 있었다. 아침에 엄마가 나랑 교대해 주어야 하는 데 오시지 않았다. 배가 고파짐에 따라 짜증이 났다.

'그냥 집으로 들어갈까?'

혹시 내가 없는 시간에 누가 참외를 따가면 안 되니까 이러지도 저러지도 못하였다. 시간은 점점 흘러 해가 쨍쨍 내리쬐어도 엄마의 모습은 보이지 않았다. 더는 참지 못하고 집으로 뛰어갔다.

'참외를 누가 다 가져가도 난 몰라!'

방문 앞에 엄마 신발이 있어 방안에 엄가가 있다는 것을 알 수 있었다.

"엄마! 엄마!"

소리를 질렀다.

"엄마 여기 있어. 지금 동생이 나오려고 해. 조금만 참아."

엄마는 기어들어가는 소리로 속삭였다.

'동생을 낳고 있구나!'

엄마의 목소리로 몹시 아프다는 것을 알 수 있었다.

"강철이 엄마 좀 오시라고 해라!"

강철이네 집으로 뛰어갔다. 급하다는 생각이 들었다.

"아줌마, 엄마가 동생을 낳으려 한데요. 모셔 오래요."

강철이 엄마는 맨발로 뛰어 나오셨다. 나는 다시 원두막으로 뛰어 갔다. 엄마가 동생 때문에 아파서 교대하지 못하는 것을 알기에 화는 나지 않았다. 참외를 베어 먹으며 점심때까지 원두막에 있었다. 점심 이 되서 아빠가 오셨다.

"강철이네 가면 밥을 줄 테니 거기서 먹어라."

'내게도 동생이 생긴다.'

그 여름에 엄마는 집에서 동생을 낳았다.

동생을 낳으면서 원두막을 지키는 시간은 오히려 늘어났다. 놀고 싶어도 놀 수 없었다. 혹시 누가 우리 참외를 따갈까 늘 걱정이었다. 참외밭은 길옆에 붙어 있었다. 비포장도로였지만 버스가 다닐 수 있 을 정도의 큰길이었다. 길옆이라 지나가는 사람들이 와서 참외를 한 두 개씩 사 먹었다. 나 혼자 원두막에 있을 때에도 참외를 사 먹으러 들르는 사람들이 가끔 있었다. 나는 엄마 아빠가 파는 대로 가격을 정하여 팔았다.

택시가 종종 지나다녔는데 늘 부러운 사람이 택시 운전하는 분들이었다. 돈도 많이 벌고 가고 싶은데도 맘대로 갈 수 있는 사람들이었다.

택시 한 대가 참외밭 옆에 섰다. 보통은 참외 가격을 물어보고 먹는데 부자인 택시 기사님은 커다란 참외를 먼저 깎아 드셨다.

"혼자 있니? 네가 참외를 팔 수 있어?"

"예. 제가 팝니다."

"똑똑하구나."

역시 부자인 택시 기사님은 멋져 보였다.

"얼마야?"

순간 부자는 돈을 많이 낼 수도 있을 것으로 생각했다. 보통 가격보다 열 배를 더 불렀다.

"이렇게 비싼 참외가 어디 있냐?"

아저씨는 불평했지만 일곱 살 꼬마와 싸움을 할 수는 없었을 것이고 나는 바가지를 씌웠다. 아버지와 어머니는 왜 그렇게 팔았느냐고 하였다.

"택시 운전 하시는 분은 부자잖아."

그날 생전 처음으로 용돈을 받았다. 돈을 쓸 줄도 모르는데 가게에서 사탕 하나, 집에 떨어진 치약 하나, 아빠 담배 한 갑을 사고 나머지는 주머니에 넣었다.

용돈이 생긴 그다음부터 새로운 고민이 생겼다.

내 주머니는 얕아서 물건이나 돈이 잘 빠져나갔다. 십 원짜리 동전 하나를 가지고 있다가 잃어버리면 전부 잃어버리는 것이다. 일 원짜리로 바꿔서 가지고 다니다 한 번 잃어버리면 일원밖에 안 잃어버리는 것이다. 하지만 일 원짜리는 많아서 잃어버리기가 더 쉬웠다. 십 원짜리를 잃어버리는 것은 일 원짜리보다 덜한데 한번 잃어버리면 통째로 잃어버리는 것이었다. 어떻게 가지고 다녀야 할 것인지 새로운 고민이 생겼다.

'십 원짜리 하나를 주머니에 넣고 다닐까? 일 원짜리 열 개를 주머니 여기저기에 넣고 다닐까?'

생각이 많은데도 아버지는 자주 나무랐다.

"너는 생각 좀 하고 살아라."

"도대체 무슨 생각을 하고 사냐?"

물그릇을 방바닥에 놓았다가 아빠가 발로 차서 물이 쏟아지면,

"누가 방바닥에 물그릇을 놓았어? 제자리에 두어야지. 사람 다니는 곳에 물을 놓으면 어떡해? 아무 생각도 없냐?"

물건을 제자리에 두지 않은 것은 내 잘못이었다. 간혹 내가 방바닥의 물을 발로 찰 때도 있었다.

"눈은 뒀다가 어디다 쓰려고? 뭘 보고 다니기에 물그릇 하나 보지 못해? 조심성이 없어? 생각 좀 하고 살아라!"

'나는 왜 조심성이 없을까? 생각은 늘 하는데.'

정말 조심성이 있는 사람이 되고 싶었다. 혼날 일을 하지 않는 착한 사람이 되고 싶었다. 매일 그렇게 생각해도 혼날 일은 늘 생겼다.

어머니에게 혼날 일이 없으면 좋을 텐데 잊을 만하면 혼날 일이 생겼다. 이것은 아무리 주의를 해도 꼭 생기는 일이었다.

어머니는 고추장을 집에서 담갔다. 쌀을 죽처럼 만들고 소금과 고춧가루를 잔뜩 뿌린 후에 항아리에 담아 두었다. 손가락으로 어머니를 따라 찍어 먹어보면 짜고 매우면서도 또 먹어보고 싶은 마음이 생기는 맛이었다. 옆에 간장독에는 숯이 둥둥 떠 있고 빨간 고추와 메주가 떠 있었다. 그것도 찍어 먹어 보면 짠맛에 진저리를 쳤다. 어떤 항아리는 매끈매끈하게 생겼고 어떤 것은 거친 표면을 가지고 있었다. 손으로 항아리 겉을 쓰다듬기도 하고 속에 무엇이 들었는지 궁금해서 열어 보기도 하였다.

우리 집 장독대 옆에 아주 작은 항아리가 보였다. 보통 항아리는 내 몸이 들어갈 정도로 큰 것이 대부분인데 이것은 작으면서도 흰색의 항아리였다. 부엌에 있는 꿀단지보다는 조금 컸다. 나는 그저 그 속이 궁금할 뿐이었다. 속은 비워져 있었다. 깨끗한 항아리였다. 겉에는 무늬도 있어 다른 항아리보다 더 예뻐 보였다. 귀를 항아리 옆구리에 붙이고 두드려 보면 맑은소리가 났다. 두드려도 보고 작은 돌로

톡톡 쳐 보기도 하였다. 작은 항아리 속에 머리를 넣어 보았다. 세상의 모든 소리가 다르게 들렸다. 항아리 소리도 다르게 들렸다. 겉에서 듣는 것과는 전혀 다른 소리가 들려왔다. 소리를 작게 내어 보아도 커다란 울림이 있었다. 조금 크게 소리를 지르면 내 살도 떨려왔다. 새로운 세상의 소리였다.

이제 머리를 작은 항아리에서 빼내려 하였다. 턱이 걸려 머리가 빠지지 않았다. 얼굴을 돌려 보아도 항아리는 빠지지 않았다. 한쪽 귀가 빠지는 것 같으면 다른 쪽 귀가 걸렸다. 턱이 빠지면 뒤통수가 걸렸다. 아무리 머리를 돌리고 항아리를 돌려도 빠지지 않았다. 항아리를 잡고 몸을 한 바퀴 돌려 보기도 했지만, 얼굴 여기저기가 아프기만 하였다. 계속 앉아서 머리를 항아리에 넣고 허리를 구부정하게 있으니 머리로 피가 몰려왔다. 항아리를 두 손으로 받쳐 들고 머리에 쓴 채로 앉았다. 항아리가 어깨에 걸쳐 있으니 한결 나았다. 항아리를 들어서 빼려고 하니 더 힘만 들고 빠지지 않았다. 항아리를 돌려 보고 머리를 돌려도 그대로였다. 차츰 두려움이 밀려왔다.

'이거 계속 안 빠지면 어떻게 하지?'
엄마에게 또 혼날 일이 걱정되었다. 엄마에게 혼만 나지 않으면 잘 울지 않는데 혼날 것이 확실하면 나도 모르게 눈물이 흘렀다. 이것은 맨날 있는 일이었다. 어머니의 목소리가 들리는 것처럼 느껴졌다.
'왜 머리를 항아리에 넣었어? 항아리가 모자야?'

어머니의 날카로운 말이 들리는 것처럼 생각되었다.

'너는 생각이 있는 거야 없는 거야?'

아버지의 목소리도 들려왔다.

빨리 항아리를 빼야 하는데 좀처럼 빠지지 않았다. 눈물이 계속 나왔다. 나중에는 소리를 내어 울었다. 나를 찾을 사람이 지금은 아무도 없었다. 두 분 다 들에 나가셨다.

'엄마와 아빠가 밭에서 빨리 돌아오셔야 할 텐데.'

항아리를 머리에 쓴 채 더듬거리며 엉금엉금 마루로 기어갔다. 무거운 항아리를 조심스럽게 한 손으로 지탱하고 다른 한 손은 땅을 더듬어 마루로 갔다.

마루에 문어처럼 앉아 있었다.

처음엔 어머니에게 혼날 걱정뿐이었는데 어느새

'이러다가 죽으면 어떻게 하지?'

엄마도 아빠도 보지 못하고 죽을 것 같은 걱정이 들었다. 눈물이 나왔다. 어깨를 들먹일수록 목과 어깨가 아파졌다.

집 가운데쯤, 마루 끝자락 한가운데에는 집 기둥이 있었다. 항아리가 깨지지 않게 왼손으로 마루 기둥을 잡고 오른손으로는 항아리를 받치며 살며시 누웠다. 누워 있으니 조금 살 것 같았다. 어두워서 그렇지 견딜 만하였다. 그것도 목 부위에서 빛이 조금 들어오고 있어 완전히 컴컴한 것은 아니었다. 가만히 머리를 좌우로 굴려 보았다. 마룻

바닥에 항아리 구르는 소리가 크게 들려 왔다. 손으로 항아리를 살살 때렸다. 청아한 소리가 들렸다. 손으로 항아리 박자를 맞추며 노래를 작게 불러 보았다. 내가 노래를 잘 부르는 것처럼 들려 왔다. 목소리도 내가 내는 것과는 다른 소리였다.

저녁에 어머니가 먼저 집에 도착하였다.

"너 거기서 뭐 하니?"

반가운 어머니 목소리였다. 잠시 잠이 들었는데 어머니의 목소리에 깨어났다. 반사적으로 바로 일어나려다가 목에 항아리 주둥이가 걸렸다.

"으악!"

천천히 온몸을 비틀며 항아리를 잡고 바로 앉았다.

"엄마!"

엄마를 부르는 순간 울음이 터져 나왔다. 걱정의 울음이 아니라 반가움의 울음이었다.

"항아리를 머리에 쓰고 뭐하는 거야! 얼른 나와!"

"얼굴이 안 빠져."

어머니는 그제야 상황을 파악하셨다. 다가와서 항아리를 빼어내려 하였지만 좀처럼 빠지지 않았다.

"아야!"

"조금만 참아."

그래도 항아리는 빠질 줄 몰랐다. 마루에 앉혀놓고 위로 빼 보았다

가 나를 눕혀놓고 옆으로도 빼 보았다. 내 목은 그럴 때마다 계속 아
파졌다.

"거기다 왜 머리를 집어넣어?"

"뭐가 있는지 보려고 했는데 머리가 저절로 들어갔어."

"빈 항아리에 뭐가 있어? 하루도 그냥 넘어가는 날이 없니?"

나도 정말 하루가 행복했으면 좋겠다고 생각했다. 혼나지 않고 즐
거운 일만 있으면 좋겠다고 생각했다. 왜 무슨 일들이 나한테만 생기
는지 알 수 없었다. 어떻게 하면 하루가 그냥 지나가는지 가르쳐 주면
그대로 하고 싶었다.

"어떻게 집어넣었어?"

"그냥 모가 있나 보려고 했는데 쑥 들어갔어."

"그냥 들어갔는데 왜 안 나와?"

"나도 그게 이상해. 들어갈 땐 잘 들어갔는데 왜 안 나오지?"

"조용히 해!"

아버지가 오실 때까지 기다리기로 하였다. 그래도 다행인 것은 어
머니가 오자마자 혼내지 않았다. 어디 한 대 맞을 줄 알았는데 그러
지 않았다.

"엄마! 오줌 마려워."

참을 만큼 참았다. 마루에 올 때까지는 손으로 기다시피 하여 왔
지만 혼자 내려가기에는 무리였다. 마당에서 디딤돌을 딛고 올라서면
사람 한 명이 다닐 정도의 뜰이 안방과 우리 방문 앞으로 이어져 있
었다. 이 뜰에서 다시 디딤돌을 딛고 마루에 올라설 수 있었다. 신발

을 이 뜰에 놓고 두 번째 디딤돌은 맨발로 디딜 수 있게 마루처럼 닦여져 있었다. 올라올 때에는 더듬거리며 마루로 올라왔지만 내려가기에는 평소에도 조심스럽게 내려가야 마당으로 갈 수 있었다.

어머니는 내 손을 이끌고 오줌을 누인 뒤에 다시 마루에 앉혀 놓았다. 눕고 싶었지만, 어머니의 불호령이 두려워 목이 아파도 아무 말도 하지 않고 참고 앉아 있었다. 내가 어깨를 두드리자 어머니는 나를 안아 뉘어 주었다. 그대로 아버지가 오기만을 바라고 있었다. 어머닌 저녁밥을 지으시고 나는 마루에 누워 있었다. 여전히 심심하면 조용조용히 노래를 불렀다. 손톱으로 항아리를 두드리며 박자를 맞추었다. 이제 큰 걱정은 없었다. 어머니가 곁에 계시니 죽을 염려도 없었다. 꾸중도 들었으니 오늘 하루는 지나가는 셈이었다.

"애 거기서 뭐 하니?"

아버지가 오셨다. 어머니는 아버지가 나가시거나 돌아오실 때에는 대문 밖까지는 아니어도 마루에 서서 인사를 하게 하셨다. 아버지의 목소리가 들려왔다. 항아리를 잡고 벌떡 일어났다.

"너 뭐 하고 있어?"

"집에 오니까 저러고 있어요. 항아리가 안 빠져요."

아버지가 항아리를 빼려고 하였다. 어머니가 했던 것과 똑같이 했지만, 더 아프기만 하였다. 아버지는 목과 얼굴에 비누칠을 하면서 빼 보았다가 안 되니까 들기름을 발라가며 목을 빼어내려 하였다. 그래도 빠지지 않았다.

"아야!"

"조금만 참아!"

아버지는 버럭 소리를 질렀다.

"참아도 아파요."

"너는 도대체 생각이 그렇게도 없니?"

아버지의 핀잔은 늘 있어서 익숙하였다. 그보다 아버지가 오시면 빠질 줄 알았는데 안 빠지면서 다시 걱정되었다.

'이러다가 밥도 못 먹으면 어떻게 하지?'

눈물이 났다. 어깨를 들먹이며 울었다.

"네가 들어 가 놓고 울긴 왜 울어?"

두 분의 노력에도 불구하고 항아리는 내 머리에 그대고 있었다. 저녁 먹을 시간이 다가오고 있었다.

"밥은 먹여야 할 텐데."

수저가 목 안으로 들어올 수는 없었다.

"정수야! 정수야!"

강철이 엄마가 울타리 건너편에서 나를 불렀다. 어머니를 부를 때도 그렇게 불렀다. 강철이와 나는 나무로 된 울타리 밑의 작은 구멍으로 다녔다. 어른들은 울타리 위로 얼굴을 마주하고 이야기하셨다. 어른들이 드나들 때는 돌아서 대문으로 다녔다. 이렇게 울타리에서 부를 때는 무엇을 줄 때였다. 어머니가 무엇을 받아 오셨다.

"정수는 뭐 하고 있어?"

"항아리가 머리에서 안 빠져요."

"엄마! 항아리가 안 빠지는 거야? 머리가 안 빠지는 거야?"

"입 닥치고 있어!"

잠시 후에 강철이 엄마가 돌아서 대문으로 오셨다.

"정수야!"

강철이 엄마의 목소리에 나는 평소 하던 대로 벌떡 일어나 머리를 숙여 인사를 하였다.

"안녕하세요?"

기둥이 없었더라면 항아리 무게에 마루 밑으로 떨어졌을 것이다. 항아리가 머리에 있다는 생각은 전혀 없었다. 아버지 말대로 나는 생각이 없는 아이였다. 어머니는 마을 어른은 물론 모르는 사람에게도 어른이면 무조건 인사를 하도록 가르치셨다. 마을 어른들은 내게 인사성이 좋다고 늘 칭찬하였다.

반사적으로 서서 공손하게 인사를 하였다. 그랬더니 머리가 기둥에 부딪히면서 다시 뒤로 자빠졌다. '팅'하고 부딪히는 순간 그 반동으로 뒤로 벌러덩 자빠졌다. 마루에 항아리가 떨어지면서 요란한 소리를 내며 깨어졌다. 미쳐 항아리를 잡을 새도 없었다. 두 손을 가지런히 앞으로 하고 인사를 하는 중이었다. 세 분이 내게 다 같이 달려왔다.

"다친 데 없어?"

세 분이 거의 동시에 외치셨다. 항아리는 박살이 났다.

"괜찮아?"

"예. 괜찮아요."

내가 이상이 없는 것을 확인한 아버지는,

"너는 왜 그렇게 생각이 없니?"

항아리 주둥이는 단단하여 여전히 목걸이처럼 내 목에 달려 있었다. 아버지가 작은 돌로 항아리 주둥이도 깨서 벗겨 주셨다.

어머니는 강철이 엄마를 보면서,

"집에 오니까 항아리를 머리에 쓰고 앉아 있잖아요?"

그 뒤로 가끔 항아리에 귀를 대고 옆을 손가락으로 두드리며 박자를 맞추기는 하였지만, 다시는 항아리 속에 머리를 넣지는 않았다.

입학

여덟 살이 되던 해 3월. 고대하던 초등학교에 입학하였다. 왼쪽 가슴에 손수건을 옷핀으로 고정하고 운동장에서 어머니와 같이 입학식을 치렀다.

학교에 다닌다는 것은 자랑스러운 일이었다. 초등학교, 중학교, 고등학교, 대학교 다니는 모든 사람이 다 '학생'이었다. 나도 그 '학생'이 되었으니 생각만 해도 뿌듯한 일이었다. 학생이 되면서 많이 달라졌다. 날마다 행복한 날이었다. 동생이 생겨서 바쁜 것도 하나의 이유겠지만, 엄마 아빠에게 혼나는 일도 많이 줄어들었다. 제일 힘든 일은 점심때는 집에 와야 밥이 있다는 것이었다. 초등학교 1학년은 오전 수업만 해서 집까지 배고픈 것을 참아가며 와야 했다. 친구들과 같이 집에 올 때는 참을만하였지만 혼자 올 때에는 너무 힘들었다. 등하굣길은 버스가 다닐만한 큰길이었다. 학교 앞 상점을 지나면 복숭아 과수원이 있고 과수원을 지나면 양옆엔 소나무 숲이 있는 길이 마을까지 이어졌다. 숲에서 과자가 나오는 집을 상상하기도 하고 새 알을 줍는 생각을 하며 배고픔을 달랬다. 집에 도착하여 점심은 거의 혼자 차려 먹었다. 어머니가 일 나가시는 날이 대부분이었다. 집에 어머니가 있으면 좋지만 없으면 마음이 허전하고 이유 없이 짜증도 났다. 돈이 있으면 상점에서 과자를 사 먹을 수도 있지만 내게 돈이 있는 날은 일 년에 서너 번 정도 되었다. 상점 앞의 평상에 아이들이 앉아 상점의 과자를 보고 있는 모습이 싫었다. 언제나 상점 쪽은 쳐다보지 않고 걸었다.

등하굣길에 지나치던 커다란 과수원에 우리 집 식구가 전부 일하러 갔다. 아버지는 과수원 풀을 메어주고 복숭아나무 사이의 좁고 긴 땅에 채소를 심을 수 있는 권리를 얻었다. 과수원 주인은 먼 곳에 살았고 과수원 내에 오두막이 있었는데 할머니 한 분과 젊은 아들이 살았다. 아버지와 잘 아는 사이인 듯 밥도 같이 먹자고 해서 몇 번 그 집에서 먹은 적이 있다. 대부분은 밥통에 밥을 싸고 가서 우리는 우리 밥을 먹었다. 쌀이 귀하여 매일 남의 집 밥을 먹는 것은 큰 폐를 끼치는 것이었다.

아버지는 이곳에서 심은 무를 수확하면 손수레에 싣고 수원의 마을을 돌며 팔았다. 나는 손수레를 밀고 아버지를 따라가서 아버지가 무를 파는 동안에 나는 그 마을 아이들과 놀았다. 다 팔고 나면 아버지는 나를 손수레에 태우고 차들이 쌩쌩 달리는 아스팔트길 가를 따라 집으로 돌아왔다. 금방이라도 차가 손수레를 칠 것 같은 착각이 들 정도였다. 버스나 트럭이 지나가면 센 바람이 우리를 덮쳐 손수레가 휘청거렸다. 오는 내내 두려움에 떨었다.

가을에도 내 주위엔 이상한 일들이 끊임없이 일어났다.

밤나무 밑에서는 마을 형들과 친구들이 밤을 주웠다. 뒷동산에 나 있는 밤나무는 주인이 있었겠지만 누가 따가는 사람이 없었다. 마을 아이들 아무나 밤을 주워갔다. 주인이 바빠서 못 딴 밤나무일 수도 있었다.

또래 친구들은 밤나무 밑에서 떨어지는 알밤을 주웠다. 밤송이는 한발로 밟아 지탱하고 작은 나뭇가지를 들고 밤송이를 깠다. 힘이 센 형은 긴 나무 막대기를 들고 밤나무 위에 올라 파란 밤송이를 때려 떨어뜨렸다. 형들은 밤을 줍는 것보다 밤을 따는 자체를 즐거워하였다. 떨어지는 밤송이는 커다랗고 파란 눈처럼 보였다. 높은 나무에서 눈보다는 빠르게 내려와 턱하고 땅에 떨어졌다. 형들은 아무나 줍게 하였다. 얼른 줍는 사람이 자기 것이 되었다. 누구랄 것도 없이 서로 밤송이를 줍는 것이 임자이니 고개를 젖히고 밤송이를 바라보았다.

나무에서 밤송이가 여기저기 떨어졌다.

어느 순간 내 눈에 밤송이가 수박만 하게 보였다. 피할 새 없이 내 이마를 때렸다.

"으앙!"

형들이 나무에서 내려오고 주위에 애들이 보았지만 별다른 수는 없었다. 집으로 달려갔다.

"엄마! 엄마!"

엄마는 핀셋으로 밤 가시를 하나하나 빼 주었다.

"밤송이가 눈에 떨어지면 앞을 못 볼 수도 있는데 왜 밤송이를 쳐다보았어? 피해야지."

"밤송이가 빨리 떨어졌어요."

"그 밑엔 왜 있어? 바보야?"

"피할 시간이 없었어요."

가시를 빼내도 아팠다. 엄마 말씀대로 앞을 보지 못하면 너무 불편할 것 같았다. 그래도 큰 사고를 모면하였다. 이마엔 금방 물이 쏟아질 것 같은 샤워기 꼭지처럼 부푼 상처를 한동안 달고 다녔다.

다음엔 가마니를 들고 가서 밤송이가 떨어질 때는 뒤집어쓰고 있었다. 어느 밤송이는 가마니에 달라붙는 것도 있었다. 내가 가마니를 사용하면서 밤송이를 주울 때에는 마을 아이들은 전부 가마니를 들고 나타났다.

그 가을에 아이들은 나를 "밤탱이!"로 불렀다.

◇◇◇◇

밤만 주운 것이 아니었다. 강근이 형과 강철이는 도토리를 주우러 다녔다. 땅에 떨어진 도토리를 주워가면 강철이 엄마는 묵을 만들어

주었다. 도토리를 말리고 갈아서 가루를 내었다. 그것으로 도토리묵을 만들어 주셨는데 우리 엄마는 묵을 만들 줄 모르는 것 같았다. 우리는 매일 같이 마을 뒷동산에서 자루에 도토리를 주워담았다. 땅에 떨어진 도토리를 거의 다 주워 더는 땅에서 도토리를 주울 수 없었다. 그다음엔 상수리나무를 오르기 시작하였다. 강근이 형이 올라가 나무를 흔들면 '후두둑 후두둑' 도토리가 떨어졌다. 어른들은 상수리나무를 메로 쳐서 떨어뜨린다는데 우리는 힘이 없었다.

그날은 성복이 형이 먼저 상수리나무에 올라가고 강근이 형이 뒤이어 올라갔다. 성복이 형이 턴 도토리는 성복이 형 것이었고 강근이 형이 턴 도토리는 우리 것이었다. 언제부턴지 생긴 법이었다. 아주 정확하게 구분되는 것은 아니지만 그런 규칙은 서로 싸울 일이 없게 하는 데 충분하였다.

성복이 형은 날렵하게 생겼고 높은 나무 꼭대기까지 잘 올라갔다. 무섭지도 않은지 거의 보이지 않는 높이까지도 잘 올랐다. 강근이 형은 성복이 형보다 몸집이 컸고 나무를 잘 타지는 못했다. 우리 중 대장이라서 책임감으로 최선을 다해 오르는 것이 눈에 보였다. 강근이 형은 나무 중간까지만 올라가서 나뭇가지를 발로 차 도토리를 떨어뜨리고 있었다. 성복이 형은 나무 꼭대기에서 잔가지를 손으로 흔들었다. 나무 꼭대기는 사람 손이 닿지 않아 많은 도토리가 있었다. 하지만 강근이 형은 더 올라가지 않았다. 무서워서 못 올라갔을 것으로 생각했다. 강철이와 나는 도토리가 떨어지는 것을 보며 성복이 형이 떨어뜨린 것과 강근이 형이 떨어뜨린 것을 머리로 구분하고 있었다.

"앗!"

아주 짧은 외마디 외침이었다. 성복이 형이 높은 나무 꼭대기에서 떨어졌다. 떨어지며 중간에 올라있던 강근이 형을 부딪치고 땅에 떨어졌다. 성복이 형은 그대로 두 발로 땅에 떨어지며 주저앉았다. 높은 곳에서 떨어진 성복이 형의 코에서 피가 흘렀다. 부딪쳐서 떨어진 강근이 형은 엉덩이로 땅에 떨어졌다. 형들은 서로 괜찮으냐고 물어보며 크게 다치지 않은 것을 확인하였다.

강근이 형은 엉덩이가 아프다고 하였다. 우리는 땅에 부딪혀서 아픈 것으로 생각하였다.

"형! 여기에 뭐가 박혔어."

강근이 형은 자기 엉덩이에 뭐가 있다고 해서 뒤를 돌아보았다. 연필두께만 한 나뭇가지가 박혀 있었다. 강근이 형이 우는 것을 본 것은 처음이었다. 본인도 처음엔 울지 않았다. 아파도 참는 형이었는데 자신의 살에 박혀있는 나뭇가지를 보는 순간 울기 시작하였다. 엉덩이에서 피가 많이 나왔다. 지나가는 마을 아저씨가 달려와서 강근이 형을 엎고 뛰었다. 우리는 집으로 가고 강철이 엄마가 병점의 병원으로 뒤늦게 달려갔다. 강근이 형은 저녁 늦게 돌아왔다. 우리 식구랑 강철이네 식구는 저녁도 먹지 않고 강철이네 집에서 강근이 형이 오기를 기다리고 있었다. 강근이 형이랑 아주머니가 돌아오면서 큰 탈은 나지 않았다고 해서 모두 안심하였다.

방안에 빙 둘러앉아 있었다. 성복이 형과 성복이 형의 엄마도 오셨다. 강근이 형만 한 가운데 엎드리게 하였다. 강근이 형의 바지를 내려 엉덩이에 붙은 하얀 천을 쳐다보면서 앉아 있었다. 다행이라고 한마디씩 하였다. 엉덩이를 돌아가면서 손가락으로 찔러도 보고 두드려 보며 괜찮을 것이라고 한마디씩 하였다. 나도 살며시 강근이 형 엉덩이를 찔러 보았다. 그것이 강근이 형을 위로하는 행동으로 생각되었다. 강근이 형은 빙 둘러싸인 사람들 사이에서 엎드려 모든 사람의 손가락 찔림을 당하였다.

"아!"

잘못하여 상처 난 엉덩이를 건드려 비명을 지르기도 하였다. 그러면 누군가 반대쪽 엉덩이를 토닥이며,

"다행이다."

성복이 형의 엄마는 계속 미안하다고 하였다.

"성복이가 떨어지려고 떨어진 것도 아닌데 그만하길 다행이죠."

강철이 엄마는 괜찮다고 하고 배는 고픈데 강근이 형 엉덩이만 계속 보고 있었다.

엉덩이를 드러낸 강근이 형을 앞에 놓고 어른들의 이야기는 끊임없이 계속되었다.

그 뒤로 도토리 줍는 것은 하지 않았다. 한동안 강근이 형은 오른발을 절었다.

그래도 강근이 형은 우리의 대장이었다. 언제나 공평했다. 자기 동생이나 나를 대할 때도 먹을 것을 먹을 때도, 강철이와 말싸움을 할 때에도 꼭 잘못을 따져서 정리해 주었다. 나는 그런 강근이 형을 믿었다. 또 같이 있으면 든든한 마음이 들었다.

우리 마을에는 집에 우물이 있는 집이 드물었다. 우리 집에는 깊은 우물이 있었고 몇 집은 작두 샘이라고 하는 작두펌프를 설치한 집이 있었다. 달식이 형네와 용근이네 두 집만 전기가 들어온 뒤로 전기 펌프를 돌려 물을 폈다.

작두펌프질을 하려면 미리 마중물을 한 바가지 넣고 재빠르게 펌프질을 해야 한다. 빠르게 위아래로 손을 움직이면 땅속에 있던 물이 쇠 파이프를 통해 펌프 주둥이로 펌프질 한만큼만 흘러나왔다. 작두 펌프 손 자루 부분 끝은 고무 패킹이 붙어 있는 굵은 철사가 붙어 있고 펌프 몸체에 받침대 역할을 하는 지지대에 나사로 고정되어 있었다. 손잡이를 위아래로 반복하면 자루 끝의 고무 패킹이 손잡이와는 반대로 위아래로 움직이며 물이 나왔다. 물을 길을 때만 손잡이를 움직였다.

이사 간 동훈이네 집은 아직 새로 이사 온 사람이 없어 빈집이었다. 우리는 다른 곳에서 놀다가 빈집의 작두 펌프 옆에 모였다. 특별한 이유는 전혀 없었다. 우리는 강근이 형의 병원 무용담을 작두 펌프 옆에서 듣고 있었다. 많은 피가 났는데 참았다는 이야기와 주사를 맞는 이야기 등을 신 나게 하였다.

　나는 오른 손가락을 작두 펌프 자루 부분 받침대 부분의 나사에 넣었다가 빼었다 하면서 형의 말을 듣고 있었다. 형은 심심했던지 물을 길을 생각은 전혀 없었지만, 말을 하면서 손잡이를 들었다가 눌렀다. 물을 길으려면 마중물을 넣어야 한다. 그냥 손잡이만 들었다가 놓은 것으로 보아 아무 생각 없이 말하며 손잡이를 들었다가 놓은 것이다. 마중물이 없거나 물을 푸지 않는 펌프질은 물의 저항이 없어 손잡이가 힘없이 오르내렸다. 강근이 형의 힘이 실린 펌프 손잡이를 통해 내 손가락에 그대로 전달되었다.

　"으악!"

　강근이 형의 펌프질에 내 오른손 가운뎃손가락 손톱이 펌프의 손잡이에 짓이겨졌다. 나는 자지러졌고 손톱은 그 자리에서 으스러졌다. 내가 여기저기 자주 다치다 보니 엄마는 상처 치료하는 것에 있어서 간호사나 다름없었다. 집에 오자 어머니는 소독하고 연고를 바른 뒤에 손을 감싸 주었다. 강근이 형은 아주머니에게 크게 꾸중을 들었다. 딱히 누구 잘못도 아니었다. 나는 나대로 어머니에게 혼이 났다. 무슨 잘못을 했는지는 모르지만, 혼이 났다. 조심성이 없다고 하셨다. 나도 늘 조심성 있고 싶은데도 왜 그런지 알 수 없었다.

　넘어지는 것도 왜 그런지 잘 넘어졌다. 내 무릎은 일 년의 절반 이상을 싸매고 다녔다. 덧나기도 잘해서 넘어졌다 하면 무릎이 곪았다. 너무 자주 있는 일이라 우리 집엔 늘 약이 준비되어 있었다. 과산화수소수를 솜에 묻혀 소독하고 곪은 곳 한가운데 근 빼는 약을 작게 붙였다. 그리고 검은색 고약을 기름종이에 동전만 하게 얇게 폈다. 잘 펴지지 않으면 성냥이나 라이터로 고약에 열을 가하고 손에 침을 묻혀가며 얇게 폈다. 상처 부위에 고약을 붙이고 천으로 무릎을 말아 감쌌다. 그러면 다음날 고약을 떼어낼 때 고름이 섞여 나오고 상처 부위는 흐물흐물해져 있었다. 나을 때까지 매일 소독과 고약을 반복해서 붙였다. 고약이 떨어지면 대파나 잎이 넓은 약초를 돌로 으깨어 붙이거나 선인장을 으깨어 붙이기도 하였다. 보통 고약을 붙인 첫날이나 둘째 날 정도는 다리가 불편하지만, 그다음엔 움직이는 데 큰 불편이 없었다. 문제는 고약을 붙인 상태에서 또 넘어지면 어머니에게 꾸중을 듣고 아버지는,

"너는 도대체 눈을 어디다 두고 다녀? 생각 좀 하고 살아라!"

나도 땅을 보면서 다니는데 뛰어가다 보면 땅을 잘 볼 수 없었다. 다른 아이들은 땅을 쳐다보지도 않고 뛰지만, 땅을 보면서 뛰는 나만 넘어졌다. 아마도 내 다리가 이상이 있을 것으로 생각했다.

◇◇◇◇

저녁이면 온 동네가 아이들 이름 부르는 엄마들 목소리가 떠들썩하였다.

"정수야! 밥 먹어!"

"놀다가 때가 되면 들어와야지! 어두워도 계속 놀아?"

'어두워지지 않았는데……'

밥을 먹으라고 불러서 집으로 와 보면 그때야 밥을 하는 경우가 많

았다. 엄마는 밥 먹기 전에 씻으라고 일찍 불렀다. 물을 끓여 그 물로 세수를 시키고 손과 발을 씻겼다. 그리곤 아궁이에 얹은 솥으로 밥을 하였다.

엄마는 아궁이 앞에 쪼그려 앉아 나무를 때고 있었다. 나도 씻은 뒤에 엄마 옆에 앉아 불이 타는 모습을 구경하였다. 아궁이 속 나뭇가지는 '탁! 탁!' 소리를 내며 타고 있었다.

"엄마! 왜 나무는 탈 때 소리를 내고 타지?"

"나무가 아파서 내는 소리야."

"나무를 부러뜨릴 때도 아파서 소리를 내는 거야?"

"응. 사람이 아파서 소리를 내는 것처럼 나무도 아파서 소리를 내는 거야."

'세상에 이럴 수가?'

"나무도 아플 수 있어?"

"그럼. 네가 나무라고 생각해 봐."

엄마는 내게 너무 끔찍한 말씀을 하셨다. 커다란 충격이었다.

그때부터,

'내가 나무라면, 내가 개미라면, 내가 쌀이라면……'

이 세상에 살 수가 없었다. 그날 저녁은 거의 먹지 못하였다.

"왜 밥을 안 먹어."

"먹기 싫어."

"그래도 조금 먹어."

'내가 쌀이라면 얼마나 아플까? 사람들 이에 부서지면서 울지도 못하고.'

다음 날 학교에 지각하였다.

'내가 개미라면.'

그동안 아무 생각 없이 지나다녔는데 내가 개미라면 갑자기 죽을 수도 있었다. 제대로 걸을 수가 없었다. 고개를 숙이고 개미가 있나 없나 살피며 걸어 다녔다. 학교 의자에 앉을 때에도 얼마나 힘들까 살며시 의자를 쓰다듬고 앉았다. 책상 위에 칼자국도 미안하였다. 온종일 고민 고민 하였다.

"정수야! 정수야!"

선생님께 수업시간에 딴 생각한다고 혼나고 집에 오는 길에도 늦게 왔다고 엄마에게 야단맞았다.

'무엇을 먹고살 것인가? 어떻게 걸어 다닐 것인가?'

걸어 다니는 것은 살살 걸어 다니면 되었다. 그런데 먹는 것은 어떻게 해결할 방법이 없었다. 우선 밥을 먹을 수 없었다.

'내가 쌀이라면, 내가 보리라면, 내가 김치라면……'

점점 먹지 못하고 드러누웠다.

아버지와 어머니는 나를 업고 수원의 어느 병원으로 데리고 갔다. 링거를 맞고 조금 기운이 나아졌다. 의사 선생님은 고개를 갸우뚱하였다.

"어디가 아파?"

"아니요."

"밥맛이 없어?"

고개를 가로저었다.

"왜 밥을 안 먹었어?"

의사 선생님은 나를 잠시 살피더니 전부 나가게 하고 내게 다시 물었다.

"왜 밥을 안 먹었어?"

"내가 쌀이라면 아플 거예요."

"쌀이 아플 거 같아서 밥을 안 먹었어?"

고개를 끄덕였다.

"너 가려울 때 긁어 주면 시원하지?"

"예."

"우리 몸을 긁어 주는 것처럼 쌀은 이로 씹을 때 시원해 한단다. 그리고 쌀은 우리 몸을 튼튼히 하게 하며 즐거워해."

"정말요?"

"그럼! 너 힘이 들어도 불쌍한 사람보고 도와주면 기분이 좋지?"

"예."

"쌀도 너를 도와주고 기분 좋아해. 그러니 많이 먹어 주면 쌀도 아주 많이 좋아할 거야."

'아!'

의사 선생님의 말씀을 듣고 밥을 먹게 되었다.

바로 밥을 먹을 수 있다는 의사 선생님 말씀에 따라 우리 세 식구는 수원의 중국집으로 갔다. 처음으로 짜장면을 시켰다. 밥을 집에서 먹지 않고 왜 여기서 먹는지 이해가 되지 않았다. 테이블이 네 개 있고 의자가 테이블마다 각각 네 개씩 있었다. 손님이 한 명도 없었는데 우리가 주문하고 조금 있으니 두 명이 들어왔다. 두 테이블은 비어 있었다. 짜장면을 주문하고 음식이 나오기까지 기다리라고 했다. 나는 심심하여 식당 내부를 구경하였다. 돼지 가족 그림이 벽에 붙어 있었다. 의자도 등받이 무늬가 꼬불꼬불하게 생겼다. 작은 구멍무늬가 있는 의자였다.

'내 손가락이 들어갈까?'

내 손가락이 쏙 들어가는 큰 구멍부터 들어가지 않는 작은 구멍까지 다양한 무늬가 의자 등받이에 뚫려 있었다. 큰 구멍부터 손가락을 넣어 보며 어디까지 들어가는지 계속 넣었다 뺐다 반복하였다. 잘 들어가지 않는 것은 조금씩 밀어 넣으면 들어갔다.

'이것도 들어가고, 이것도 들어가고, 이것도 들어가고…… 어! 안 나오네?'

분명히 들어갔는데 손가락이 나오질 않았다. 여전히 엄마와 아버지는 계속 이야기 중이셨다. 이야기 끝나기 전에 손가락이 나와야 할 텐데 어떻게 들어갔는지 나올 생각을 안 했다. 엄마가 눈치를 채셨다.

"너 뭐 하니?"

"아냐. 아무것도."

"이리 와! 왜 거기 서 있어."

우리 테이블을 등지고 서 있어서 엄마는 내 손가락을 보지 못하였다. 나는 마지못해 몸통을 돌렸다.

"엄마 손가락이 안 나와."

"뭐?"

엄마와 아버지가 왔다.

"손가락을 거기에 왜 넣어?"

정말 나도 내가 왜 넣었는지 모를 지경이었다.

"아까는 들어갔는데"

아버지는 주인에게 비누를 얻어 비누칠을 해 보았지만 나오지 않았다. 기름을 바르면 된다는 주인 말대로 기름을 발라 봐도 손가락은 꿈쩍도 안 했다.

"나오지 않는 것이 어떻게 들어갔을까?"

짜장면이 테이블에 와 있었지만, 누구도 먹을 생각을 하지 못하였다. 오로지 의자에 붙어있는 내 손가락에 우리 식구와 음식점 주인까지 달라붙어 힘을 썼다. 빼려고 하면 할수록 손가락만 아프고 빨갛게 점점 부어올랐다. 음식점 주인이 결단을 내렸다.

"톱으로 여기를 썰어야 하겠어요."

"의자를 버릴 텐데요."

아버지는 의자 걱정을 하셨다.

"의자가 문제가 아니라 아기가 아주 아파서 안 되겠어요."

주인이 날이 큰 톱을 가져왔다.

"그렇게 큰 톱으로 어떻게 해요."

엄마는 내 손을 걱정하는 듯하였다. 나도

'저 톱으로 의자가 아니고 내 손가락을 자르면 어쩌지?'

내심 걱정을 하고 있었다.

"여기 가까운데 목공소 없어요?"

"조금 가면 있기는 한데."

음식점 주인은 의자를 들고 아버지는 나를 안고 엄마랑 전부 목공소로 이동하였다. 목수 아저씨는 작은 톱으로 손가락이 들어 있는 부분만 정성스럽게 잘랐다. 의자도 그 부분만 잘랐다가 다시 붙여서 원래 모양대로 고쳐 주었다. 손가락 끝이 빨갛게 붓긴 했지만 다치진 않았다.

"거기에 왜 손가락을 집어넣어? 넌 참 이해할 수 없다. 생각 좀 하고 살아라. 손이 들어가서 안 나올 생각은 안 해보니?"

내가 밥을 못 먹어서 병원에 온 것이 아니었으면 더 많은 꾸중과 잔소리를 들었을 것이다. 음식점 주인도 있어서 적당히 지나갔다.

'나는 왜 생각이 안 날까?'

'그런데 손이 안 나온 것일까? 의자가 안 나온 것일까?'

"다 불었네."

엄마와 아버지는 짜장면이 불었다고 하였는데 나는 불었다는 것이 무슨 뜻인지 몰랐다. 맛있는 음식이었다.

그날 저녁부터 밥을 많이 먹었다. 세상엔 자신을 전부 주면서도 행복해 하는 것도 있다는 것을 알았다.

배가 불러 잠이 들면서 어머니와 아버지의 이야기 소리가 들려왔다.

"수원 그 병원 의사 선생님이 용하다고 소문났더니 정말 잘 보네."

"그러게요. 애가 힘이 하나도 없더니 그 병원에서 주사 한번 맞고 싹 나았어요. 아까 밥을 두 그릇이나 먹잖아요."

"애가 축 처져 있더니 얼굴에 화색이 돌아."

'용하다는데 무슨 말일까? 용이 의사 선생님으로 되었나?'

엄마의 눈물

　우리 집에는 땅이 없었다. 집도 없었다. 전부 남의 것뿐이었다. 밭도 전부 빌려서 먹을 것이나 팔 것을 심었다. 올해에는 이곳에 심었다가 다음 해에는 저곳에 심었다. 내가 학교에 가지 않는 날에는 동생을 포대기로 업고 다녔다. 씻기고 먹이고 업고 다녔다. 밭일은 거의 어머니와 아버지가 하셨다. 아버지는 남의 일을 하러 가시고 엄마는 혼자 우리 밭일을 하셨다. 밥을 밥통에 싸고 반찬을 그릇에 챙겨 보자기로 쌌다. 엄마가 드실 점심을 들고 밭에 나갔다.

　"엄마!"
　밭에서 일하셔야 할 엄마가 없었다. 두리번거리고 찾으니 엄마가 나무 밑에 앉아 있는 것이 보였다. 그냥 쉬고 계시는 것이 아니었다. 엄마는 울고 계셨다. 내 앞에서 얼굴을 쓰다듬으며 눈물을 감추었지만 어설프셨다.

"엄마. 어디 아파?"

"아냐 괜찮아. 너 혼자 밥 먹어."

"같이 먹어야지."

기어이 나 혼자 밥을 먹게 하셨다. 밥 한술에 어머니 눈치 한번 보는 것을 반찬으로 꾸역꾸역 먹었다.

"왜 그래?"

"알 것 없어."

'아빠와 싸우셨나?'

엄마는 일하지 않고 오후 내내 밭 가에 앉아 계셨다. 동생에게 젖을 먹이고 동생을 안고 있었다. 울어도 한참 안고 있었다. 아버지가 올 때까지 그렇게 계셨다. 나도 밭 가에서 앉았다 일어서기를 반복하였다. 안절부절못하며 멀찌감치 어머니 눈치만 보고 있었다. 아버지가 무슨 이야기를 들으셨는지 일하다 마시고 오셨다.

"왜 그래?"

어머니의 하소연을 들었다.

"서울에서 살면서 일을 모르고 살다가 살아보겠다고 하는데……"

"그 여편네가 뭐래?"

젖소를 키우는 성근이 엄마와 싸우셨다고 했다. 성근이 엄마의 오해에서 비롯되었다고는 하였으나 아버지도 화를 내셨다. 밭에서 몸싸움까지 한 모양이었다.

저녁에 성근이 아버지가 집으로 찾아왔다.

"나를 봐서 이해해 주세요."

어머니는 성근이 아버지에게 그동안의 일을 이야기하였다. 성근이 아버지도 어머니 말에 고개를 끄덕였다.

"우리 여편네가 멍청해요. 같이 사는 나도 답답할 때가 한두 번이 아닙니다. 다시는 그러지 못하게 단단히 일러두겠습니다. 화 푸시고 이해하세요."

"성근이 아버지가 무슨 죄가 있어요."

성근이 아버지는 어머니의 화를 풀어 주려고 애를 썼고 어머니와 아버지도 더는 이야기하지 않기로 하였다. 그 일 이후로 성근이 엄마 와 우리 엄마가 말을 하는 모습을 한 번도 보지 못했다. 나도 화가 났 다. 우리 엄마가 잘못했다면 가만히 있을 터이지만 성근이 엄마가 무 엇인지 모르지만, 분명히 잘못한 것이었다. 그런데 성근이 엄마가 사 과하지 않고 있었다. 이제 보니 성근이 엄마는 정말 나쁜 사람이었다.

아무리 생각해도 내 화가 풀리지 않았다. 아버지가 미웠다. 엄마가 그렇게 다쳤는데 가만히 있는 것이 이해되지 않았다.

다음날 오전 내내 곰곰이 생각하였다. 생각하면 할수록 더 화가 났다. 점심을 먹고 나서 성근이네 젖소 우리로 갔다. 젖소 우리는 지붕이 있고 젖소가 잠자며 젖을 짜는 곳이 있었다. 그 문을 열면 크진 않지만, 젖소가 조금 운동할 수 있는 철망이 쳐진 우리가 있었다. 지붕이 없는 우리인데 날씨가 맑은 낮에는 이곳에 소가 있었다. 아침에 여물을 먹은 젖소는 해가 비취는 젖소 운동장이라 할 만한 이곳에 모여 있었다. 밖에 있는 우리는 철망이 빙 둘러쳐져 있고 커나란 문이 달려 있었다. 평소에 이 문은 닫혀 있었다. 이곳을 열어 새로운 젖소를 들여오기도 하고 키우던 젖소나 새끼 젖소를 내가기도 하였다. 나는 사방을 둘러보며 젖소 우리 문 주위를 떠나지 않았다. 아무도 보이지 않는 순간에 젖소 문을 살며시 열었다. 문을 조금 열어 젖소가 밀면 바로 나갈 수 있게 하였다. 그리고 멀리서 지켜보고 있었다. 하지만 젖소는 문이 열려 있는데도 나오려고 하지 않았다. 다시 우리로 가서 젖소를 반대편에서 철망 안으로 나뭇가지를 흔들어 쫓았다. 그제야 젖소가 밖으로 나왔다. 한 마리가 나오자 나머지 젖소도 따라 나왔다. 젖소는 우리를 탈출하여 일부는 논으로 일부는 밭으로 이동하였다. 멀리서 계속 지켜보고 있었다. 논으로 들어가진 않고 논둑의 풀을 뜯어 먹으며 이동하는 젖소도 있고 밭에 들어가서 콩을 뜯어 먹는 젖소도 있었다. 이제 조금만 있으면 논 주인과 밭 주인의 성화가 있을 것이었다.

젖소가 여기저기 나타나자 마을 사람들은 성근이 아빠에게 연락하였다. 성근이네 식구 전부가 나와 젖소를 몰기 시작했다. 성근이 아빠는 성근이 엄마에게 문을 열어 놓았다고 소리를 지르고 성근이 엄마는 그러지 않았다고 서로 말싸움을 하였다.

젖소는 일반 소와 다르게 멀리 잘 가지도 않고 순해서 말을 잘 들었다. 금방 다 우리 안으로 들어갈 것 같았다.

'밭 주인의 불평하는 소리를 들어야 하는데……'

성근이와 같이 젖소를 몰아주겠다고 나섰다. 나뭇가지를 들고 젖소를 몰았다. 그리고는 성근이네 우리와는 반대편으로 몰았다.

"젖소 우리는 이쪽인데 왜 그리로 몰아?"

"거기로 바로 가면 밭을 망치니까 돌아서 다른 길로 가야 해."

계속 몰아 뒷산으로 젖소 한 마리를 몰아넣었다.

"여기 숨어있어!"

젖소는 지쳤는지 주저앉아서 계속 오물오물 거렸다. 그리고는 우리 집으로 돌아왔다. 엄마를 아프게 한 사람은 절대로 가만두지 않겠다고 생각했다.

어둑어둑해지면서까지 성근이네 식구들이 한 마리 젖소를 찾아 헤매는 소리가 들려왔다.

저녁에 강철이 엄마가 왔다.

"성근이 엄마와 싸웠다며?"

엄마는 강철이 엄마에게 한 참을 싸운 이야기를 하였다. 억울한 이야기를 쭉 하셨다.

"성근이 엄마가 사리 판단이 부족해. 정수 엄마가 참아."

강철이 엄마는 우리 엄마를 위로 하였다.

"오늘도 성근이 엄마가 젖소 우리 문을 닫지 않아서 젖소가 온 동네를 헤집고 다녔잖아. 성근이 아버지가 단단히 화가 났더라고. 성근이 엄마가 푼수기가 있어."

"젖소를 키우려면 단속을 잘해야지 남의 밭이나 소를 망가뜨려 놓으면 동네에서 좋다고 하나?"

"콩밭이 제일 많이 망가져서 변상해야 한다더구먼."

화가 풀릴 것도 같았는데 아직 화가 가라앉지 않았다. 생각보다 빨리 젖소가 잡혔고 논과 밭 주인의 항의도 거의 없었다.

'변상이 무슨 말이지?'

"엄마 변상이 무슨 말이야?"

"어른 말하는 데 나서지 마라."

성근이네는 일주일 동안 집마다 우유를 배달하였다. 성근이 아빠는 집마다 찾아다니며 사죄를 하고 다녔다.

"우리 여편네가 젖소 우리 문단속을 잘못해서 그렇게 되었습니다. 죄송합니다!"

"일부러 그런 것도 아닌데 뭘. 그럴 수도 있지."

마을 사람들은 아주 착했다.

다음 날은 오산 장날이었다. 장날엔 마을 사람 대부분이 장에 가서 물건을 사왔다. 나는 성근이 엄마도 오산 장에 가는 걸 알고 있었다. 아침 일찍 밥 먹을 때쯤 성근이네 집에 다녀왔다. 성근이네 식구는 방에서 모두 모여 맛있게 아침을 먹고 있었다.

뒤에서 성근이 엄마의 앙칼진 소리가 들려왔다.

"누가 신발에 물을 채워놨어?"

대나무로 만든 물총 놀이는 간간이 해왔던 놀이었다. 역시 대장은 강근이 형이었다. 나는 강근이 형에게 물총 만드는 법을 전수받았다. 그리고 내 물총을 내가 만들었다. 대나무 마디 한가운데에 작은 구멍을 내고 실린더를 만들었다. 곧은 나뭇가지에 천을 말아 실로 묶어 피스톤을 만들면 물총은 간단히 만들어졌다. 대나무를 여러 개 잘라 구멍 크기를 달리하며 물이 나가는 정도를 가늠했다. 작게 뚫으면 멀리까지 나가지만 물이 많이 나가지는 않았다. 구멍을 크게 뚫으면 물의 양은 많이 나가지만 멀리까지 가는 것은 작은 구멍보다는 작았다. 물을 빨리 써버리면 다시 물을 넣기까지 시간이 오래 걸렸다. 그래서 나는 물총을 두 개씩 가지고 다녔다. 내가 물총을 만들어 놀자 다시 마을에 물총 놀이가 유행되었다. 서로 편을 나뉘어 물총을 쏘고 다녔다. 물총의 큰 장점이자 단점은 물이 꼭 있어야 한다는 것이다. 물을 한 번 쏘고 나서 물을 보충하는 통로를 마련해야 한다. 물이 없으면 땅에 고인 물이나 논의 물을 사용하였다. 그렇게 놀다 보면 옷이 흠뻑 젖게 된다. 오후가 되면 어머니가 보시기 전에 양지바른 곳에 앉아 옷을 말렸다.

며칠 후에 강철이 엄마와 성근이 엄마의 대화를 들을 수 있었다.

"누가 고추 말리는 멍석에 물을 잔뜩 뿌려 놨어요."

성근이 엄마가 씩씩거리며 말했다.

"누가 그렇게 했겠어요? 비가 온 거겠지."

"어제 비 안 왔잖아요."

"참! 요즘에 애들이 물총 가지고 놀던데 그 애들이 그렇게 했겠네."

"그런데 소 오줌 같아요. 고추에서 냄새가 나요. 맡아 보세요"

성근이 엄마는 강철이 엄마에게 고추를 내밀었다.

"나는 안 나는데?"

"그래요?"

그날 성근이는 물총 놀이를 하지 마라며 성근이 엄마에게 엄청나게 혼이 났다.

나는 집에 오자마자 내 물총을 깨끗이 씻었다.

엄마는 성근이 엄마와 싸운 뒤로 사흘을 누워 있었다. 나는 엄마의 일을 무엇이든 거들고 싶었다. 우리 집 방엔 요강이 있었다. 다른 집들도 요강이 있었다. 우리 집 요강은 사기로 되어 있고 파란색에 꽃무늬도 예쁘게 들어가 있었다. 조금 무거웠고 겉은 항상 반짝반짝 윤이 났다. 저녁에 자다가 오줌이 마려우면 요강에 오줌을 누었다. 우리 집 요강엔 뚜껑까지 있었다. 다른 집 요강에도 뚜껑이 있는 요강이 많았지만, 대부분은 뚜껑이 없었다. 우리 집처럼 사기가 아니고 놋쇠나 쇠로 만든 요강이 많았다. 겨울엔 쇠보다 사기로 만든 요강이 덜 차가웠다. 나는 어려서 여자처럼 요강에 앉아서 오줌을 누었다. 아침이 되면 엄마나 아빠가 요강을 비우고 짚으로 요강 안을 깨끗이 씻었다. 물로 씻어 말린 후에 다시 방에 들였다. 더 어렸을 때에는 요강에 대소변을 다 보았다. 나는 요강을 내가 씻어서 엄마의 일을 거들고 싶었다.

"엄마! 내가 요강 씻을게."

"무거울 텐데?"

여전히 힘이 없어 보였다.

"괜찮아."

요강은 무거웠다. 두 손으로 요강을 받쳐 들고 가면서 미리 들어보지 못한 것이 후회되었다. 그래도 엄마를 기쁘게 하고 싶었다. 마루를 내려가며 미끄럽기도 하고 마루와 디딤돌이 내겐 조금 높았다. 기어이 요강은 내 손에서 벗어나 마당에 떨어졌다. 요강 속 오줌이 내 머리부터 얼굴로 튀어 올랐다. 먼저 요강이 깨지지 않을까 걱정이 되어 요강을 살펴보니 다행히 멀쩡하였다. 그다음 내 얼굴에 요강의 내용물이 튀어 있는 것을 느끼고 난 그만 울음을 터뜨렸다.

엄마에게 혼이 날 줄 알았는데 엄마는 웃음을 참지 못하고 배를 움켜쥐었다. 혼이 나지 않은 것만도 다행인데 엄마가 웃으니 나도 웃음이 나왔다. 아빠는 남자가 그것 하나도 들지 못한다고 하였고 나는 무거워서가 아니라 미끄러워서 그랬다고 항변하였다.

그 일이 있고서 엄마는 자리에서 일어나셨다.

엄마는 이번 기회에 아예 나를 씻길 모양이었다. 커다란 솥에 물을 끓이고는 내게 강철이네 가서 커다란 양동이를 빌려오라 하셨다. 강철이네는 소가 물을 먹을 때 쓰는 커다란 밤색 고무 양동이가 있었다. 어머니는 뜨거운 물을 양동이에 쏟아 붓고 찬물을 타가며 손으로 뜨거운 정도를 가늠하였다.

"됐다. 들어가!"

나를 발가벗겨 양동이에 들어가게 하였다.

"뜨거워!"

"참고 들어가. 조금 있으면 물이 식어."

"너무 뜨거워!"

실랑이 끝에 뜨거운 물로 울면서 들어갔다. 엄마 말대로 나중엔 식기는 하지만 온몸이 빨개진 다음에 물을 버릴 때쯤 식었다. 나를 물 속에 넣고도 바로 때를 밀지 않으셨다. 몸을 불려야 한다고 양동이 속에 계속 앉아 있게 하였다. 처음 들어가서 얼마나 뜨거운지 양동이에 발을 넣었다가 뺐다가를 반복하다가 엄마에게 등을 한 대 맞으면 들어갔다. 목욕은 일 년에 한두 번 있는 일이라 엄마는 한 번 때를 밀 때 육 개월 치 때를 밀고자 했다. 물이 검게 변해야 엄마 속이 후련해지시는 모양이었다. 문제는 내가 목욕을 하는 것을 담장 너머로 애들이 구경한다는 사실이었다. 남자는 그런대로 괜찮은데 여자애들도 구경하고 있었다. 손으로 가리면 그런다고 한 대 맞고, 등으로 몸을 돌리면 몸 돌리라고 한 대 맞고. 누구보다 동갑내기 여자애가 보는 것이 제일 창피했다.

"엄마! 창피하잖아."

"뭐가 창피해? 때가 많은 것이 창피한 거야."

엄마는 내 마음을 완전히 무시하셨다. 나중에 놀리기라도 하는 것이나 다른 애들한테 말하고 다니는 것이 창피한 것인데 엄마의 생각엔 내 입장은 전혀 고려 대상이 아니었다.

오줌을 뒤집어썼으니 오늘은 특별 목욕하는 날이었다. 보통은 이렇게 집에서 목욕했다. 목욕탕도 드물었을 뿐 아니라 돈도 드는 일이었으니. 대중목욕탕이 있다는 사실을 안 것은 초등학교 2학년 때였다.

어머니는 나를 데리고 수원으로 나갔다. 목욕탕엘 처음 데리고 갔다. 다른 아이보다 조금 더 컸는데 엄마는 초등학교 다닌다고 하지 말라고 당부를 하였다. 아주머니가 뭐라고 하니까 어머니는 애는 몸집이 커서 그렇지 내년에 입학할 거라고 하였다. 어머니 손을 잡고 대중목욕탕을 처음 들어갔다. 여기저기서 어떤 아주머니는 옷을 입고 어떤 분은 옷을 벗고 있었다. 유리창 목욕실 문을 열고 들어가면 가운데서 김이 자욱하게 피어올라 전체가 뿌옇게 보였다.

목욕실은 수도꼭지가 벽을 따라 빙 둘러 무릎 정도의 높이에 설치되어 있었다. 어떤 분은 앉아서 빨래하고 있고 어떤 분은 앉아서 때를 밀고 있었다. 한가운데는 정 사각형 상자 모양으로 타일을 붙인 탕에 뜨거운 물이 가득 들어있었다. 탕 안에 몇 분은 목만 내어 놓고 앉아 있고 어떤 분은 바가지로 탕의 물을 몸에 끼얹으며 탕 옆 계단에 앉아 때를 밀고 있었다. 탕은 밖으로 난 네 계단이 있고 다시 안쪽

물 쪽으로 세 계단이 있었다. 뜨거우므로 처음 한 계단에 발을 담그고 있다가 엄마가 신호하면 한 계단씩 물 아래로 내려가며 몸을 담갔다. 대부분은 속옷을 입고 목욕을 하였고 나만 발가벗고 있었다. 그것도 조금 못마땅한 일이었지만 엄마의 힘을 준 눈빛에 꼼짝없이 따라야만 했다. 삼십 분가량을 물속에 있다 보면 손이 쭈글쭈글 해 지면서 손으로 몸을 살짝만 밀어도 검정 때가 줄줄 흘러내렸다.

"때가 국수처럼 밀린다."

어머니는 내 때를 밀면서 쾌감을 느끼시는 듯했다. 나도 나쁘지는 않지만, 때를 불리기까지 뜨거운 것을 참아야 하는 것이 고통이었다. 다행히도 그것이 마지막 어머니와의 목욕탕 방문이었다. 돈도 문제지만 내가 너무 커서 더는 받아 줄 목욕탕이 없었다. 일 년에 한 번씩 설이 오기 전에 집에서 하였다.

늘 궁금한 것이 있었다. 목욕탕에 붙어 있는 글씨였다.

'24시간 때 밀어 드림.'

"엄마 24시간 때를 밀면 피가 나지 않을까?"

초등학교 학생들 대부분 가정형편이 좋은 집이 드물었다. 옷을 보면 확연히 차이가 났다. 대다수 학생은 기워 입은 옷을 입고 등교를 하였다. 잘 사는 아이들은 보기에도 깨끗한 옷에 덜 기워진 옷을 입었지만, 그 수는 적었다. 형편이 좋은 아이들은 운동화를 신었다. 우리는 검정 고무신을 주로 신었고 특별한 선물로 운동화를 받으면 닳고 닳을 때까지 신었다. 검정 고무신도 새 신은 자주 없어졌다. 누가 훔쳐 간다기보다는 다 똑같이 생겼기 때문에 내 것 인양 신다 보면 바뀌게 되는 것이다. 새로 고무신을 사면 쇠꼬챙이로 고무신 위에 구멍을 뚫어 내 것임을 표시하였다. 간혹 볼펜으로 자기 이름을 쓰는 아이가 있지만 얼마 지나지 않아 지워져서 쓸모없게 되었다. 쇠꼬챙이를 아궁이 불에 빨갛게 달궈 고무신 위의 등 부분을 찌르면 연기를 내며 구멍이 생겼다. 구멍의 개수와 위치로 자기의 신발을 표시하였다. 간혹 신발 바닥 뒷부분의 두꺼운 부분에 달군 쇠꼬챙이로 표시하는 아이가 있었다. 얼마 지나지 않아 발바닥이 닳아 지면서 같이 닳아져 알아볼 수 없었다.

비가 오는 날에는 무릎까지 오는 검은색 장화를 신었다. 장화도 윗부분에 쇠꼬챙이로 구멍을 내어 자기 것을 표시하였다. 어쩌다가 새로 산 장화와 헌장화가 바뀌게 되는 일도 있었다. 그러면 새 장화를 신은 학생은 자기 장화를 찾으려 반 전체 장화를 다 뒤지고 다른 반 신발장까지 뒤졌다. 장화는 비가 올 때에는 매우 요긴하게 쓰였다. 웬만한 흙탕물에 들어가도 옷이나 발이 젖지 않게 하였다. 일부러 도랑물에 발을 담가도 안전하였다. 맨발로 장화를 신고 있다가 벗으면 발엔 까맣게 고무 물이 들었다. 그것은 검정 고무신도 마찬가지였다. 특히 여름에는 발에 땀이 차서 고무신의 검은색 물이 발에 잘 들었다. 운동화는 부러움의 대상이었다. 공을 찰 때 운동화를 신은 것 자체가 큰 실력이었다. 편을 나눌 때도 운동화 신은 애들을 공평하게 나누고 나머지는 비슷한 덩치의 친구와 가위바위보를 하여 팀을 나눴다. 고무신을 신고 공을 차면 발이 아프지만, 운동화는 고무신과는 비교할 수 없을 만큼 충격을 흡수해 주었다. 나도 운동화를 신은 적이 있었다. 외삼촌이 운동화를 한 번 사 주셔서 부러움의 대상이 된 적이 있었다. 그 운동화가 닳은 뒤로는 나도 늘 검정 고무신을 신고 다녔다. 그것도 어머니는 내 발이 계속 자란다고 항상 내 발보다 조금 더 큰 신을 사 주었다. 고무신 바닥이 닳아 구멍이 나도 여전히 내 발보다 큰 신을 신고 다녔다. 구멍은 엄지발가락부터 났는데 오산이나 수원 장날이 되어야만 사다 주셨다. 장날에 가지 못하면 구멍 난 신발을 계속 신고 다녔다. 각 교실 신발장에는 구멍 난 고무신이 항상 몇 개는 있게 마련이었다. 나만 그런 것이 아니니 부끄러운 일도 없었다. 신발이 편하지 않으니 맨발로 공놀이할 때도 있고 발이 아프면 다시 신기도 하였다. 누구 하나 놀리거나 흉을 보는 사람도 없었다.

어느 날 학교에 우체국에서 손님이 오셔서 일종의 특강을 했다. 전부 강당에 모였다. 멋있는 양복을 입고 머리에는 반짝이도록 기름을 발랐으며 머리 한쪽으로 치우친 가르마를 한 신사 한 분이 오셨다. 그 아저씨는 우리나라가 잘 살려면 저축을 많이 해야 한다고 했다. 저축을 한 돈으로 공장을 세워야 우리나라가 잘사는 나라가 된다고 했다. 저축하는 학생이 애국자라고 하였다. 아저씨 양쪽 입가에는 하얀 거품이 생겨 있었다.

'애국자가 무엇이지? 저축은 무엇이야?'

선생님이 다시 교실에서 이야기해 주셨다. 용돈을 모으는 것이 저축이라고 하셨다. 저축하면 그 돈으로 중학교 갈 때 요긴하게 사용할 수 있다고 하셨다. 담임선생님은 초등학생이니 통장을 하나씩 만들어야 한다고 하였다. 결국 돈을 가져오라는 이야기였다. 나와는 아주 먼 이야기였다. 참외 팔 때나 설날에 세뱃돈 받은 것 말고는 용돈을 받아본 기억이 없었다. 우리 집 사정은 내가 더 잘 알았다.

'매일 돈이 없어 걱정하는 부모님에게 어떻게 돈을 달라고 하지?'

아버지에게 가정통신문을 가져다 드렸다.

"쌀 살 돈도 없는데 저축은 무슨."

아버지는 통신문을 보자마자 방바닥에 던지며 돈이 없다고 하셨다.

"다른 애들은 다 한다고 하던 걸요?"

"당장 먹고살 돈이 없는데 무슨 돈으로 저축을 해? 저축할 줄 몰라서 안 하니? 없어서 못 하지."

엄마가 한마디 하셨다.

"그래도 애들 다 한다는데…… 몇 푼이라도 해야 할 텐데요."

저축한 돈이 없어지는 것도 아니니 조금씩만 하자고 어머니가 아버지를 설득하셨다. 한 달에 한 번씩만 하기로 두 분이 합의하셨다. 어머니는 다음날 내게 꽤 큰돈을 주셨다.

"학교 가면 바로 선생님께 드려. 가지고 있으면 잃어버린다."

며칠 후에 담임선생님은 종례시간에 통장을 일일이 나눠 주셨다.

"여러분이 낸 돈을 전부 이 통장 안에 넣어 두었어요. 잊지 말고 집에 가는 즉시, 어머니에게 가져다 드리세요."

"예!"

합창하고 인사를 하였다. 집에 가기 전에 통장을 슬쩍 보았지만, 돈은 없었다. 다른 아이들은 나같이 생각하지 않는 눈치였다. 통장을 머리 위로 들고 즐거워하는 아이들도 있고 자신이 이제 부자라고 하는 아이들도 있었다. 내 통장 안을 아무리 뒤져 봐도 돈은 들어있지 않았다.

'여기 어디에 돈이 있지? 선생님은 어떻게 이런 데다 돈을 넣었을까?'

바로 하교를 해야 해서 누구에게 물어보지도 못하고 쭈뼛쭈뼛 학교를 빠져나왔다. 통장엔 검정 볼펜으로 내가 낸 돈의 금액만 적혀 있고 그 옆에 작은 빨간 도장이 찍혀 있었다. 선생님이 주셨으니 있는 그대로 가져가도 혼나지는 않을 것이라고는 생각되었다. 집에 도착해서 어머니가 오실 때까지 샅샅이 통장을 뒤졌다. 통장 기입장을 한 장 한 장 넘기며 조그마한 틈새라도 있는지 확인하였다.

'선생님이 잘못 넣어 두셨나? 두꺼운 겉장 쪽에 넣었나?'

통장 안에 돈은 없었다.

'어머니에게 뭐라고 말을 하지?'

'종이를 벌리고 넣은 다음에 다시 붙였나?'

'어떻게 하지? 엄마가 혼내려나?'

있는 그대로 말씀을 드려도 나를 의심할 수 있었다. 돈을 어디에 썼냐고 다그치면 야단맞을 것이란 생각밖에 안 들었다. 그런 생각이 드는 순간 정신이 번쩍 났다.

'큰일 났다!'

선생님이 내 돈을 가져갈 리는 없고 선생님이 주신 통장에 돈이 없다면 누구라도 내가 가져갔다고 생각할 것이었다. 나를 의심하지 선생님을 의심할 사람은 없을 것이었다.

'내가 돈에 손대지 않았다고 하면 믿어 줄까? 내 말을 믿으면 선생님이 가져갔다는 것인데……'

일단 통장을 꺼내 놓지 않고 가방에 두었다. 아무리 생각해도 해결 방법이 떠오르지 않았다. 다음 날도 통장을 드리지 않았다.

"정수야 강철이는 통장 받아왔다는데 너는 어쨌어? 안 받았어?"

"응, 아직……"

"강철이가 받았으면 너도 받았을 것 아냐? 너 돈 딴 데 쓴 거 아니지? 선생님께 드린 거 맞아?"

"선생님께 바로 드렸어?"

"바로 드렸어요."

"정말 바로 갖다 드렸지?"

엄마는 무엇인가를 아는 듯이 말을 하고 계셨다.

"얘가 그럴 애야? 당신도 참!"

아빠가 거들어 주어 겨우 모면하였다. 벌써 엄마는 내가 돈을 딴 곳에 쓴 거 아니냐고 다그치고 있었다. 분명히 돈이 없어진 것을 알면 나를 의심할 것이고 피할 방법은 없었다. 밥상에 앉아서도 온통 돈 생각뿐이었다. 밥맛도 없어졌다.

'어디서 돈을 벌어올까? 내가 돈을 벌 수 있을까?'

"얘! 밥상머리에 앉아서 멍하니 뭐 해? 밥 안 먹어? 놀래는 것 좀 봐. 너 무슨 일 있지?"

"아냐, 밥맛이 없어."

"배부른 소리 한다. 밥이 없어 굶어 봐야 얘가 밥 귀한지 알지. 먹기 싫으면 먹지 마!"

배가 고프긴 한데 돈 생각만 하면 먹고 싶은 생각이 없어졌다.

내가 밥을 잘 안 먹은 지 사흘이 되면서 엄마와 아빠는 나를 걱정하기 시작하였다.

"병원에 데려가야 하는 것 아니에요?"

"수원 병원에 가 봐야 하겠는데?"

"저 안 아파요."

"그럼 왜 밥을 하나도 안 먹어?"

"그냥 밥맛이 없다니까요."

"쟤 지난번에도 밥 안 먹어서 수원 병원에서 주사 한 대 맞고 나았잖아요?"

사실 주사 맞는 것은 싫었다. 병원에는 가고 싶지 않은 곳이었다. 그런데 이거 어떻게 할 방법이 없었다.

결국 용하다는 수원 병원엘 또다시 가게 되었다. 의사 선생님은 청진기로 내 몸 여기저기를 대어보고 두드려 보았다.

"왜 밥을 안 먹었어?"

의사 선생님은 부드럽게 말씀하셨다. 내가 주저하자 부모님을 나가게 하였다.

"전에도 우리 비밀이 있잖아. 절대로 엄마 아빠에게 말하지 않을게. 약속."

의사 선생님이 거짓말할 리는 없었다.

"돈이 없어졌어요."

"무슨 돈?"

"엄마가 저축하라며 준 돈을 선생님께 드렸어요. 선생님은 통장에 돈을 넣어 놓았다고 했는데 통장을 아무리 보아도 돈이 없어요."

"사실대로 말하지 그랬어?"

"내가 가져갔다고 생각할 거 아녜요?"

"통장에 돈이 없어?"

"검정 글씨로 내가 낸 돈만 쓰여 있고 통장 안에는 돈이 없었어요. 정말 제가 가져간 게 아니에요. 의사 선생님이 돈을 빌려 주시면 커서 갚을게요. 빌려 주세요."

"통장 안에 네가 낸 돈의 숫자가 쓰여 있었어?"

"예! 숫자하고 작은 빨간 도장만 옆에 찍혀있고 통장을 아무리 봐도 돈이 없었어요. 담임선생님이 통장 안에 돈을 넣어 두었다는데 돈이 없어졌어요. 엄마는 내가 가져갔다고 할 텐데… 휴, 전 정말 안 가져갔어요."

의사 선생님은 지긋이 나를 바라보았다.

"통장에 돈이 있다는 말은 진짜 돈은 우체국에 있고 돈이 있는 만큼 통장에 글씨로 써준단다. 그러니까 실제로 통장에는 없는 거야."

"예? 근데 왜 통장에 돈이 있다고 해요? 우체국에 돈이 있다고 해야지."

"네 말이 맞는구나! 그런데 그렇게 계속 불러왔단다. 그러니까 네가 가져간 것도 아니고 통장이 잘못된 것도 아니야. 그냥 엄마에게 통장을 드리면 될 거야."

"정말요?"

"그럼. 내가 약속하잖아."

"그래도 혹시 엄마가 내가 돈을 가져갔다고 하면 빌려 주실 수 있어요?"

"그럼. 혹시 엄마가 네가 돈을 가져갔다고 의심하면 나를 주었다고 해라."

"감사합니다! 감사합니다!"

정말 훌륭하신 의사 선생님이셨다.

"선생님! 그리고 용하다는 말이 무슨 말이에요?"

"잘한다는 뜻이야. 누가 그러든?"

"선생님이 용하대요."

"그래? 고맙구나!"

'나도 커서 용해야지.'

수원 병원은 정말 용했다. 나는 그 병원에만 다녀오면 바로 나았다. 그 날 저녁에,

"정말 용하네요, 어떻게 주사 한 대만 맞으면 금방 나을까요?"

"의사 선생님 인상이 좋잖아! 친절하고."

"그러게요. 애 밥 먹는 거 보세요."

그 날도 밥을 두 그릇이나 먹었다.

병원에서 오자마자 통장을 엄마에게 드렸다.

"어디 보자! 통장에 얼마가 들었을까? 맞네."

엄마는 통장에 쓰인 숫자만 보고 통장에 돈이 들어있다고 하셨다.

'혹시 돈을 통장 어디에 숨겨 놓은 것은 아닐까?'

초등학교에 적응하면서 할 일이 하나씩 늘어났다. 숙제는 거의 매일 있었다. 매일 매일 해야만 한다는 것이 부담이었다. 또 하나 매일 해야 하는 것이 일기를 쓰는 일이었다. 일기를 어떻게 쓰는지, 그것이 무엇인지 배워가며 일기를 썼다. 쓰는 것은 좋은데 일정 시간 후에 그것을 검사받아야 한다는 것이 커다란 정신적 압박이었다. 한 번 밀리면 계속 밀리게 되고 한꺼번에 쓰려면 기억도 나지 않는 것을 거짓말로 써야 했다. 처음 일기를 쓸 때에는 그 날 있었던 일을 쓰라고 하셨다.

'시골의 아이들에게 하루하루가 특별할 게 뭐가 있겠는가?'

매일 반복되는 하루였다.

'아침에 일어나 학교에 가고 집에 와서 친구들과 놀고 숙제하고 끝.'

전 학생들의 일기가 다 똑같았던 것 같다.

선생님은 어느 날 일기를 쓰는 방법에 대해 특별한 말씀을 하셨다.

"일기는 그날 있었던 일 중에 특별한 일도 좋지만, 오늘부터는 비밀 같은 것을 써 봐요."

'비밀!'

"비밀이 뭐에요?"

"비밀은 다른 사람이 모르고 나만 아는 이야기야."

'나만 아는 이야기?'

나도 매일 똑같은 일만 반복하여 쓰는 것도 싫증이 났다. 더구나 지금부터는 비밀을 쓰라고 하셨다. 이제 일기를 쓰는 것이 쉬워질 것으로 느껴졌다.

그 날도 평소처럼 생활하고 잠자기 전에 일기를 쓰고자 하였다.

'오늘부터는 비밀을 쓰라고 하셨지?'

'내 비밀은 무엇일까?'

곰곰이 생각해 보아도 내 비밀이 생각나지 않았다.

'다른 사람은 모르고 나만 아는 것?'

내게 그런 것은 아무것도 없었다. 내가 아는 것은 엄마나 아빠가 다 아는 것이었다. 나한테 일어난 일은 부모님 말고 강철이도 다 아는 것이었다. 나에게 비밀은 없었다. 일기를 쓸 수가 없었다.

'나는 왜 비밀이 없을까?'

잠은 쏟아져 오고 비밀은 없고 속이 상했다.

"왜 잠도 안 자고 훌쩍여?"

엄마가 소리를 질렀다.

"왜 갑자기 우는 거야?"

"일기 때문에."

"일기 쓰면 되지."

"선생님이 비밀을 쓰라고 하셨다고······."

"그런데?"

"난 비밀이 없어."

"비밀이 없어? 그런다고 울어? 뚝 그쳐!"

엄마는 잠시 생각하더니 나를 데리고 마루로 나왔다. 엄마는 내 귀에 대고 작은 소리로 이야기 하였다.

"엄마가 비밀을 만들어 줄게."

"정말?"

"이거 아무에게도 말하면 안 된다. 비밀이야."

"응."

"우리 강아지 살 거다?"

"정말? 언제?"

"다음 장날에 엄마가 사 올 거야. 비밀이다. 아무에게도 말하면 안 돼."

"알았어."

엄마는 비밀을 만들어 주셨다.

나는 한꺼번에 두 가지 좋은 일이 생겼다. 나에게도 비밀이 생긴 일과 우리 집에 강아지가 온다는 소식이었다. 나는 일기 이외에 누구에게도 말하지 않았다. 비밀을 지켰다. 일기장에도 비밀을 쓸 수 있었다.

주인집에는 강아지가 한 마리 있었다. 처음에는 작은 강아지였는데 내가 학교에 들어가면서 갑자기 커졌다. 너무 커서 앞발을 들고 일어나면 내 어깨까지 올라왔다. 나보다 더 큰 키였다. 나는 흙 묻은 발로 내 옷을 더럽히는 것이 싫었다. 얼굴을 마구 핥는 것도 싫었다. 내가 쓰다듬는 것이나 내 말을 듣는 것은 좋은데 간혹 내 말을 잘 듣지 않았다. 비가 온 다음 날에는 개에서 심한 냄새가 났다. 그것도 싫었다. 집에서는 이름을 '메리'라고 불렀다. 어디 놀러 갈 때에는 그런대로 졸졸 잘 따라다녔다.

내가 정말 싫어하는 것이 있었다. 학교에서 돌아올 때에는 어디서 숨어 있다가 달려들었다. 놀러 다닐 때에는 주위에서 맴돌고 시키는 대로 말을 잘 듣는 편이었는데 학교에서 집에 들어갈 때면 두 발을 내 가슴과 어깨에 올리고 여기저기를 핥았다. 집에 들어갈 때에는 대문에서 메리가 어디 있나 확인하고 메리가 없으면 뛰어서 들어갔다. 살며시 걸어가도 어디서 숨어 있다가 갑자기 나타나 달려들었다. 뛰어 도망가서 마루 위에만 올라가면 더는 쫓아오지 않았다. 강아지 때부터 마루 위에는 절대로 올라오지 못하게 해서 커서도 마루 위로는 올라오지 않았다. 매일 메리와 전쟁을 하였다. 어떤 때는 메리가 없다고 확신하고 살며시 발뒤꿈치를 들고 걷다 보면 어느새 내 뒤에서 걷고 있었다. 서로 얼굴을 보는 순간 나와 메리는 같이 마루를 향해 뛰었다. 달려들어도 억지고 떼어놓고 마루까지만 가면 되는데 그것이 내겐 벅찼다. 대문에서 마루까지 십여 m 정도 되며 있는 힘껏 달려가도 메리에게 매일 잡혔다.

어떤 날은 학교까지 따라왔다. 학교에 와서 창가 화단에 앉아서 나를 기다렸다. 한동안 아침마다 메리와 싸움을 하였다. 가라고 소리치면 뒤돌아 가는 것처럼 하다가 몰래 따라오고 돌을 던지면 집으로 가다가 다시 따라왔다. 여러 번 돌을 던지며 따라오지 말라고 하면 집으로 돌아갔다.

내가 메리를 싫어한 것은 얘가 아무거나 먹는 일 때문이었다. 먹을 것만 있으면 주워 먹었다. 땅에 떨어진 것이나 다른 집 애들이 먹던 것도 주워 먹었다. 거지나 그러는 것이라고 말을 해도 소용이 없었다. 그리고 그 입으로 나를 핥으려 들었다. 두 번째는 짖을 때와 짖지 않을 때를 알지 못하였다. 구걸하는 사람이나 낯선 사람이 와도 꼬리를 살살 흔들어 대었다. 평소엔 짖지 않는 놈이 나를 보면 짖었다. 내가 학교에서 집에 가거나 마루로 뛰어갈 때에는 '컹컹' 짖어 댔다. 짖기만 하는 것이 아니라 물기도 하였다. 메리는 다른 사람은 절대로 물지 않았다. 내 팔이나 다리는 물었다. 피가 날 정도로 무는 것은 아니지만, 메리의 침을 내 몸에 잔뜩 묻혀 놨다. 덩치는 큰 놈이 겁은 많아서 지보다 반도 안 되는 마을 강아지가 짖어도 피해 다녔다. 아마 도둑이 들어도 꼬리를 칠 놈이었다. 낯선 사람을 보아도 꼬리를 치는 놈이니 마을 사람들이 다 자기 주인인 줄 아는 놈이었다. 세 번째 메리의 나쁜 버릇 하나는 도둑을 잡는 것이 아니라 자기가 도둑질을 하였다.

메리의 집은 주인집 부엌 바깥쪽 처마 밑에 있었다. 튼튼한 나무로 커다랗게 만들어져 있었다. 메리가 커서 집도 무척 컸다. 네모난 나무 상자 모양으로 벽을 만들고 그 위에 널찍한 나무판자 두 개로 뾰족하게 얹어 지붕을 만들었다. 밖에 내어 놓아도 비를 피할 정도로 괜찮아 보이는 집이었다. 그 옆에는 가마니를 놓아두었는데 잘 때는 집에 들어가서 자고 낮에는 주로 가마니 위에 앉아 있었다.

얘는 양말이나 신발이 보이면 자기 집으로 가져다가 꼭꼭 숨겨 놨다. 나는 알고 있었다. 구두 같은 번쩍이는 것만 좋아한다. 고무신은 거들떠보지도 않았지만 새로 산 것은 가끔 좋아했다. 내가 메리를 혼내면 주인집 할머니나 어머니는 말을 못하는 짐승에게 함부로 하는 것 아니라고 오히려 나만 나무랐다.

"메리는 나쁜 버릇이 많아요!"

"너 좋다고 꼬리 치는 거 봐라."

"사람들 없으면 나에게 달려들어요. 나를 물려고 한다고요."

"좋다고 그러는 거야."

전부 메리 편만 들었다.

엄마는 내복이나 속옷에 실로 이름을 새겼다. 아버지는 할 일 없이 옷에 이름을 새겨 넣느냐고 하였다.

"누가 속옷을 가져가요."

"누가 남이 입던 속옷을 가져간다고 그래?"

"빨랫줄에 널어놓으면 하나씩 없어져요. 어른이나 애들 것이나 가리지 않고 없어져요. 그래서 기분이 안 좋아요."

울타리에 서 있는 커다란 가죽나무와 반대편의 감나무에 긴 줄을 묶어 놓았다. 마당을 가로질러 쳐진 줄이 길어서 가운데쯤 늘어졌다. 아버지는 빨랫줄 가운데에 작대기같이 생긴 나무로 처지지 않게 받쳐놓았다. 빨래는 자주 하는 것이 아니고 어머니가 일이 없을 때 모아서 하셨다. 이불 빨래를 널어놓을 때도 있고 마른 이불을 널고 부지깽이로 털었다. 엄마는 이곳에 널어놓은 빨래가 한두 개씩 없어진다고 하셨다.

"바람에 날아갔겠지."

"아무리 그래도 이상해요. 연처럼 하늘로 날아가진 않을 텐데요."

엄마는 강철이 엄마에게 빨래가 없어진다는 말을 하셨다. 강철이 엄마도,

"우리 빨래도 속옷만 없어져."

우리 집 말고 주위의 근수형네 집에서도 속옷만 없어진다고 하였다.

"아무래도 이상해요."

엄마의 주장대로 속옷에 실로 이름을 새겨 넣기로 하였다. 근수형 엄마는 바느질 솜씨가 없다고 이름 대신에 속옷에 실로 일자 모양의 표시를 하였다. 그러나 아버지 말대로 속옷이 없어진 날은 바람이 세게 분 날이었다.

"바람에 날아갔나?"

엄마도 아버지의 말에 조금은 동의하신 눈치였다. 집 주위는 물론이고 뒷산까지 찾아보았지만 하나도 못 찾았다.

군인인 외삼촌이 우리 집에 놀러 왔다. 가려고 방을 나서는데 외삼촌 구두가 없어졌다.

"누님! 내 구두 어디 갔지?"

온 식구가 찾았다. 나는 마루에 가만히 앉아 있었다.

'틀림없이 메리 저놈 짓일 거야!'

메리는 가끔 보는 외삼촌 옆에서 여전히 꼬리를 흔들고 있었다.

'나쁜 자식!'

"정수야 너도 좀 찾아봐!"

엄마의 성화에,

"메리가 가져갔을 거예요."

"또 메리 타령이냐?"

"메리 쟤가 남의 것을 잘 훔쳐가요. 나쁜 놈이라니까요?"

"메리가 누구야?"

외삼촌이 물었다.

"네 옆에 있는 개야."

엄마가 외삼촌에게 대답했다.

"정수 말대로 개집을 한 번 살펴보지?"

외삼촌이 내 말을 들어준 유일한 분이었다.

"개가 신발을 물어가?"

"우리 부대에도 물건 물어오는 개가 있었어요."

내가 먼저 메리 집을 보았다. 메리는 자기 집에 앉아서 살며시 이빨을 드러냈다.

"저거 봐요. 물려고 한다니까요?"

"메리가 누구를 물어?"

"사람 없을 때는 나도 물어요!"

"좋아서 무는 시늉하는 거야."

메리 집 속에 무엇이 보였다.

"저기 뭐가 있어요!"

외삼촌이 보시고는 막대기로 꺼내려 하자 으르렁거렸다.

"봐요. 물려고 하잖아요."

"메리가 안 그러는데 이상하네?"

아버지는 메리를 불러내었다. 잘 나오려 하지 않다가 밥을 주니까 얼른 튀어나왔다. 아버지와 외삼촌은 메리의 집을 뒤집어엎었다. 메리 집은 무거워서 혼자 들 수 없었다. 메리 집을 마당에 쏟자 그동안 메리의 도둑질 한 흔적이 다 드러났다. 갈가리 찢어진 속옷들도 나왔다.

"메리가 속옷도 다 물어다 놨네?"

"얘가 이런 놈이라니까요?"

아버지는 메리의 집 지붕을 없애 버렸다.

집마다 빨랫줄엔 빨래가 날아가지 못하도록 집게로 집어 놓았다. 없어진 옷이나 신발이 있으면 메리의 집에서 바로 찾았다. 메리가 옷을 훔쳐갈 때마다 혼이 나더니 메리의 버릇도 점차 없어졌다. 나에게 달려드는 버릇도 없어졌다. 가까이 다가와도 근처까지만 달려왔다. 내 옷에 발을 올려놓지 않아 흙을 묻히는 일도 없었다.

메리가 착해져서 좋았다. 학교에 다녀와서도 메리를 피해 다니지 않았다. 오히려 내가 메리를 불렀다.

"메리!"

옆집에 있다가도 내 목소리가 나면 금방 달려왔다. 발을 들으려고 하면 내가 손바닥을 내밀며,

"하지 마!"

하면 고개를 한쪽으로 갸우뚱하고 꼬리만 흔들어 대었다.

어느 날 메리의 눈빛이 이상하게 변하였다. 마루 밑에만 기어들어 가더니 아버지가 플래시를 비추자 으르렁거렸다.

"큰일 났다. 광견병이 걸린 모양이야!"

"메리! 메리! 나야! 얼른 나와!"

처음엔 그래도 나를 조금은 알아보고 꼬리를 치다가 짖다가를 반복하였다. 시간이 지나자 나도 알아보지 못하고 물려고 하였다. 아버지는 메리 근처에 가까이 가지 못하게 하였다. 아버지는 광견병 걸린 개는 물을 무서워한다며 메리에게 물을 끼얹어 보았다. 정말 메리는 물을 무서워하였다. 어른들은 광견병이 틀림없다고 하셨다.

다음날 학교에서 돌아오자 메리가 없어졌다. 아버지는 메리가 아파서 죽었다고 하셨다.

메리가 집에 앉아 있는 것 같이 생각되고 내가 부르면 언제나 올 것 같았다. 메리가 없어지고 나서 나도 힘이 없어졌다.

메리가 앉아 있던 가마니에 내가 앉아서 놀았다. 속옷이나 구두도 없는 메리의 집을 보고 금방이라도 나를 핥으러 달려들 것 같은 생각이 들었다.

"너 거기서 뭐 하니?"

"메리가 여기에 앉아 있었어."

엄마는 말없이 나를 바라보았다.

며칠 후 엄마는 아직 눈을 뜨지 못하는 어린 강아지 두 마리를 시장에서 사오셨다. 짖지도 못하고 낑낑대기만 하였다. 걷지도 못하고 기어 다녔다. 한 마리는 검정색이 섞여 있었고 다른 한 마리는 연한 회색빛을 띠었다.

"이거 어미가 누런색이니까 크면서 연한 회색빛이 도는 강아지는 누렇게 변할 거야. 검정색이 섞여 있는 것은 바둑이지?"

책에서 보는 바둑이와는 전혀 다른 모양이었다. 연한 회색 바탕에 얼굴부터 어깨 쪽으로 길게 검은색이 있고 엉덩이에도 검은색이 있었다. 아무리 봐도 바둑이는 아니었다. 그림 그리다가 지저분하게 색칠한 바둑이었다. 그런데도 엄마는,

"애는 바둑이 맞네, 아유 귀여워라."

엄마는 내게 이름을 지으라고 하셨다. 어쩔 수 없이 한 마리는 '바둑이'로 이름을 지었다. 다른 한 마리는 메리처럼 잘 크라고 '메리'로 지었다.

메리는 눈도 못 뜬 것이 엄마 손수건을 물고 늘어졌다.

'벌써 도둑질이야?'

저수지와 논두렁

안화동 마을을 조금 벗어난 곳에는 이상한 저수지가 있었다. 처음 안화동에 이사 왔을 때는 거대한 저수지로만 보였다. 늘 물을 가두어 놓는 것이 아니고 가을 추수가 끝나면 물을 가두어 두어 저수지를 만들었다. 물을 가두게 되면 냇물부터 물이 차서 냇물 옆의 논이 전부 물에 잠겼다. 저수지 물이 가득 차면 원래 논이 있었는지도 모르게 물로만 이루어진 저수지가 생겼다. 봄에 벼를 심을 때가 되면 어느 날 저수지 물을 전부 빼어냈다. 아마도 그 물로 저수지 아랫마을에서 벼를 심는 데 사용하는 것으로 생각되었다. 물이 빠지면 저수지 한 가운데로 흐르는 시냇물이 드러나고 주위에 숨어있던 많은 논이 고스란히 드러났다. 언제 저수지가 있었나 싶게 평범한 들로만 보였다.

늦가을부터 봄까지만 물을 담아 놓는 저수지였다. 한겨울에 물이 단단히 얼면 거대한 썰매장이 되었다. 주로 스케이트를 타는 큰 형들이나 어른들이 이용하는 썰매장이 만들어졌다. 주변의 여러 마을에서 이곳으로 와서 썰매나 스케이트를 즐겼다. 얼음도 아주 매끄럽게 얼어서 썰매도 너무 잘나갔다. 하지만 우리는 이 썰매상을 거의 이용하지 않았다. 어른들과 부닥칠 수도 있었고 가끔 얼음이 약한 곳에 빠지면 살아남기 힘들었다. 실제로 봄이 가까워져 오면 그런 일이 발생하곤 하였다. 집에서는 절대로 못 가게 단속하였다.

봄이 되고 모내기를 할 때쯤이었다.

"정수야 누나랑 물고기 잡으러 갈까?"

주인집 막내 누나가 물고기를 잡으러 가자고 커다란 양동이 두 개를 준비하였다. 무턱대고 따라 나섰다.

"어디서 물고기를 잡아요?"

물고기를 한 번도 잡아 본 적이 없었다. 구경도 한 적이 없었다.

"뭐로 잡아요?"

"물고기가 많아서 손으로 잡을 수 있어."

"누나도 손으로 잡을 수 있어요?"

"그럼. 내가 실력을 보여 주지."

신이 나서 누나를 따라 나섰다.

누나를 따라가자 물로 가득 찼던 저수지 물이 거의 다 빠져가고 있었다. 보이지 않던 논들이 많이 드러나 있었다. 이미 인근의 여러 마을에서 온 사람들로 가득 찼다. 물이 빠지면서 드러난 논에는 커다란 붕어들이 넘쳐났다. 우리는 늦게 간 편이었다. 다른 사람들의 양동이엔 물고기가 가득 담겨 있었다. 물고기도 커서 어른 손바닥보다 컸다.

우리는 양동이를 바닥에 놓고 맨손으로 물고기를 잡았다. 다른 사람들은 전부 맨손으로 물고기를 주워담고 있었다. 내 손으로 물고기를 잡는다는 것도 재미있고 엄마가 그것을 요리해 준다니 기대도 되었다. 누나는 내게 물이 얕은 논에 있는 물고기를 잡으라 했고, 자기는 물이 빠져 줄었지만 조금은 깊은 냇물에서 붕어를 잡겠다고 하였다. 열심히, 아주 열심히 물고기를 쫓아다녔지만 내 새끼손가락만 한 붕어도 잡히지 않았다. 누나도 수원 병원의 수족관에 있는 금붕어만 한 아주 작은 것만 잡았다.

"막내 누나! 이것도 먹을 수 있어요?"

"어서 잡아!"

"애네들은 나만 보면 도망가요"

오랫동안 열심히 물고기를 쫓아다녔다. 다른 사람처럼 물속에 손을 넣고 붕어를 잡으려고 기다려 보기도 하였다. 오전 내내 잡았다. 잡으려 논을 뛰어다녔다. 다른 사람들은 잘 잡는데 우리가 잡을 물고기는 잡힐 듯하다가 잘도 도망갔다. 손을 스치고 빠져나가는 물고기를 감당할 수 없었다. 누나도 나와 별 차이 없어 보였다.

누나와 내 바지의 엉덩이에는 오줌을 많이 싼 것처럼 커다랗고 동그란 물자국만 남았다.

어떤 모르는 형이 우리 잡은 것을 보고 자기가 잡은 물고기를 나눠
주었다.

작은 누나는 예뻤다.

"어머나! 꽤 잡았네? 한 마리도 못 잡을 줄 알았는데."
엄마는 양동이를 보고 눈이 커졌다. 막내 누나와 나는 말없이 서로
의 눈만 마주쳤다.

이날은 민물고기를 처음 먹어본 날이었다. 어른들은 맛있다고 하는
데 가시가 너무 많았다. 엄마가 아무리 가시를 발라 주어도 목에 잔
가시가 자주 걸렸다. 밥을 씹지 말고 꿀떡 삼키라고 해서 그렇게 하면
대부분 넘어갔다. 어른에게는 잔가시이겠지만 내게는 잔가시인지 큰
가시인지 중요한 것이 아니었다.

어떤 것은 그래도 남아 있었다. 아버지는 신 김칫국물을 먹으라고
하셨다.
"아직도 있어. 켁 켁."
"맨밥을 계속 씹지 말고 삼켜봐."
"아직도 있어. 켁 켁."
"자고 일어나면 없어질 거야."

'눈으로 봐도 보이지 않는 가시를 어떻게 뺄 수 있을까?'

커다란 가시 하나가 목에 걸려 나오지 않았다. 다음 날도, 맨밥을 아무리 먹어도, 가시는 그대로 있었다. 사흘째 목에 걸린 가시는 요지부동이었다.

마을 어른들은 나를 방에 눕혀 놓고 돌아가며 목구멍을 살펴보았지만 보이지 않은 가시였다. 어둡다고 마루에 눕혀놓고 목구멍의 가시를 찾았다. 돌아가며 목에 손을 넣어 보며 찾았다. 손을 제대로 씻지 않은 아저씨의 손가락 냄새에 넘어올 것 같았다. 마을 어른들의 노력에도 불구하고 내 목구멍의 가시는 여전히 나를 괴롭혔다.

아버지는 결단을 내렸다. 용하다는 수원 병원으로 나를 데리고 갔다.

하지만 병원 의사 선생님도 쉽게 빼지 못하였다.

"가시가 어디 있나?"

손가락으로 아픈 곳을 가리켰다.

"보이지 않는구나."

의사 선생님은 나와 간호사 누나만 데리고 수술실로 들어갔다.

"수술해야 해요?"

"아니 거기서 봐야 잘 보이거든. 걱정하지 마라."

수술실에는 눈이 부실만큼 강한 빛을 목에 쏘이고 작은 수저를 목에 넣어 보았지만 가시는 발견되지 않았다. 하지만 아픈 것은 사실이었다. 침을 삼키면 따끔한 것이 목에 있어 여간 신경 쓰이는 것이 아니었다.

의사 선생님은 구슬만 한 커다란 사탕을 주셨다.

"잘 보이지 않는 것이 걱정할 만한 것은 아닙니다. 곧 없어지던지 늦어도 며칠 더 있으면 저절로 없어질 겁니다."

의사 선생님도 내 목구멍 안에 가시 찾는 것을 포기하셨다.

엄마와 아빠는 힘없이 나를 데리고 병원을 나섰다. 의사 선생님이 주신 사탕은 아주 맛있었다. 단맛에 침이 저절로 고였다. 침 한 방울이라도 흘리지 않으려고 꿀꺽꿀꺽 삼켰다.

"엄마! 이제 없어졌나 봐. 안 아파."

"그래?"

나는 아마도 사탕을 먹어서 없어졌을 거라는 생각이 들었다.

"세상에! 용하긴 용하네요. 금방 없애 주시네요."

'저절로 없어진 건데……'

민물고기는 있어도 아버지만 드셨다. 나는 주지도 않았고 스스로 먹지 않았다.

저수지의 논은 가을 추수가 끝나고 물에 잠긴 상태 그대로 봄에 다시 모습을 드러냈다. 봄이면 농부들은 논을 정리하고 이곳에 모를 심었다. 우리 논은 아니었지만, 아버지도 이곳에서 모를 심으러 다니셨다. 나는 아버지가 모심는 곳을 찾아다녔다. 가는 길에 논에 있는 우렁이도 잡고 개구리도 잡았다. 멀리서 아버지를 부르면 아버지는 오지 말라고 하셨다. 그럼에도 꼭 아버지를 보러 간다는 것보다 놀러 가는 것이었다. 물방개나 땅강아지도 잡고 놀면서 아버지 보러 간다고 하였다. 저수지 속에 있다가 나타난 논은 다른 논과 다른 점이 하나 있었다. 논둑 폭이 좁아 어른도 다니기가 쉽지 않았다. 그리고 미끈거렸다. 온 신경을 논둑길 가는 데만 집중해도 힘들 텐데 그 길을 우렁이나 개구리 등에 신경을 쓰면서 걷고 있으니 더욱 위태로웠다.

"어어!"

균형을 잃고 논에 머리부터 거꾸로 처박혔다. 입안으로 흙탕물이 들어오고 온몸에 흙이 묻었다. 논흙이 찐득거려 일어나기도 힘들었다.

"얘야 괜찮아?"

주변에 있는 어른의 목소리가 들려왔다. 논에 빠져 죽었다는 사람은 없다. 나는 다치거나 아프지도 않았다. 오로지 어머니에게 혼날 일이 걱정되었다.

"다치지 않았으니 되었다."

모내기하시던 아저씨 한 분이 나를 밖으로 데려다 주려 했다. 뒤를 보니 내가 넘어진 자리가 눈밭에 뒹군 것처럼 보였다.

"잠깐만요!"

심어 놓은 지 며칠 지난 벼가 나 때문에 쓰러져 있었다. 아저씨 손을 뿌리치고 다시 논으로 엉금엉금 기어들어 갔다. 나 때문에 쓰러진 벼를 하나하나 천천히 일으켜 세워 주었다. 다 세운 뒤에 논을 빠져

나왔다.

마을에선 내 칭찬이 또 돌았다. 어린애가 벼 소중한 것을 안다고.

저수지 논은 무서웠다.

이 저수지에 물이 가득 차 있는 가을에도 빠질 뻔하였다. 물방개를 잡으려 저수지 둑에서 물가를 향해 경사를 따라 살살 내려갔다. 저수지 물이 찰랑찰랑 파도가 치고 있었다. 물속에 물방개를 잡으려고 물속을 계속 쳐다보았다. 물이 도는 것처럼 보이더니 움직이기 시작하였다. 빙빙 돌기 시작하였다. 그 순간에 물속에 이대로 빠지면 위험할 것 같은 생각이 들었다. 하지만 이미 늦었다. 저수지 물에 처박혔다. 일반 저수지 같으면 큰일이 일어났을 상황인데 이 저수지의 독특함 때문에 살아났다. 물속에 숨어있던 논두렁이 발에 닿았다. 천천히 일어서니 가슴 높이여서 논둑을 따라 밖으로 나올 수 있었다. 옷을 벗어 바위에서 말렸다. 속옷도 전부 말렸다. 완벽하게 나만 아는 일이었다. 이것은 비밀로 일기장에 쓸 수 있었다.

다음 날 어머니는 저수지에 가면 빠져 큰일 난다고 가지 절대로 가지 못하게 하였다. 왜 거기 갔느냐고 다그쳤다. 처음엔 가지 않았다고 우겼는데 엄마는 다 알고 있었다. 그 뒤로 저수지와는 점점 멀어져 갔다.

'엄마는 내가 저수지에 빠진 것을 어떻게 알았을까?'

정말 저수지가 무서워 보였던 것은 따로 있었다.

이 저수지 둑길은 독특해서, 저수지 제방 위로 풀이 나 있고 사람이 가끔 다니는 오솔길이 아니었다. 항상 사람과 차가 다니는 큰길이었다. 일반 비포장도로가 연장된 모습으로 저수지 물이 빠져 있다면 그곳이 저수지 제방인지 길인지 전혀 구분되지 않았다. 저수지에 물이 차 있다고 해도 제방 둑으로 보기는 힘들게 생겼다. 일년 중의 반년은 물이 빠져 있고 반년은 물이 차 있어서 더 위험하였다. 여름에는 물이 빠져 있어서 그런대로 괜찮았지만, 가을에 물이 차면서는 완전히 커다란 저수지 형태를 띠어서 처음 온 사람들의 밤길은 매우 위험하였다. 늦가을에 물이 차오르면 해마다 이 길에서 사고를 당하는 사람이 생겼다. 주로 술에 취하신 분들이었다.

벼 타작이 끝나고 쌀쌀한 초겨울이 다가오고 있었다. 저수지 물은 꽉 차올랐다. 이렇게 물이 차오르면 강철이네는 제방의 둑에 난 풀을 소에게 먹이려고 둑 근처에 소를 묶어 두었다.

그 날은 강철이와 같이 소를 몰러 제방으로 나갔다. 나는 강철이에게 개구리가 소 따라 하다가 배가 터진 이야기를 들려주었다. 강철이 엄마는 옛날 이야기를 해주지 않았다. 내가 엄마에게 들은 이야기를 다시 강철이에게 해주면 무척 좋아하였다. 개구리가 처음 소를 보고 개구리 엄마에게 소 배가 엄청나게 크다고 하자 엄마가 '나보다 더

커? 더? 더?' 하다가 개구리 배가 터진 이야기에 강철이는 깔깔대고 웃었다. 특별히 웃을 일이 없어도 웃으며 아침에 강철이 아버지가 묶어 놓은 소를 찾아가고 있었다.

저수지 둑길 중간에 어른들이 웅성거리고 있었다. 가까이 가니 가마니로 사람 얼굴과 몸을 덮어 놓았는데 장화를 신은 발이 가마니 밖으로 나와 있었다. 이 분도 술에 취해 사고를 당했다고 하였다. 우리는 멀리서 보다가 얼른 집으로 돌아왔다. 엄마는 강철이네 집에 강철이 엄마와 같이 있었다.

"애들은 그런 거 보면 못쓴다."

"얼른 치우지 왜 길바닥에 가마니로 덮어 놨을까요?"

엄마와 강철이 엄마는 우리가 그런 것을 보지 못하게 하였다.

그날 밤에 엄마와 아버지는 둘이 화투를 치려 하였다. 두 분은 화투를 담요에 펼쳐 놓고 짝을 맞추는 것으로 시작하였는데 화투짝이 맞지 않았다. 방 안 구석구석을 뒤져도 찾을 수 없자 결국 나에게 화투를 사오라고 하였다. 처음에는 엄마가 시키는 일이니 아무 생각 없이 "예!" 하였는데 막상 상점에 가려고 하니 엄두가 나지 않았다.

아주 작은 상점이 제방 둑길을 다 지나간 끝자락에 있었다. 병점 시가지로 나가기 전 주위의 여러 마을 가운데 간단한 잡화를 파는 곳은 이곳이 유일하였다. 크기는 작았지만, 치약, 칫솔 등의 생활용품부터 과자와 담배, 술까지 다양한 것을 팔았다.

낮에 가마니로 덮어 놓은 사람을 보지만 않았어도 평소처럼 다녀 왔을 터였다. 마을을 벗어나자 도저히 발이 떨어지지 않았다. 다시 집으로 되돌아갔다.

"벌써 다녀왔어?"

"엄마! 무서워서 못 가겠어."

"무섭긴 뭐가 무서워? 얼른 갔다 와!"

엄마는 소리를 질렀다.

"아빠! 낮에 거기 사람이 빠졌었어요."

"산 사람이 무섭지 죽은 사람이 뭐가 무섭니?"

"귀신이 있다고 그러는데……"

이 저수지에는 늦여름과 겨울이면 해마다 사람이 빠져 희생되었다. 저수지에서 흰 옷을 입고 물속으로 들어가는 여자를 봤다는 사람부터 물속에서 발을 잡아당기는 것을 겨우 살아왔다는 이야기까지 다양한 경험담이 있었다.

"이 세상에 귀신이 어딨어? 사람도 며칠만 굶으면 배고파 죽는데 귀신은 뭘 먹고 사니? 다 사람이 만들어 낸 이야기야! 얼른 다녀와!"

아버지는 정말 그렇게 믿는 것 같았다. 평생 그렇게 이야기하셨다. 종교도 갖지 않으셨다. 무당이 굿을 하거나 누가 용하다는 점을 봤다고 하면 다 미신이라고 코웃음을 치셨다.

"신은 다 사람의 마음속에 있는 거야. 마음이 약한 인간이 만들어 낸 이야기지."

나는 어쩔 수 없이 심부름을 갔다. 눈물이 계속 흘러내렸다. 마을을 막 벗어나면 저수지 제방 둑길이었다. 밤이라 다니는 사람도 없다. 일단 걸어가니 기계적으로 발이 떨어져 앞으로 나아갔다. 머리가 꼿꼿이 선다는 말이 실감 났다. 정말 머리가 서고 등에도 털이 있는지 다 서는 느낌이었다. 그렇게 저수지 중간 정도까지 다가갔다. 낮에 사람이 물에 빠져 가마니로 덮어 놓았던 자리가 다가왔다.

저 멀리서 앞에 하얀 천이 펄럭이며 나를 향해 오고 있었다. 소리도 지르지 못하고 가던 속도 그대로 무의식적으로 걸어가고 있었다. 내 발이 나도 모르게 움직여 걸었다. 만약 내가 뒤돌아서 뛰어 도망가면 무엇인가 따라올 것 같았다. 그대로 주먹 쥔 팔을 옆에 붙이고 걸어가고 있었다. 고개도 움직이지 않고 오로지 다리만 움직여 앞으로 나갔다. 펄럭이는 천이 점점 더 가까이 오고 있었다. 캄캄한 밤이라 아무것도 안 보였다. 눈물에 안보였을지도 모를 일이었다.

흰 천의 정체가 드러났다. 검은색의 긴 코트를 입은 아줌마가 속에 흰옷을 받쳐 입고 오는 것이 보였다.

'휴!'

안심되었다. 아줌마는 내 왼쪽을 스쳐 내가 걸어온 길을 걸어갔다.

'그래! 세상에 귀신이 어딨어?'

조금 가다가 이상한 생각이 들었다.

'저 아줌마는 이 밤에 어디를 가는 걸까? 누굴까? 혹시 나를 따라오고 있는 것은 아닐까? 물속으로 들어갔을까?'

등에서 다시 땀이 흘러내렸다. 다시 머리카락이 하늘을 향해 솟아올랐다. 이번엔 온 신경이 뒤쪽에 가 있었다. 금방이라도 내 등을 건드릴 것 같았다.

처음 걷던 그 상태를 유지하며 걸었다. 그것이 최선의 길이었다. 상점에 도착해서 상점문을 열 때까지 뒤를 보지 않았다. 밝은 빛 속으로 들어와서 뒤를 보았다.

엄마가 시킨 화투를 집어 들었다. 엄마와 아버지가 인심 쓴 과자도 하나 들었다. 울면서 물건을 사는 나를 본 가게 주인이,

"무서울 텐데 어떻게 왔어? 거기서 어떻게 왔어? 무섭지 않았어?"

"괜찮아요."

'무서워서 울고 있잖아요!'

상점의 아주머닌 내게 사탕 하나를 물려주었다.

물건을 사고 집에 오는 일이 남았다. 깜깜한 어둠 속에 어스름한 길만 보였다. 고개를 앞만 보도록 고정한 상태로 걸었다. 다니는 사람은 한 명도 없었다.

'저 앞이 낮에 사람이 누워 있던 자리지.'

또다시 그 지역을 지나가야 한다. 그래도 조금 다행인 것은 상점에 갈 때보다 한결 나았다.

눈물로 집에 도착하였다. 온몸이 땀으로 젖었다.

방 안에서는 엄마와 아버지의 웃음소리가 들려왔다.

"다녀왔어요."

"잘 다녀왔어? 어서 들어와."

그 뒤로 밤에 혼자 다니는 것에 무서움은 없어졌다. 하지만 엄마와 아빠의 심부름엔 늘 물음표를 지니고 있다.

'낮에 험한 것을 보았는데 왜 밤에 그곳을 혼자 보냈을까? 무서움을 없애 주려고?'

아무리 생각해도 그건 아닐 거라는 생각이 든다.

어쨌든 이날 이후로 저수지 근처에도 가지 않았다.

두 분이 밤에 나가기 귀찮아서 나를 시킨 것으로 생각한다.

아버지는 돌아가시지 일주일 전부터 귀신이 보인다고 하셨다.

저수지에 물이 차오를 때쯤이면 서리가 내리기 시작하였다.

마을 아무 집 마당이나 물이 빠져 바짝 마른 논은 아이들의 놀이터가 되었다. 공놀이도 논에서 하면 넓은 공간을 확보할 수 있었다. 뒷산이나 앞산으로 뛰어다니며 술래잡기를 하며 놀았다.

어느 날 마른 논을 뛰어다니며 놀다가 벌 한 마리가 내 주위를 날고 있는 모습이 보였다. 조금 있으려니 여러 마리가 하늘을 날고 있었다.

'어디에 벌집이 있나?'

벌들은 논두렁 옆에 땅속으로 들어갔다. 땅 입구에서 지키는 벌도 있고 계속 드나드는 벌들도 있었다. 틀림없이 벌집이었다. 집에 가서 성냥을 가져왔다. 짚에 불을 붙여 벌집 위에 올려놓았다. 벌이 뜨거워 다 날아가면 꿀을 따려 하였다. 한동안 잠잠하였다.

'벌이 다 날아갔겠지?'

날아가지 못한 벌은 뜨거워서 죽었을 것으로 생각했다. 호미로 땅을 긁어내었다. 죽은 벌들이 보였다. 죽은 벌들을 한쪽으로 조심스럽게 치우고 깊게 땅을 파고들어 갔다.

"웽!"

벌들이 집단으로 대기하고 있기라도 한 듯이 새까맣게 날아올라 내게 달려들었다. 벌들은 땅속에서 대부분 살아 있었다. 무조건 뛰었다. 벌이 머리와 얼굴, 등, 가리지 않고 쏘아댔다. 물속으로 들어가면 못 따라온다는 이야기를 들은 것이 있었다. 논에 벼를 벤 상태라 물을 다 빼 물 있는 곳도 드물었다. 강철이네 소 먹이려고 받아놓은 허드렛물이 생각났다. 커다란 밤색 플라스틱 통에 구정물을 받아 놓은 통이 마당 구석에 있었다. 그곳으로 뛰어가서 물속에 몸을 담갔다. 전력으로 달린 뒤라 숨이 차올랐다. 물속에 들어갔다가 10초도 못 참고 나오면 기다리던 벌들이 얼굴을 쏘았다. 다시 물 밖으로 나오면서 얼굴을 가리면 손을 쏘았다. 강철이 아버지가 자신도 벌에 쏘이면서 쫓아내 준 덕에 간신히 모면할 수 있었다. 얼굴은 처참했다. 얼굴 전체가 메추리알보다 큰 두드러기가 울긋불긋하게 솟아올랐다. 엄마는 나를 발가벗기고 벌이 쏜 곳에 온통 된장을 발라 주었다. 온몸에서 짠 내가 났지만, 불평했다가는 방망이로 맞을 거 같아 엄마의 손에 모든 것을 맡겼다. 등이나 팔은 옷으로 감춰지지만, 얼굴은 그대로 드러났다. 윗입술 한쪽도 맞은 것처럼 툭 튀어 올라 입술 속이 드러날 정도로 부풀어 올랐다. 엄마가 된장을 발라서 그 정도에 그쳤다고 했지만 별로 달라진 것 같진 않아 보였다. 아버지는 벌에 쏘여서 죽은 염소 이야기나 사람도 생명이 위험하다고 벌집은 건드리는 것이 아니라고 하셨다.

그래서 다음 날은 비료 포대를 뒤집어쓰고 갔다. 짚을 어제보다 더 많이 태우고 긴 나뭇가지로 벌집을 쑤셔 열기가 벌집 안으로 들어가게 하였다. 연기가 많이 나자 벌들도 땅에 떨어졌다. 이번엔 도망가지 않고 포대 속에 앉아서 포대 끝을 빙 둘러 땅에 심었다. 비료 포대가 뿌옇게 흐려져 보이지 않고 숨을 참기 힘들 때면 땅속에 박힌 비료 포대 끝을 조금 들어 공기를 포대 안으로 들어오게 하였다. 불을 놓고 벌집을 쑤시고 벌들이 잠잠하기를 기다렸다. 다시 조용해지면 불을 지피고 다시 기다렸다. 이렇게 반복해서 땅을 팠더니 벌들은 아파트처럼 층층이 꿀을 모아 두고 있었다. 바가지로 하나 정도의 꿀을 땄다.

엄마는 위험한 짓을 했다고 된장 바르는 내내 잔소리하셨다.

"정수가 야생 꿀을 따왔어요. 드셔 보세요."
"정수가? 다 컸네? 아주 다네."
"야생이라 더 단 거 같아요."

강철이네 나눠 주고 나머지는 꿀단지에 넣어두고 오랫동안 먹었다.

벌을 키워 집에서 꿀을 먹고 싶었다. 연기에 떨어진 벌 몇 마리를 산 채로 비닐봉지에 담아왔다. 아버지는 여왕벌이 있어야 하고 키우는 방법이 간단하지 않음을 설명하였고 내 계획은 무산되었다.

몇 마리 벌은 포대 안까지 들어와 몸 몇 군데를 더 쏘았다. 눈두덩을 쏘아 앞이 보이지도 않을 지경이 되었다. 하루를 쉬고 학교에 갔는데도 친구들이 누군지 알아보지 못할 정도였다.

아이들은 '물에 불린 빵, 뽁뽁이 얼굴, 소보루 빵, 불탄 가래떡.' 등 맘 내키는 대로 놀려 댔다.

다음날부터 나를 놀리던 아이들은 어디서 나타났는지 모를 벌에 한 번씩 쏘였다.

교장 선생님은 교실 창문을 꼭 닫고 수업받게 하셨다.

요
정

초등학교 국어 교과서에는 씨앗을 담아 둔 봉지에서 요정이 나와 춤을 추는 내용이 있었다. 요정의 존재를 처음 알았다. 요정이 춤을 추고 나서 씨앗이 싹을 틔었다는 내용이었다. 그것도 교과서에 있는 말이니 거짓말일 수가 없었다.

"엄마! 세상에 요정이 있어? 요정이 뭐야?"

"그럼 있지. 요정은 아주 작고 사람처럼 생겼지."

"말도 해?"

"말도 하지."

"근데 왜 안 보여?"

"요정은 사람의 눈에 띄는 것을 싫어해. 그래서 착한 사람에게만 가끔 나타나지."

"무엇을 먹고 살아?"

"이슬 먹고 살지."

'세상에 요정이 있다니.'

내겐 새로운 충격이었다. 머릿속을 온통 요정이 자리 잡았다. 등교를 하면서도 혹시 길가에 요정이 있지는 않을는지 살펴보며 걸었다. 집에 와서도 책상 서랍을 갑자기 열어 보며 요정을 보고자 했다. 혹시 마음 놓고 놀고 있다가 갑자기 문을 열면 볼 수도 있겠다 싶었다.

'요정은 어디에 있을까?'

국어 교과서에 있는 그대로 따라 했다. 우선 엄마를 졸라서 배추와 무 씨앗을 모았다. 그리곤 방의 책상 서랍에 넣어 두었다. 교과서에 쓰여 있는 대로 봉지에 넣었다.

우리 방에는 앉아서 책을 볼 수 있는 낮은 책상이 하나 있었다. 서랍은 두 개뿐이지만 나무로 만들어진 튼튼한 책상이었다. 언제부터 있었는지 우리 집 가구 중 하나였다. 이곳에서 공부도 하고 책도 읽고 편지도 썼다. 내 책상이었다. 한쪽 서랍을 깨끗이 치우고 씨앗 봉지만 넣어 두었다. 지저분하면 요정이 싫어할 것 같아 걸레로 여러 번 닦고 커다란 달력을 뜯었다. 달력의 하얀 뒷면이 보이게 책상 서랍에 깔았다. 그리고 그 위에 씨앗 봉지를 넣어 두었다.

이제 준비는 되었다. 언제 요정이 나오는지 보기만 하면 되었다. 국어책에는 요정들이 나와서 원을 그리며 춤을 춘다고 했다. 매일 책상을 보며 요정이 나오길 지켜보았다. 학교에 갔다 와서도 밖에 나가지 않았다. 책상 앞에 앉아 요정이 나오기만을 기다리고 있었다. 화장실 가는 시간도 아까워 뛰어다녔다. 강철이가 놀자고 불러도 나가지 않았다. 할 일이 있다고 핑계를 대었다. 내가 지켜보고 있어서 안 나올 수도 있겠다 싶었다. 이불을 뒤집어쓰고 몸을 숨기고 책상을 쳐다보았다. 눈에서 눈물이 흘러도 눈을 훔치고 계속 책상만 주시하였다.

강철이 엄마가 부침개를 들고 오셨다. 어머니 오면 드리라고 하였는데 책상머리에 앉아있는 나를 보시곤,

"정수 공부하는구나?"

"공부하는 것 아니에요."

공부하는 것이 아니라고 하였는데도 강철이 엄마는 내가 공부하는 것으로 아셨다. 강철이는 그 날부터 무슨 일만 있으면 정수를 반 만 닮으라고 혼이 났다.

"정수는 공부하느라 책상 앞에서 꼼짝도 하지 않는데 너는 뭐하는 놈이야? 정수 반은 고사하고 반의반만이라도 닮아 봐라!"

강철이 엄마는 거의 매일 강철이를 닦달하였다.

이때부터 마을에는 어린 애가 책상에 온종일 앉아 있다고 소문이 났다. 꼼짝도 하지 않고 공부한다고 칭찬이 자자했다. 마을 어른들은 나를 볼 때마다 머리를 쓰다듬어 주었다.

"네가 책상에 앉아 꼼짝도 않고 공부한다면서?"

"네가 정수지? 공부를 그렇게 잘한다면서?"

"항상 책을 달고 다닌다면서?"

"세상에 어쩌면 어린애가 이렇게 어른스러울까?"

칭찬은 칭찬을 낳았고 소문은 더욱 거대해져 가서 내가 감당하기 힘들 정도였다.

"서울댁은 좋겠다. 어떻게 이런 아들을 낳았어?"

"누가 시키지도 않는데 혼자 공부하는 애들이 어디 있어?"

주위 사람들의 이야기를 듣는 어머니와 아버지도 좋은 모양이었다.

"오늘도 책상에 앉아 공부했어?"

공부하지 않았다고 말하기도 그렇고 책상 앞에 앉아 있었던 것은 사실이니 그저 고개만 끄덕였다. 그렇다고 공부를 한 것은 아니지만, 전혀 안 한 것도 아니었다. 책상 앞에 계속 앉아 있자니 심심하면 숙제를 하고 또 심심하면 국어책을 꺼내 놓고 요정이 나오는 장면을 수없이 읽어 보았다. 한참 책상을 보다가 지치면 할 일이 없었다. 그래서 교과서를 한 번씩 읽어 보기도 하고 큰 소리로 읽어 보기도 하였다. 그 덕에 이 기간에는 성적도 조금 잘 나왔다. 너무 심심해서 한 일이었다.

계속 책상을 보고 있으면 책상이 움직이는 것처럼 보였다.

'책상 속에서 요정이 춤을 추고 있나?'

살며시 서랍을 열어 보면 아무도 없었다.

'내가 서랍 문을 열 줄 알고 숨어버렸나?'

잠을 자다가도 일어나서 몰래 책상을 바라보았다.

일주일이 지난 새벽이었다.

나는 원래 잠이 많아 아침 일찍 일어나지 못하였다. 아버지가 깨우면 이쪽 이불에서 저쪽 이불 속을 찾아 들어가 조금이라도 더 자려고 했다. 요정을 보겠다는 생각을 하면서부터 잠도 없어졌다. 엄마와 아빠는 주무시고 계셨다. 나만 눈이 떠졌다. 책상 밑을 가만히 보았다. 내가 일어나 있는지도 알게 해서는 안 되었다. 꼼짝도 하지 않고 눈만 뜨고 있었다. 책상 밑에 무엇인가 움직이는 것이 보였다. 천천히 눈에 들어오는 것은 요정이었다. 분명히 요정들이었다. 국어 교과서에 있는 대로 요정들이 모여서 빙글빙글 돌며 춤을 추었다. 한참을 보고 있다가 만지고 싶어 손을 내밀었더니 사라져 버렸다. 다시 잠이 들었다. 어떻게 표현할 수 없는 기쁨이 넘쳤다. 아무에게도 이야기하지 않았다. 요정은 누가 보고 있다는 것을 알면 나타나지 않는다. 누구에게 말을 하면 내게도 나타나지 않을 것이다. 또 이렇게 나만의 비밀이 생겼다.

다음 날은 일찍 잠을 잤다. 잠이 오지 않음에도 새벽에 일어나기 위해 이불 속으로 들어갔다.

"얘가 왜 이렇게 일찍 자? 너 어디 아파?"

나는 고개를 가로저었다. 속으로는 웃고 있었다.

새벽에 일찍 눈을 떴다. 몸을 움직이지 않고 얼굴만 책상 밑을 향하였다. 계속 바라보았다.

'오늘도 나타날까? 이제 못 보는 것일까?'

어디서 나타났는지 전처럼 여러 명의 요정이 나타났다. 전처럼 둥

근 원을 그리며 춤을 추었다. 저 요정도 배추나 무 씨앗 요정들일 것으로 생각했다. 어머니의 구겨진 보자기 천을 밟고 뛰어다니며 춤을 추었다. 요정들은 몸이 너무 가벼웠다. 춤을 추고 뛰어다녀도 보자기의 주름위에서 놀았다.

새벽에 요정을 보는 것은 하나의 즐거움이었다. 그 뒤로도 일주일 정도 요정을 만났다.

요정은 일주일이 지난 후 어느 날부터 다시는 나타나지 않았다.
'어디로 갔을까?'
아침에 책상 서랍을 열어 보았다. 씨앗이 없어졌다. 엄마가 밭에 뿌렸다는 것을 알았다.
'요정들이 씨앗을 따라간 것일까? 그럴 거야.'
분명히 요정들은 씨앗을 따라갔을 것이었다. 크게 서운하지는 않았다. 이미 요정을 충분히 보았다. 책에 나와 있는 것은 거짓말이 아니라는 것도 확실해졌다.

그 뒤로 씨앗만 보면 요정 모습이 떠올랐다.
빨간 고추를 말리는 명석에 앉아 혹시 이곳에도 요정이 나오지 않을까 한참 동안 바라보곤 했다.
'씨앗을 먹고 사는 것일까? 씨앗이 집일까? 씨앗이 요정으로 변했다가 다시 씨앗으로 돌아가는 것일까?'
어쨌든 모든 씨앗에는 요정이 있을 거로 생각했다.

"너는 왜 우리 집 고추 말리는 멍석에 계속 앉아 있어? 무슨 짓 했지?"

강철이는 내가 자기네 멍석에 앉아 있다고 트집을 잡았다. 혹시 고추에 해코지라도 하지 않을까 걱정했나 보았다.

"그냥 보고 있는 거야."

"고추 처음 보냐?"

"보면 안 되냐?"

"우리 집 고추를 왜 네가 보냐?"

요정 이야기를 할 뻔하였다. 요정은 사람이 없는 곳에 사람의 눈에 띄지 않게 다니는데 함부로 내가 말했다가는 영원히 보지 못할 것 같았다.

"너는 너희 것만 보고 다녀?"

"그렇다."

"그럼 나는 너희 것이 아닌데 왜 보냐?"

"네가 고추냐?"

"우리 집은 왜 보냐?"

"안 봤다."

"봤잖아."

"안 봤어."

"지난번에 놀자고 부를 때 우리 집 봤잖아."

"안 봤어."

"나도 너네 고추 안 봤어."

"봤잖아."

"안 봤어."

기어이 강철이는 내 멱살을 잡았다. 나도 같이 잡았다. 나는 정말 억울하다고 생각했다. 강철이네 고추를 본 것이 아니라 혹시 요정이 있을까 본 것뿐이었다. 고추에 무슨 해코지를 하려고 한 것이 절대로 아니었다. 나는 강철이가 억지를 부리는 이유를 알고 있었다. 혹시나 자기네 고추 때문에 지나간 말로 한 말이지만 지고 싶지 않았다. 나는 고추를 미워하는 마음이 하나도 없었다. 그래서 더욱 억울했다.

서로 밀치며 싸움이 시작되었다. 고추 말리는 멍석으로 쓰러져 고추가 있는지 없는지 혹은 요정이 있는지는 관심 밖이었다. 이제 싸움에서 이기는 것만이 목적이 되었다. 강철이는 나보다 조금 작았지만, 힘이 세었다. 그렇다고 나보다 크게 힘이 센 것은 아니었다. 고추 멍석에 서로 잡고 뒹굴었다. 내가 강철이 밑에 깔리기도 하고 강철이가 내 밑에 깔리기도 하였다. 계속 밑에 있으면 지는 것이니 어떤 발버둥을 치더라도 빠져나와야 한다. 이미 고추는 여기저기 흩어지고 있고 우리는 오로지 서로의 항복을 받으려 최선을 다하고 있었다. 내 위에 있는 강철이를 떨어뜨리려 발로 바닥을 밀면서 몸을 뒤척이다 보면 어느새 강철이가 밑에 있고, 다시 숨을 몰아쉬다 보면 강철이가 내 위에 있었다. 말리는 사람이 없다면 누가 울든지 아니면 힘이 빠질 때까지 계속 하였을 것이다. 강근이 형이 달려와서 떼어 내었다. 강근이 형은 내 이야기를 듣고 자기 동생인 강철이만 혼을 내었다. 강철이는 고추를 줍게 하였고 나는 집으로 보냈다. 집으로 와서도 분이 풀리지는 않았지만 서로 상처를 입지 않은 것이 다행이었다.

손톱으로 꼬집힌 것도 없고 서로 주먹질을 하지 않았는데 온몸 여기저기서 화끈거리더니 아파져 왔다. 옷을 입고 있는 속에도 화끈거렸다. 허벅지 안쪽도 화끈거렸다. 집 우물로 뛰어갔다. 찬물로 세수부터 하고 상체를 먼저 씻었다. 바지를 벗고 다리를 씻다가 삼각 속옷이 불쑥 튀어나와 있었다.

'요정이 옷 속으로 들어왔나?'

화끈거리는 것도 잊고 가만히 보고만 있었다. 움직임은 없었다. 고추 요정이 우리가 싸우느라 위험하니까 내 옷 속으로 들어올 수도 있을 거란 생각이 들었다.

'주머니에 들어가 있지 왜 속옷에 들어갔을까?'

조금씩 걸어보면 분명히 무엇인가 있었다. 크기가 전에 보았던 요정의 크기였다.

'그래도 하필 깨끗한 곳도 많은데 거기로 들어왔을까?'

내가 걸어보니 움직이는 것도 같았다. 내가 가만히 있으면 요정도 가만히 있는 것처럼 느껴졌다. 요정은 사람의 눈에 보이는 것을 싫어한다더니 내가 가만히 있으면 들킬까 봐 가만히 있는 것이라는 확신이 들었다. 천천히 움직이면 요정도 따라 움직였다. 내가 움직이지 않으면 요정이 발각된 것으로 알고 사라질 수도 있었다. 조금씩 천천히 걸어 다녔다. 요정도 내 옷 속에서 천천히 움직였다. 여러 명이 춤을 추는 것은 아니고 한 명이나 두 명 정도로 생각되었다. 그렇게 계속 움직여 보았다.

'밝은 곳을 싫어하니까 옷 속에 있는 거구나! 밖에 있으면 사람에게 들킬 수도 있고.'

갑자기 요정이 옷 속에 있는 이유도 생각이 났다. 요정에게 사람들이 모르고 있다는 신호를 보내야 해서 계속 움직이기는 하는데 차츰 화끈거림이 심해지고 있었다. 그렇다고 옷을 벗어서 요정을 쫓을 수도 없었다.

어머니가 오셔서 나를 보자마자 소리를 질렀다.

"왜 팬티만 입고 다녀? 감기를 늘 달고 사는 애가 감기 걸리려고 작정했어?"

머뭇거리고만 있었다.

"얼른 옷 안 입어? 너 옷 버렸어?"

"아냐."

"아니면 뭐야? 뭐해?"

더는 망설일 수가 없었다.

"옷 속에 뭐가 있어서……"

"뭐가 있는데?"

"요정……"

"뭐라고?"

엄마는 가까이 오자마자 내 속옷을 내렸다.

"아니 고추가 왜 거기 들어가 있어? 고추 말린대서 놀았어?"

어머니는 빨간 고추를 들어내었다. 그 순간 몸에 불이 난 것을 알았다. 발을 동동 구르고 소리를 내어 울었다.

"애가 정신이 나갔나 봐. 고추가 있으면 얼른 빼내야지 뭐 하고 있었어?"

엄마는 우물물을 길어 씻겨 주었지만 화끈거림은 좀처럼 없어지지 않았다. 조금 나았다 싶으면 다시 화끈거리고 아파졌다.

엄마는 나를 벌거벗은 상태로 방바닥에 뉘었다. 찬 물수건으로 계속 닦아내었다. 엄마와 아빠가 교대로 하는 부채질 바람을 느끼며 잠이 들었다.

참을 수 없는 고통은 이틀이 지나며 없어졌다.

'요정이 고추로 변한 것은 아닐까?'

요정을 한 번 본 뒤로 누가 뭐라고 해도 요정이 있다고 믿었다. 내가 직접 보았기 때문에 철저히 믿고 있었다. 다만 남에게 말하지만 않았다. 다시는 요정을 못 볼 수도 있었기 때문이었다. 고추 요정을 만나지 못했지만, 요정이 보고 싶어졌다. 그 마음은 점점 더 강해져 갔다.

엄마가 방안의 책상 서랍 속에 넣었던 무씨를 뿌린 밭과 배추 씨앗을 뿌린 밭을 알아내었다. 아마도 요정이 밭에서 살고 있을 것이었다. 사람들 눈에 띄지 않기 위해 이른 아침이나 저녁에 나타나서 춤을 출 것으로 생각했다.

그토록 보고 싶은 요정을 다시 만나기 위해 준비를 하였다. 늦은 오후에 부엌 아궁이에서 숯을 자루에 담고 주전자에 물을 담아 밭으로 갔다. 새싹이 막 솟아오르고 있었다.

'여기에 요정이 있을 거야!'

저녁이 되기 전에 준비를 마쳐야 요정에게 들키지 않을 수 있다. 숯을 물에 개어 검게 만든 뒤에 온몸에 발랐다. 얼굴과 손과 발도 까맣게 발랐다. 옷은 색이 드러날 수 있어서 옷도 벗고 검게 칠을 하였다. 내가 마음에 드는 검은색이 나올 때까지 덧칠했다. 무 싹이 나온 옆 이랑에 돌을 깔고 앉았다. 이제 저녁만 되면 요정이 나타날 것이었다.

저녁이 되면서 조금씩 쌀쌀해졌다. 등에만 옷을 덮었다. 가슴 쪽에는 여전히 검게 칠해져 있어 보이지 않게 하였다. 무 싹이 난 곳만 계속 바라보았다. 멀리서 엄마가 나를 부르는 소리가 들려왔다. 지금 대답했다간 요정들에게 나의 존재를 들킬 것이기에 대답할 수 없었다. 다시 한 번만 보고 갈 계획이었다. 점점 어두워져서 내가 내 팔과 다리를 보아도 보이지 않을 정도가 되었다.

요정은 나타나지 않았다.

"거기 누구요?"

이웃 밭에 오신 아주머니가 나를 보신 모양이었다. 아주머니는 고무 대야를 옆에 끼고 한 손에는 호미를 들고 계셨다. 일을 마치고 집으로 가시는 모양이었다.

나는 소리를 낼 수가 없었다.

'제발 조용히 가세요!'

마음속으로 목이 터지라 외쳤다.

아주머니는 더는 다가오지 않고 엉거주춤 서서,

"누구세요?"

나는 꼼짝하지 않았다. 아주머니가 나 있는 쪽으로 조금씩 다가왔다. 이러면 요정을 보기는 틀린 일이었다. 나는 할 수 없이 자리에서 벌떡 일어났다.

"엄마야!"

아주머니는 비명을 지르며 뛰어갔다.

"안녕하세요?"

멀리 사라지는 아주머니 뒤에 대고 인사를 하였다. 아주머니가 버린 고무 대야와 호미가 밭에 나뒹굴었다. 나는 속으로 다행이다 싶었다. 아주머니가 나랑 있었다면 요정이 나타날 리가 없었다. 그대로 다시 앉아 요정이 나오기만을 기다렸다. 점점 컴컴해서 요정이 나와도 보이지 않을 것 같았다. 한편으로는 요정의 몸에서 빛이 나오기 때문에 보일 것이란 생각도 들었다.

어디서 무슨 소리가 작게 들려왔다.

'요정이 나오려나?'

손전등을 든 아저씨들 여러 명이 밭의 여기저기를 비추며 다가오고 있었다. 손에는 작대기와 몽둥이가 들려 있었다.

"거기 누구요?"

'아! 이러면 요정이 도망가는데.'

밭의 이랑 끝까지 다가온 아저씨가 멈춰 섰다. 아저씨들도 더는 가까이 오지 않고 내 얼굴에 손전등을 비추었다.

"누구요?"

소리를 질렀다. 할 수 없이 대답해야만 했다.

"정수예요."

일어서서 인사를 했다.

"정수야? 왜 거기 있어? 껌정 칠은 뭐 하는 것이고?"

나는 요정 이야기를 하지 않았다. 엄마도 물어봤지만 대답하지 않았다. 어느 아저씨 한 분이 결론을 내려 주셨다.

"검게 칠하고 앉아 있다가 네 앞에 새가 앉으면 잡으려고 했지?"

말없이 고개만 끄덕였다.

"나도 어렸을 적에 그런 적이 있었지."

"어떤 정신 나간 새가 지 집 놔두고 네 앞에 앉아? 감기 들면 어떻게 하려고 옷을 벗고 밭에 앉아 있어?"

엄마는 감기 걱정이었다.

나를 본 아주머니는 밭에 새까만 괴물을 보고 놀라서 마을로 뛰어갔다. 손발을 떨고 더듬거리며 밭을 가리키고,

"밭에, 밭에……"

대화할 수 없자 그 집 아저씨와 몇 분이 밭으로 왔다.

아저씨들은 손전등과 몽둥이를 들고 나서서 정체를 확인하러 왔다. 나를 처음 본 아저씨도 무서워서 가까이 갈 수 없었다고 하였다.

나를 만난 아주머니는 그 다음 날 아파서 몸져누웠다. 그 아주머니는 한동안 밭일을 하지 않으셨다. 나도 밭에 가지 말라는 엄마의 지시를 받았다. 그 아줌마 때문에 다시는 요정을 보지 못하게 되었다.

'요정을 만날 수도 있었는데……'

겨울 불장난

겨울이 되면 추워서 할 놀이가 없을 것 같아도 놀 수 있는 놀이가 다양하였다. 겨울에도 꽁꽁 언 손을 호호 불어가며 하는 구슬치기와 딱지치기는 사계절 가능한 놀이었다. 연날리기는 왜 겨울에 주로 하는지 모르겠지만 겨울 놀이었다. 썰매 지치기와 얼음판에서 하는 팽이치기도 있었다. 썰매뿐만 아니라 스케이트를 신고 얼음을 타는 아이도 마을에 두세 명 정도는 있었다. 안화동에 오기 전에 아버지가 만들어 주신 썰매를 탄 경험이 있었다.

안화동에는 마을에서 용근이네 집 과수원 가는 길옆에 제일 큰 논이 있었다. 겨울이면 이곳에 물을 가두어 썰매장으로 사용하였다. 어떤 해는 주인이 논 망치겠다고 물을 뺀 일이 있었다. 마을 어른들은 아이들 놀 곳이 없다고 해서 논 주인에게 다시 썰매장을 만들어 주게 하였다. 이곳이 아니면 아이들이 저수지로 가서 놀아야 하는데 해마다 익사사고가 났다. 저수지는 추운 겨울엔 단단히 얼어 많은 아이나 어른들도 노는 곳이었다. 저수지는 단단하게 얼었다고 하여도 어디 부분은 거의 얼지 않은 상태가 있었다. 우리는 숨구멍이라고 불렀는데 숨구멍에 빠지면 매우 위험하였다. 그래서 마을 어른들은 겨울에도 저수지에 가지 못하게 했다. 논으로 만든 이 썰매장에서 놀았다.

그 덕에 우리 마을 사람들은 한 사람도 저수지에서 빠지지 않았다. 물을 조금 대면 벼를 자르고 남은 뿌리 부위가 얼음 위로 올라오게 된다. 썰매가 볏짚을 만나면 나가질 않기 때문에 타기가 힘들어진다. 물꼬의 흙을 돋아 논에 물을 많이 가두어야 썰매장이 잘 완성되었다. 그런 것은 어른들이 해줄 때도 있고 강근이 형이 삽을 가져다가 하기도 했다.

내 썰매는 아버지가 만들어 주셨다. 두 개의 각목에 굵은 철사를 길이로 길게 박아 붙이고 그 위에 두꺼운 판자를 얹어 박으면 썰매가 되었다. 썰매의 속도는 각목 밑의 철사에 달려 있었다. 철사는 스케이트의 날과 같은 역할을 하였다. 일반 굵은 철사보다 좋은 것은 초등학교 유리창 밑에 창이 잘 움직이게 도와주는 굵고 사각 진 철사가 있었는데 이것도 아주 좋았다. 이것은 학교의 창틀에서 뜯어내어야 하는데 가끔 어디서 구했는지 이것을 사용하는 아이들도 있었다. 더 좋은 것은 강철로 된 'ㄱ'자형 앵글 두 개를 잘라 판자 밑에 붙여서 스케이트 날처럼 만든 것이 아주 좋았다. 보통 철사로 만든 것과는 비교되지 않게 잘나갔다. 우리 마을에서는 유일하게 과수원집 용근이가 이것으로 썰매를 만들어 탔다. 용근이 아버지가 기술자라는 소문은 맞는 것 같았다. 구체적으로 무엇을 하시는지 아는 사람은 없었다. 용근이도 몰랐다. 용근이 썰매를 앵글로 만들었고 썰매 판도 하나의 큰 판으로 붙였다. 보통은 작은 판자를 서너 개 붙여 판을 만드는데 그것을 구할 수 있는 사람임은 틀림없었다. 썰매 지팡이도 곧은 나무 두 개를 팔 길이에 맞게 잘라 그 끝에 못을 박고 사용하는데 용근이 것은 달랐다. 시장에서 파는 호미나 낫자루처럼 잘 다듬어진 나무 막대기로 만들었다. 박혀 있는 못도 보통 볼 수 있는 못이 아니었다. 내가 무엇을 하든지 용근이 보다 잘할 수 있었는데 썰매 달리기는 이길 수 없었다.

겨울 방학하고 얼마 있어 엄마는 잠자기 전에 양말을 벽에 걸어 놓으라고 하셨다. 산타클로스 할아버지가 착한 일을 한 아이에게 밤에 선물을 주고 가신다고 하였다.

"그 할아버지가 누군데?"

처음 듣는 할아버지였다. 일 년 내내 아이들만 보고 계시다가 하루 동안 선물을 나눠 주신다고 하셨다. 라디오에서도 산타 할아버지 노래나 순록이 나오는 노래가 계속 나왔다. 라디오에서도 저러는 것을 보면 돌아다니시는 것은 맞는 말로 들렸다.

"밤에 어디로 오시는데?"

"잠잘 때 굴뚝을 타고 오시지."

'우리 집은 굴뚝으로 들어가면 뜨거운 아궁이로 나가는데? 거긴 밖인데. 방문으로 들어오셔야 하는데.'

"할아버지 만나고 자면 안 될까?"
"할아버지는 꼭 잠자는 아이에게만 선물을 주신단다."
"부자인가?"
"북극에서 선물을 만드셔."

나는 선물 받을 자신이 하나도 없었다.
"꼭 착한 일을 해야만 줘?"
"앞으로 착한 일 많이 하라고 주시기도 하시지."

다음날 혹시나 해서 양말을 보니 정말 과자가 들어 있었다. 밥하는 엄마를 불렀다.
"엄마! 산타 할아버지가 과자를 주시고 가셨어."
"그래? 좋겠다!"
아침 밥상에서 아버지와 어머니는 내가 앞으로 착한 일 많이 하라고 주신 것 같다고 하셨다.
"내년엔 착한 일 많이 해서 자전거를 선물 받을 거야."
엄마와 아빠는 서로 얼굴만 바라보았다.

'근데 과자에 왜 가격이 쓰여 있지?'

이 무렵 우리 집 옆, 강철이네 집 위쪽 공터에 집이 지어졌다. 마을 회관처럼 시멘트로 지어진 집인데 우리 사이에 누구네 집일까 말이 많았다.

'마을 회관이다!'

'어린이 회관이다!'

'공부방이다!'

집이 다 지어지고 새로운 가족이 이사를 왔다. 그 집 아저씨는 스포츠형 머리를 하였는데 머리가 거의 흰색이었다. 그 집에선 제일 막내가 남자로 나보다 한 살 위의 형이고, 그 위에 누나가 있었고 더 큰 형이 있었는데 고등학생쯤 보였지만 놀고 있었다. 나중에 공장에 취직하여 돈 벌러 다닌다고 하였다. 아주머니는 강철이 엄마보다는 젊었고 우리 엄마보다는 나이가 많아 보였다. 이 분도 항상 작은 소리로 말을 하였다. 크게 소리치는 일이 거의 없었다. 아저씨는 북한에서 오셨다고 하셨다. 형에게 하는 말을 들으면 북한 말씨를 하였는데 말수가 적었다. 작은 형은 임근수, 위로 근령, 그 위의 형은 근식이었다. 한 살 위의 형은 나와 말다툼을 가끔 할 때가 있었는데 그럴 때마다 근수형이 대부분 참았다. 나와 말다툼하는 것을 본 아주머니가 근수형을 심하게 나무랐다고 들었다. 근령이 누나는 아주 착해서 내가 해달라는 것은 다 해주었다.

바로 우리 집 옆에 집이 들어섰고 거기에는 우물이 없었다. 우리 우물을 같이 먹어야 해서 그 집 쪽으로 울타리를 텄다. 우리 집 울타리는 죽은 나무와 살아있는 나무로 얼기설기 엮여 있었다. 울타리를 트는 것은 주인 할머니가 그렇게 하라고 하였고 그날 즉시 터졌다. 울타리를 트고 쪽문은 만들었지만 늘 열려 있었다. 우물도 울타리를 넘어오면 바로 있어서 그 집에서도 편하게 이용할 수 있었다.

근수 형이 어느 날 스케이트를 얻어 왔다. 친척이 쓰던 깃인데 아직 쓸만하다고 가지고 와서 선을 보였다. 우리 마을에서 초등학교 학생 중에 유일하게 스케이트를 가지게 되었다. 물론 나도 타보고 싶었다. 내가 옆에서 얼쩡거리니까 말하지도 않았는데 타보게 했다. 물론 나나 근수 형이나 탈 수 없었다. 썰매가 나았다. 누가 가르쳐줄 만한 사람도 없어서 혼자 독학으로 터득해야 했기 때문에 스케이트 배우기가 힘들었다. 그래도 근수 형은 매일같이 타다 보니까 어정쩡하지만 그래도 스케이트 날을 세우고 탔다. 근수 형 엄마는 이사 와서 옆집이기도 하지만 엄마와 강철이 엄마와 금방 친하게 지냈다. 조금이라도 특별한 음식이 있으면 어김없이 나눠 먹기도 했다. 항상 우리 집 심부름은 나, 근수 형네는 근수 형이 하고 강철이네는 주로 강철이가 하다가 강철이가 없으면 강근이 형이 했다. 뭐가 하나 오면 또 뭐가 하나 가야 했다. 내가 보기엔 별로 특별한 것이 없어도 그렇게 했다.

근수 형이 겨울 방학에 친척 집에 오랫동안 놀러 갔다. 난 기대도 하지 않았는데 근수형 엄마는 내가 스케이트를 타고 싶어 한다며 가져다주었다.

"근수 올 때까지 타 봐라!"

없을 때는 그런 생각이 없었는데 가지고 보니 욕심이 생겼다. 그날부터 스케이트를 가지고 논으로 갔다. 스케이트는 어른용으로 너무 커서 내가 신을 수 없었다. 만약 어른이 있었다면 말렸을 텐데 혼자 신고 일어서 보았다. 처음이기도 하지만 제대로 묶이지도 않았고 너무 컸기 때문에 날로 서는 자체가 힘들었다. 고민 끝에 스케이트를 안쪽으로 뉘었다. 스케이트 날은 완전히 옆으로 눕다시피 하였고 구두를 지탱하는 구두 밑 철판과 뉘어진 스케이트 날을 지지하여 발을 살며시 끼워 넣었다. 스케이트가 커서 눕혀진 스케이트를 신을 수 있었다. 그렇게 하고 타고 다녔다. 강철이나 용근이도 고개를 갸우뚱하였다.

"그렇게 타는 게 아닐 건데……"

"이렇게 타는 법도 있어!"

나는 단호하게 말하였다.

"누구나 타고 싶은 대로 타는 것이지. 꼭 날을 세워서 타야만 하냐? 주인 마음이지."

더는 내 스케이트 타는 방법에 관해 이야기하는 사람은 없었다. 그렇게 타면 폼나지 않은 것은 나도 잘 알았다. 하지만 일어설 수가 없었다. 썰매 지팡이를 짚고 일어서 보기도 하고 스케이트 구두 앞에 종이를 꽉 채워놓고 타 보기도 했지만 실패하였다. 내 발에 맞는 스케이트도 잘 타는 데는 시간이 걸리는 법인데 내 발보다 훨씬 큰 스케이트를 탈 방법은 없었다. 그렇다고 근수 형이 올 때까지 소유할 수 있는 권리를 포기하고 싶지도 않았다.

'이렇게 매일 같이 타다 보면 탈 수 있게 되겠지.'

절대로 되지 않았다. 근수 형이 돌아와 스케이트를 찾으러 왔다. 잘 탔다고 돌려주었다. 그때까지도 근수 형은 스케이트의 상태를 몰랐다. 그날 밤 근수 형네 집에서 근수 형이 혼나는 소리가 우리 집까지 들렸다. 엄마가 근수 형네 집으로 갔다. 근수 형네 집에서 아이들에게 그렇게 심하게 혼내는 경우는 없었다고 했다. 엄마는 다시 나를 나무랐다.

"빌려주었으면 곱게 타다가 가져다줄 일이지 망가뜨려 돌려주면 돼?"

"망가지진 않았어."

"남의 물건을 그렇게 함부로 써!"

엄마가 큰소리를 치셨다. 스케이트가 다 망가졌다고 근수 형이 투정을 부리다가 근수 형 아버지와 어머니에게 크게 혼이 났다고 했다. 스케이트 구두 밑의 철판이 닳아 있었다. 내가 빌려 달라고 한 것도 아니고 근수 엄마가 스스로 빌려준 것이긴 하지만 그래도 마음 한구석에 미안한 마음은 있었다. 근수 형에게 내게 스케이트 이야기를 하지 말라고 단단히 일러두었던 모양이었다. 내가 미안해서,

"형 미안해!"

내가 미안하다고 하니까 근수 형이 눈이 그렁그렁해서 스케이트를 보여 주었다.

"어떻게 탔으면 날이 아니고 여기가 이렇게 닳아 버렸어?"

"형 미안해."

정말 미안 하였다. 근수 형은 나에게 화내지 말라는 이야기를 듣고 있어 애써 참고 있었다. 근수 형 엄마보다 아빠는 엄청나게 무서웠다.

몸도 컸고 말투도 학교에서 배우던 북한 말투였고 또 북한에서 온 분이셨다.

'설마 간첩은 아니겠지.'

학교에서 간첩에 대해 배울 때는 근수 형 아버지를 떠올렸다. 근수 형도 자기 아버지를 무서워하였다.

"괜찮아! 다 지난 일인데."

그래도 근수 형은 나보다 한 살밖에 더 많지 않지만, 생각은 몇 살을 더 많은 형 같았다. 그래서 근수 형에게 미안한 마음이 더 있었다.

미안함을 갚을 기회가 찾아왔다.

썰매를 타다 보면 따뜻하게 입거나 장갑을 끼어도 추웠다. 놀다 보면 추운 것을 잊기도 하고 참기도 하면서 놀았다. 썰매장이 논이다 보니 찬바람을 그대로 맞았다. 빠져서 위험한 일은 없지만 한 번 얼음물에 빠지면 집으로 가야 했다. 그대로 있다가는 발이 얼어 심하게 아파졌다. 날씨가 조금씩 풀리면 부분적으로 얼음이 녹는 곳이 생겼다. 얼음 위로 물이 솟아오르는 것을 즐기며 놀았다. 썰매는 가다가 조금 빠져도 썰매를 딛고 물러서서 썰매를 건지면 발은 잘 빠지지 않을 수 있었다. 스케이트는 발에 신기 때문에 한 번 빠지면 발과 스케이트가 완전히 젖었다. 논에 빠지면 나오기도 힘들었다.

근수 형의 발이 녹은 얼음에 빠졌다. 덜덜 떠는 형을 보고 있으려니 마음이 편하지 않았다. 늘 미안한 마음이 있었는데 추워하는 형을 보니 더 미안하였다. 이럴 때마다 우리는 고민하였다. 바로 집에 가서 몸을 녹일 것인지 최대한 참을 만큼 놀다가 집으로 갈 것인지.

"많이 추워?"

"괜찮아."

강철이가 옆에서 쳐다보다가,

"나 성냥 있는데."

집집이 성냥으로 등잔불을 켜고 성냥으로 부엌 불을 지폈다. 강철이가 성냥을 가지고 있다고 해서 특별한 일은 아니었다. 오늘은 달랐다.

"불을 피울까?"

형이 추워하니까 불을 피워 빨리 따뜻하게 해주고 싶었다. 우리도 추웠지만, 그것보다 형이 더 생각되었다.

"짚이 있으면 좋겠는데."

"광산댁 밭에 짚 쌓아놓은 거 있어."

우리는 광산댁 밭으로 갔다. 짚이 어른 키만큼 큰 한 덩어리가 밭 한가운데 있었다.

"이거 태워도 될까?"

"속에서 빼서 한 단만 태우면 괜찮을 거야."

"광산댁 할아버지 무섭게 생기셨는데."

나와 근수 형은 우려를 나타냈고 강철이는 무조건 괜찮다고 하였다. 불에 다 태우는 것이 아니고 짚 몇 단 가져간다고 누가 나무랄 사람은 없었다. 눈밭에서 비닐 비료 포대를 탈 때에도 그 속에 짚 두 단은 넣어야 하는데 그런 짚은 아무 데서나 가져다 써도 되었다. 소여물과 지붕 만들 이엉 재료 이외에 짚은 집마다 남아돌았다. 강철이는 그 이야기를 하는 거고 우리는 특별히 위험할 수도 있는 불을 지펴도 되는지에 대한 우려였다. 여기까지 왔으니 서로 이야기만 할 수도 없었다. 셋이 모여 바람을 막았다. 위에 덮인 눈을 치우고 눈에 젖지 않은 짚을 짚단 속에서 뽑아내어 불을 붙였다. 처음 성냥은 물이 묻어 켜지지 않았고 세 번째 성냥으로 겨우 불을 지폈다. 마른 짚을 더 가져다가 불을 붙이고 나니 손이 따뜻해지고 발도 녹일 수 있었다. 근수 형이 물에 빠진 발을 불에 쬐는 모습을 보고,

"따뜻하지?"

"좀 낫다."

짚 한 단을 더 빼내어 불을 붙였다.

"어!"

불꽃이 확 번지며 큰 짚더미에 옮겨붙었다. 급하게 불을 껐다. 속에 있던 짚은 말라있어 불이 아주 잘 붙었다. 셋이 아무리 꺼도 불은 짚 속으로 타고 들어갔다. 우리 셋이 끄기엔 역부족이었다.

밭은 마을에서 훤히 보이는 조금 높은 비탈에 있었다. 마을에서 사람들이 "불이야!" 소리치는 소리가 들려왔다. 우리보고 하는 소리였다. 마을 사람들이 여기저기서 쫓아 나왔다. 짚더미에 불이 붙자 붉은 불기둥이 높이 솟아올랐다.

"도망가자!"

거기 있다가는 마을 사람들에게 잡혀 죽을 것 같았다. 강철이는 벌써 뛰어 달아나고 있었다. 우리 둘도 같이 뛰었다. 뛰면서 뒤를 보았

다. 짚더미는 밭 한가운데 있어서 다른 곳으로 옮겨붙을 수는 없었다. 하지만 높게 치솟은 불길은 마을 어른들도 어쩌지 못하고 보고만 있었다. 불을 끄기보다 우리를 바라보았다.

"이리와!"

어떤 아저씨가 우리를 가리키며 쫓아오려 하였다. 우리는 더 멀리 달아났다. 보이지 않는 곳까지 가진 않고 멀리서 보고 있었다. 곧이어 강철이 엄마와 우리 엄마 근수형은 누나가 왔다.

"정수야!"

"강철아!"

처음에는 우리를 알아보지 못하더니 점점 우리 있는 곳으로 다가왔다.

"우리 더 도망갈까?"

"어디로?"

"엄마한테 잡히면 혼날 텐데."

"도망가다 잡히면 더 혼날 텐데."

논을 가운데 두고 엄마와 우리가 마주 섰다. 강철이 엄마는 숨을 잘 못 쉬는 병이 있어 멀리 밭둑에 앉아서 우리를 보고 우리 엄마만 왔다.

"정수야! 괜찮아 집에 가자."

"잡으면 혼내려고?"

"안 혼내. 어서 가자."

한참 동안 승강이를 벌였다. 엄마 말을 믿을 수는 없었지만, 엄마의 설득에 엄마 손을 잡고 집으로 들어갔다. 씻지도 못하고 우리 세 명은 어머니들 손에 이끌려 바로 나왔다. 광산댁 할아버지 앞에 무릎 꿇고 앉아서 잘못했다고 빌었다. 아니 빌게 하였다.

"불장난하다가 집도 태울 수 있고 다치기라도 하면 큰일이다. 다시는 그러지 마라."

그것뿐이었다. 소 외양간 두를 이엉을 만들려고 준비해 둔 짚이라고 들었다.

"다치지 않아서 다행이다."

광산댁 할머니도 괜찮다고 하며 엿을 하나씩 물려주었다. 집에서 만든 엿이었다. 엄마들은 더 혼내달라고 하였지만, 할아버지는 그 말씀만 하시고 보내 주셨다. 내가 일을 저질렀는데 혼이 안 나고 이 정도로 마무리되는 것은 드문 일이었다.

우리는 또 성냥을 가지고 다녀선 안 된다는 지시를 하나 더 받았다. 근수 형은 더 혼났다. 나이를 한 살이나 더 먹은 애가 동생들 데리고 다니며 불장난을 한다고 엄마 아빠에게 혼났다고 했다. 더 미안해졌다. 그렇게 혼이 나고서도 나에게 분풀이 한 번 하지 않았다.

그래도 강철이 지갑엔 여전히 성냥갑이 있었다.

그해 겨울이 막바지에 있을 무렵 우리는 연을 만들기 시작하였다. 강근이 형에게도 배우고 아버지에게도 배워서 연을 만들었다. 처음 한 번 만들고 나면 나머지는 재료만 있으면 쉬운 일이었다. 대나무를 얇게 다듬어 놓고 창호지를 적당하게 잘라놓는다. 쌀밥을 세 숟가락 정도 퍼서 신문지 종이에 담아 쥐고 연살을 만들 대나무를 밥알이 묻도록 쓱쓱 훑어 내린다. 밥알이 으깨어지면서 대나무에 골고루 묻으면 그대로 원하는 모양의 창호지에 붙이고 실로 묶어가며 조정하면 연이 되었다. 이렇게 만든 연으로 연날리기하면서 하늘을 나는 연을 보고 있으면 보기만 해도 즐거운 일이었다. 아버지는 얼레를 만들어 주어 실이 잘 감기고 풀리게 할 수 있도록 해 주었다.

하나만 하면 질리게 마련이었다. 어느 순간부터 서로 연을 부닥쳐 연싸움을 하게 되었다. 처음에는 연끼리 부딪치기만 하였는데 차츰 실을 걸어 엉키게 하여 싸움을 하였다. 서로 질 수는 없었다. 그다음부터는 실에도 유리조각이나 사금파리를 곱게 빻아서 실에 밥풀로 먹이기 시작하였다. 유리를 입힌 실에 닿은 다른 실은 몇 번 비비면 끊어져 버렸다. 이것이 한 번 유행하면서 전 마을 아이들이 연실에 유릿가루 먹임을 하여 연싸움을 하였다. 마을 아이들 전부가 유리를 사용하면서 유리가 흔하지 않아 부족하게 되었다. 마을에 깨진 유리가 동났다. 아이들이 점차 유리를 연실에 붙이고 싶어도 붙이기 힘든 상황이 되었다.

'어디서 유리를 구해야 하는데.'

학교 근처 양옥집이 떠올랐다. 그 집은 담 위에 유리를 꽂아 놓았다. 도둑이 들어오다가 손을 베이라고 꽂아 놓은 것 같았다. 나는 조금만 있으면 되니까 그 집 유리라도 가져다 쓰면 될 거 같았다. 학교 인근에 있는 양옥집을 혼자 찾아갔다. 커다란 시멘트 벽돌로 담을 쌓은 뒤에 그 위에 시멘트를 발라 유리조각을 꽂아 놓았다. 집의 담장은 오래되어 담 일부가 헐었다. 담장의 구멍 난 곳으로 집 안이 보였다. 집 안을 살펴보니 마당에 묶어 놓은 개밖에 없었다. 가까이 다가가자 개가 마구 짖는데 아무도 나오지 않았다. 집안에 아무도 없는 것이 분명해졌다. 나무 막대기로 몇 개의 유리 조각만 가져가려 해도 여의치 않았다. 하는 수 없이 담 옆의 나무에 올라가서 담에 최대한 몸을 붙여 보았다. 한쪽 팔은 나무에 매달리고 한쪽 팔은 나뭇가지로 지붕 위의 유리 조각을 건드렸다. 유리조각은 생각 외로 단단히 박혀 있었다. 포기하려는 마음도 들었지만 여기까지 와서 빈손으로 가면 아쉬울 거 같아 조금 더 해 보기로 하였다.

"뚝!"

내가 지탱하던 나뭇가지가 부러지며 내가 담장 쪽으로 떨어졌다. 자칫 담장 위로 떨어질 뻔하였다. 담장을 스치듯이 담벼락에 부딪혔다. 몸이 벽돌에 쓸리는 느낌이었다. 엉덩이를 터는 순간 담장이 집 안으로 넘어가고 있었다.

'쿵!'

집 마당 안쪽으로 쓰러지는 담이 보였다.

'큰일 났다!'

달렸다. 계속 달렸다. 뒤에 누가 쫓아오는 것처럼 느껴졌다.

우리 마을에서 더는 연실에 유리조각을 먹이지 않았다.

봄이 되자 양옥집들은 담장을 새롭게 쌓았다. 어느 집 담장이 오래되고 낡아서 무너지는 일이 발생하여 매우 위험하다는 면장님의 지적이 있었다. 집마다 튼튼하고 매끈하게 생긴 담으로 다시 쌓았다.

◇◇◇◇

한겨울에 우리가 하는 놀이 중 하나는 참새를 잡는 일이었다. 기와집이라 하더라도 헛간이나 외양간 같은 별채는 초가로 지붕을 만들었다. 참새는 주로 이 헛간이나 외양간 지붕에 팔 길이만 한 깊이의 직선형 구멍을 뚫고 살았다. 참새는 여름에 잡지 않고 겨울에만 잡았다. 여름에는 곤충을 먹고 살아 병균이 많고 겨울에는 떨어진 벼나 씨앗을 먹고 살아서 깨끗하여 먹을 수 있다고 했다. 어른들 이야기로는 그런데 아마도 여름에는 해충을 잡아먹기 때문에 살려둔 것이고 가을에는 논의 벼가 익을 무렵부터 볍씨를 먹어 해롭기 때문일 거란 생각이 들었다.

겨울에 그것도 한겨울에 참새를 잡기 위해서는 늦은 밤까지 기다려야 했다. 강근이 형은 나이가 있어서 이런 일에는 전문가였다. 전부 모여서 참새가 잠들기를 기다렸다. 마을에서 제일 불빛이 강한 플래시도 준비하고 지게도 마당에 세워놓았다. 형의 지시가 내려오면 시작이었다. 우리는 제일 가까운 집의 헛간으로 가서 초가지붕의 처마 끝에 난 구멍이 낮에 본 것과 맞는지 살폈다. 구멍이 보이면 살살 다가가 그 밑에 두 명이 지게를 잡고 세워 사다리로 이용할 수 있게 한다. 그러면 주로 형이 올라가 구멍에 플래시 불빛을 갑자기 비추면서 손을 구멍 안으로 넣어서 참새를 잡았다. 참새가 없을 수도 있었지만 있기만 하면 자다가 일어나서 꼼짝도 못 하고 잡혀 나왔다. 대부분 두 마리가 있었다. 잘못하면 한 마리만 잡고 한 마리는 놓치기도 하였다. 잡은 참새는 뜨거운 물로 털을 뽑고 내장과 머리는 파묻었다. 몸통만 석쇠에 소금을 뿌려 구워 조금씩 나눠 먹었다. 참새 한 마리는 작았지만, 집마다 돌면서 잡으면 간식은 충분히 되었다. 강근이 형을 중심으로 겨울밤에 가끔 참새를 잡았다. 자주 잡으면 참새가 다 없어진다고 강근이 형이 잡으라고 해야만 잡을 수 있었다.

우리가 참새를 잡아먹었다는 말을 들은 윤달식 형이 우리를 다 불렀다. 왜 자기는 부르지 않았냐고 따졌다. 한 마을에서 먹을 것이 있으면 같이 먹는 것이 옳은 일인데 우리는 그러지 않았다는 것이었다. 한편으로 생각하면 그 말 자체는 맞는 말이었다. 하지만 달식이 형과는 평소 말도 거의 하지 않는 사이인데 일부러 형을 찾는 것이 더 이상한 일이었다. 형은 나이도 우리보다 한참 많았다. 달식이 형도 우리를 한 번이라도 같이 먹자고 부른 일은 없었다.

또다시 우리끼리만 먹으러 다니면 가만두지 않겠다고 하였다. 그래도 우리는 달식이 형을 부르지 않았다. 그러자 달식이 형이 우리를 불렀다. 지게 대신에 자기 집에서 작은 사다리를 가져왔다. 플래시도 자기 집에 있는 것을 가져왔는데 아주 밝았다. 낮에 참새에게 비추어도 도망하지 못할 것 같이 강한 빛을 내고 있었다. 건전지도 새로 바꾸었다.

자신이 사다리를 잡고 우리보고 올라가서 참새 굴에 손을 넣으라고 하였다. 나도 한 번 넣었는데 팔이 끝까지 닿지 않아 참새를 놓쳤다. 다른 아이들이 연거푸 참새를 놓치자 달식이 형이 화가 났다. 자신이 직접 올라가고 우리는 밑에서 사다리를 잡으라고 하였다.

우리는 참새를 아무 집이나 올라가서 잡지 않았다. 낮에 봐 두었던 장소와 참새가 드나드는 곳을 덮쳤다. 달식이 형이 막무가내로 잡으려 하자 우리는 아무 말도 하지 않고 달식이 형이 하자는 대로만 따랐다. 우리끼리 했으면 벌써 잡아서 요리해 먹었을 시간이었지만 달식이 형은 한 마리밖에 잡지 못하였다. 우리가 가는 곳 중에 중요한 것 하나는 여름에 구렁이가 나타나지 않은 집을 골랐다. 가끔 어떤 초가집엔 구렁이가 살았다. 어른들은 집 구렁이는 영물이라고 건드리지 못하게 하였다. 해로운 쥐를 잡아먹고 집이 부자가 되게 해준다고 하였다.

성모 형네 집 헛간은 보통 집의 헛간보다 무척 높았다. 여름에는 헛간의 한가운데 기둥 위에서 구렁이가 매달려 있는 것을 보았던 곳이었다. 우리가 사다리를 사용하지 않고 지게를 사용하는 이유는 너무 높지 않은 곳을 이용하려 해서였다. 지붕이 높으면 참새도 많을 수 있지만 떨어지면 위험할 수 있었다.

달식이 형은 지붕이 높은 집에 가야 참새가 많다고 우겼다. 형이 가자는 대로 어두운 밤을 더듬으며 성모네 형 헛간으로 향했다.

"이런 높은 곳에 참새가 잘 사는 거야. 이런 곳에 있는 참새를 잡으려면 지게 가지고는 안 되고 사다리가 있어야 하는 거다. 잘 보고 사다리 넘어지지 않게 잘 잡아!"

우리가 알았다고 고개를 끄덕이자 달식이 형은 다시 한 번 당부하였다.

　"어떠한 일이 있어도 사다리를 움직이면 죽는다. 사다리는 끝까지 절대로 움직이지 않게 꽉 잡고 있어."

　세 명이 사다리를 잡고 달식이 형이 올라갔다. 사다리가 약간 짧아 보였다. 달식이 형이 키가 있어서 팔을 참새 굴에 넣을 수 있었다. 달식이 형은 플래시를 갑자기 참새 굴 쪽을 비추면서 팔을 굴속으로 깊숙이 집어넣었다. 사다리 위에서 까치발을 하여 발끝으로 사다리를 지지하고 팔을 최대한 집어넣었다.

　"참새가 새끼를 낳았나 봐. 물컹물컹하다."

　겨울에 참새가 새끼를 낳았다는 이야기는 들어 본 적이 없었다. 달식이 형은 참새가 새끼를 낳았다고 하고 있었다.

　"으악!"

　달식이 형의 비명과 함께 그의 손에 구렁이가 딸려 나왔다.

　우리는 사다리를 꽉 잡고 있었다. 사다리가 움직이면 달식이 형이 가만두지 않는다고 해서였다. 달식이 형은 손에 구렁이를 매단 채 높은 사다리 끝에서 땅에 곤두박질쳤다. 달식이 형이 땅에 구를 때에도 우리는 사다리를 놓지 않고 잘 잡고 있었다.

　달식이 형은 다리가 부러져 절뚝거리며 다녔다.

　그다음부터 달식이 형은 우리에게 참새를 잡으러 가자는 말을 하지 않았다.

전기

초등학교 2학년 무렵이었다. 커다란 시멘트 기둥이 등굣길을 따라 드문드문 놓였다. 얼마 지나지 않아 시멘트 기둥은 우리 마을 여기저기에도 놓였다. 기둥의 중간에는 어른 손가락이 들어갈 정도의 구멍이 나 있었다. 우리가 올라가도 꿈쩍도 않는 커다란 시멘트 기둥이었다. 얼마 있다가 마을 어른들이 모여 기둥 옆에 땅을 팠다. 구멍을 판 것이 아니고 한쪽은 수직 벽을 만들고 옆으로 완만하게 'ㄴ'자 모양으로 파고들어 갔다. 혼자 파기 힘드니까 여럿이 돌아가며 삽이며 곡괭이로 파 놓았다. 옆이 트인 구덩이 모양이 되었다. 며칠 지나자 마을 어른들이 다시 모여 시멘트 기둥을 그곳에 세웠다. 완만한 쪽으로 기둥을 밀어 넣고 여럿이 달려들어 바르게 세웠다. 반대쪽은 흙벽이 지탱하고 있어서 세운 쪽만 사람이 힘을 쓰면 쉽게 세울 수 있었다. 이렇게 등곳길 길가에 있던 기둥이 일정한 간격으로 전부 세워졌다.

길가에 전봇대가 서더니 이제는 마을 곳곳에도 전봇대가 섰다.

집 안에도 마루와 방 천장에 사기로 된 작은 절연애자사기절연체를 박고 전깃줄을 설치하였다.

"엄마! 전기가 뭐야?"

"이제 등불 안 켜도 되고 전기로 밝게 살 수 있어."

엄마는 서울에서 전차도 타 보았다고 하셨고 서울에서 전기를 사용하신 경험을 이야기하셨다. 나도 알 거라고 하셨지만, 기억이 전혀 없었다.

"용근이네 쓰는 것이 전기잖아!"

"그게 전기야?"

그전까지는 호롱불을 사용하고 있었다. 어머니는 유리병 속에 심지를 넣은 휴대용 등불을 개발하였다. 이 등은 필요한 장소에 걸어둘 수도 있고 이동할 때 들고 다닐 수 있게 만들었다. 이 등불은 곧 마을 전체에 퍼졌다. 호롱불은 석유를 창호지나 무명천 심지로 빨아 올려 불을 붙이면 촛불만 한 불을 켤 수 있었다. 석유는 플라스틱 통에 받아쓰기도 했지만 대부분 한 되가 들어가는 커다란 소주병에 받아 와서 사용하였다. 큰 소주병에 사 와서 작은 소주병에 나눠 담아 놓고 필요할 때마다 등에 따라 넣었다. 석유는 무색이고 가까이 가면 석유 특유의 냄새가 났다.

아버지는 술을 거의 드시지 않으셨지만 일 년에 한두 번 드시곤 하셨다. 드시면 취하셔서 얼굴이 붉어지고 평소와는 다른 말을 하시거나 잘 웃으셨다. 더 드시면 방에 들어가 주무셨다. 하루는 술을 많이 드신 것 같은데 더 드시고 싶으셨는지 부엌에서 김치찌개를 들고 오셨다. 우리 집에는 술이 없는데 어디서 사 오셨는지 소주를 대접에 따라서 드셨다. 나는 조금 떨어져서 보고만 있었다.

'저거 석유인데……'

아빠가 따르는 것은 석유를 받아온 소주병이었다. 방문 앞의 마루 구석에 있던 석유였다.

"아빠 이거 술 아녜요."

"저리 가서 놀아라!"

막무가내로 내 말은 전혀 듣지 않으셨다. 한 편으로는,

'어른은 석유도 먹을 수 있나?'

석유를 먹는 사람은 한 번도 본 적이 없었다. 못 먹는 것이었다면 벌써 아프다고 하실 텐데 대접을 벌컥벌컥 드시고 안주로 김치찌개를 수저로 떠서 드셨다. 한 대접을 더 드시고 주무셨다. 여전히 평소와 다름없이 취하신 상태로 주무셨다.

다음 날 엄마는,

"석유를 언제 이렇게 썼지? 석유 받아온 지가 얼마 안 되는데"

"아빠가 드셨어."

"뭐?"

"아빠가 어제 두 대접 드셨어."

"말려야지!"

"석유라고 했는데도 아빠가 그냥 드셨어."

여전히 아버지는 주무시고 계셨다. 엄마는 아버지를 깨웠다. 마지못해 일어나서는 머리가 아프시다고 물을 드셨다. 그것도 술을 드신 다음 날에는 늘 있는 일이었다.

"드실 게 없어서 석유를 드셨어요?"

"내가 언제."

"어제 석유를 드셨다면서요?"

"석유를 왜 소주병에 담아놨어?"

"항상 거기다 담아 놓았잖아요."

아버지는 갑자기 배를 움켜쥐고 화장실을 가셨다. 엄마는 걱정하셨다.

"병원에 가봐야 하는 거 아녜요?"

화장실에서 온 아버지에게 어머니가 병원엘 가자고 하셨다.

"병원엘 왜 가."

"어디 아픈 데는 없어요?"

"없어… 그런데 회충이 싹 나오네."

석유를 드시고 아버지는 회충이 떨어졌다고 하셨다. 병원에 가지 않아도 특별히 아프신 곳도 없다고 하셨다. 다음부터 아버지는 일 년에 한 번 정도 석유를 한 잔씩 드셨다.

"회충에는 석유가 제일이여!"

마을 사람 모두 등불을 사용할 때 용근이네는 전기를 사용하였다. 과수원집 옆에 땅을 파고 발전기를 설치하여 쓰고 있었다. 흑백이고 아주 작은 TV도 보았다. 처음 용근이네는 누구나 TV를 볼 수 있게 하였다. 와서 보라고 자랑도 하였다. 차츰 많은 아이가 집안에 계속 눌러앉아 있으니 귀찮았던 것 같았다. 관람료를 받았다. 나같이 돈이 없는 애들은 전부 가보지 못하게 되었고 돈이 있는 아이라 할지라도 늘 돈이 있는 것도 아니었다. 어쩌다가 한 번씩 보곤 하였는데 이제 집마다 전기를 사용하게 되었다.

우리 집엔 전구가 세 개 있었다. 방과 부엌에 한 개, 마루에 한 개. 마루에 있는 것은 거의 사용하지 않았다. 전기세를 내어야 해서 마루에 있는 것은 거의 켜지 않았고 전기가 들어왔어도 TV를 사는 집은 거의 없었다.

우리 집 대문밖엔 바로 앞으로 흙 계단이 있고 그 급경사 아래에 공터가 있었다. 그곳에 전봇대 하나가 섰다. 다른 전봇대와 다른 것은 우리 집 앞에 있는 전봇대에는 양동이만 한 통이 달려 있었다. 어른들은 변압기라고 하였다. 그것이 무엇을 하는지는 어른들도 몰랐다. 그 전봇대는 '말뚝 박기' 놀이하는 기둥으로 쓰기에 안성맞춤이었다. 여자애들은 고무줄 한쪽 끝을 이곳에 메면서 두 명만 있어도 '고무줄 놀이'를 할 수 있게 되었다.

겨울이면 동산으로 올라가 친구들과 같이 연을 날리기도 하지만 대문에서 혼자 날릴 때도 잦았다. 우리 집은 조금 높은 곳에 있었다. 대문 밖 공터 끝이 길과 붙어 있었다. 길옆엔 다시 논이 있어 연을 날리기에 장애가 되는 나무나 집이 없었다. 마을에 전기가 들어오면서 많은 제약이 따랐다. 연을 날릴 때도 전깃줄에 걸리지 않는 곳에 가야 했고 조금 실수하면 전깃줄에 걸려 버렸다. 어른들은 전기가 아주 위험하다고 늘 주의를 시켰다.

　분명히 나도 엄마 아빠의 주의를 듣고는 있었다. 그 말씀대로 해야겠다고 다짐도 하였다. 그런데 그 날은 늘 하던 대로 대문에서 연을 날리고 있었다. 최대한 전깃줄에 걸리지 않게 조심 하면서 날렸다. 전깃줄에 걸리면 손해가 나는 것은 나였다. 줄이 줄어드니 새로 사서 연결해야 하고 애써 만든 연을 버리고 새로 만드는 수고로움을 감내해야 했다.

　전깃줄에 걸리지 않게 조심해서 연을 날리는 데 성공하였다. 이미 연은 하늘 높이 떠 있었다. 내 연은 전깃줄보다 한 참 높은 곳을 날고 있었다. 연을 마음대로 움직이고 연이 바람의 저항을 받는 것을 연실로 느끼며 실컷 놀았다. 하지만 바람의 방향은 항상 일정하게 부는 것은 아니었다. 돌풍이 불었는지 내 연이 곤두박질쳤다. 연이 거꾸로 도는 순간 얼레를 재빠르게 돌려 실을 감았다. 연은 순식간에 내게 딸려 오면서도 땅으로 계속 떨어지고 있었다. 거의 수평이 되는 순간 전깃줄이 보였다. 전깃줄에 실이 닿으면 죽을 수 있다고 항상 듣던 말이었다. 얼레를 던져 버렸다. 변압기 근처에 실이 닿자 '번쩍'하였다. 연실은 타버리고 연은 논으로 날아갔다. 얼레는 공터에 떨어졌다. 공터에 있는 얼레를 들고 얼른 집으로 들어왔다. 방으로 들어와 문구멍으로 밖을 보니 잠잠하였다. 한참을 기다려도 아무 일도 일어나지 않았다. 논에 가서 연도 다시 주워왔다.

그 날 저녁에 여기저기서 정전이냐고 묻는 소리가 들렸다.

"그 집에 전기 들어와요?"

"아니요. 안 들어와요."

"또 정전인가 봐요."

정전은 자주 있었다. 하지만 보통 정전이라 하더라도 특별한 날이 아니면 온종일 정전인 경우는 거의 없었다. 그날은 밤새도록 전기가 들어오지 않았다. 다음 날 이웃 마을은 정전이 아니라고 하였다. 우리 마을만 전기가 나갔다.

이장님은 전기 기술자를 불렀다. 전기 기술자는 능숙하게 전봇대를 올라갔다. 변압기가 터졌다고 하였다.

"여기 누가 전봇대에 올라갔었어요?"

이장님에게 물었다.

"누가 죽으려도 전봇대를 올라가요? 없어요."

이장님은 전봇대를 늘 지키고 있었던 사람처럼 단호하게 손을 저으며 말하였다.

"변압기가 이렇게 나갈 수는 없는데……"

"불량 변압기 아닌가?"

"다 점검해서 나오거든요."

"사람이 하는 것인데 실수도 있는 거지. 불량 변압기구먼."

우리 마을은 전기가 들어온 지 얼마 안 되어서 새 변압기로 교체하였다. 그 뒤로 변압기가 고장 나는 일은 없었다.

전기를 사용하면서 집마다 두꺼비 집이 있고 그 옆엔 계량기가 설치되었다. 매달 전기회사 직원이 집마다 방문하여 사용한 전기량을 수첩에 적고 전기료를 받아갔다. 계량기는 전기를 사용할 때면 원판이 빙글빙글 돌아갔다. 여러 바퀴 돌고 나면 숫자가 천천히 바뀌었고 그것이 우리가 쓴 전기료라고 하였다. 엄마는 늘 전기세가 비싸다고 하면서 될 수 있으면 전기를 사용하지 못하게 하였다. 우리 집 전기기구는 전구 세 개가 전부인데 이것도 아주 어두울 때만 사용하였다. 아무도 없는 방에 전기가 켜져 있으면 여지없이 엄마의 잔소리가 계속되었다. 부엌일도 될 수 있는 대로 어둡기 전에 마쳤다. 늦게까지 일을 해서 밤늦게 밥을 먹어야 하는 경우에만 사용하였다. 마루에 있는 전구는 거의 사용하지 않았다. 우리 집 전기료는 다른 집에 비해 터무니없이 작게 나왔다. 그런데도 어머니의 전기료에 대한 이야기는 계속되었다. 늘 엄마의 이야기를 듣다 보니 어떻게든 전기료를 적게 내는 방법을 고민하게 되었다.

계량기를 온종일 바라보았다. 납땜이 붙어 있어 함부로 열면 벌금을 많이 물어야 했다. 계량기는 손도 대지 못하고,

'어떻게 하면 돌아가는 것을 멈출 수 있을까? 숫자 넘어가는 것을

어떻게 멈출 수 있을까?'

　강철이는 자전거 앞 전조등을 밝히는 못 쓰는 발전기를 어디서 구했는지 분해를 했다. 자전거 발전기는 어린아이 주먹보다 작았고 자전거 바퀴의 힘으로 돌게 되어 있었다. 돌면서 전기를 만들어 자전거 앞을 밝혔다. 강철이는 그 발전기를 부숴서 그 속의 둥글고 원통형의 검은색 자석을 빼냈다. 손가락만 한 길이인데 자력은 세서 모래에 굴리기만 하여도 쇳가루가 다닥다닥 달라붙었다. 자석은 신기해서 종이를 덮어도 힘이 미쳤다. 난 그 자석을 얻어서 주머니 속에 넣어가지고 다니며 놀았다.

　전기 계량기 돌아가는 원판에 자석을 대어 보았다. 원판이 천천히 돌아갔다. 완전히 멈추지는 않았지만, 분명히 천천히 돌아갔다. 자석을 가까이했다가 멀리했다가 하면서 원판의 움직임을 보았다. 분명히 효과가 있었다. 계량기 위에 가만히 얹어 놓았다.
　'됐다!'
　뿌듯한 마음이 들었다. 이제 우리 집 전기료는 더 적게 낼 것이고 엄마의 걱정도 덜어 드릴 수 있었다. 엄마에게 바로 말을 하려고 하였는데 잊어버렸다. 며칠 있다가 그 생각이 났다.
　"엄마! 우리 집 이제 전기 많이 써도 괜찮아!"
　"왜?"
　계량기에 얹어 놓은 자석을 보고 엄마는 기겁하였다.

"누가 여기에 이거 놓으라고 하던?"

"내가 생각했어."

"여기에 이거 놓으면 경찰 아저씨가 잡아가는 거야. 계량기는 절대로 건드리면 안 되고 벌금을 더 물어야 하는 거야."

"왜?"

"남의 것을 훔치는 것이니까 도둑이 되는 거야."

내가 도둑이고 경찰 아저씨에게 잡혀갈 수 있다는 말을 들었다. 엄마는 바로 자석을 들어내었다. 파출소에 가서 자수라도 해야 하는 것은 아닌지 걱정되었다.

정말 어떤 사람이 전기 계량기에 자석을 놓았다가 벌금을 물었다는 이야기가 라디오 뉴스에 나왔다. 나는 은근히 걱정되었다. 전기 계량기 조사하는 아저씨가 나타나면 숨었다. 다행히 아무 말 없이 넘어갔다. 아저씨는 우리 집은 원래 적게 쓰는 집인데 이번 달은 너무나 터무니없이 적게 사용하였다고 고개를 갸우뚱했다. 그다음 달에도 아무 일 없이 넘어갔다.

'자석 놓았을 때 많이 쓸걸……'

마을에 전기가 들어오면서 생활에 많은 변화가 생겼다. 마당에 전구를 켜놓고 밤늦게까지 일을 하고 몇 집은 TV를 사서 시청하였다. 사람이 움직이는 영상은 아이들에게 많은 재미를 주었다. 토요일마다 하는 타잔은 최고의 인기 프로그램이었다. 매주 한 주제씩 방영하기 때문에 연속해서 보지 않아도 이해할 수 있었다. 내게 제일 재미없는 프로그램은 야구경기 중계였다. 경기 규칙을 모르기 때문이기도 했지만, 전혀 이해할 수 없는 경기였다.

전기기구들도 하나씩 장만하는 집들이 늘어났다. 강철이네는 선풍기와 전기다리미를 샀다. 이 전기다리미는 우리 집에서 종종 빌려다 사용하였다. 전에는 숯불을 넣어서 사용하는 다리미가 있었는데 전기다리미가 등장한 뒤로는 전기다리미를 빌려다 사용하였다. 특별히 쓸 일도 없는데 엄마는 전기다리미가 갖고 싶었던 것 같다. 우리 집도 전기다리미를 샀다. 문제는 전기가 엄청나게 든다는 것이었다. 거의 모셔다 놓고 정말 필요할 때만 사용하였다. 난 얼마나 전기가 드는지 알고 싶었다. 다리미를 꽂고 계량기를 보면 빨간 표시가 빙글빙글 돌아갔다. 전기다리미를 빼면 천천히 돌아갔다. 그것만으로는 부족해서 나사를 돌려 다리미를 천천히 분해하였다. 처음 나온 전기다리미는 비교적 간단한 구조로 되어 있었다. 철사같이 생긴 것이 용수철 모양으로 구불구불 바닥에 붙어 있는 것이 전부였다. 다시 조립하여 놓았다. 이것도 내 정보가 되었다.

한참 전기에 정신이 팔렸던 기간이었다.

마을회관에 널찍한 합판이 있었다. 전기다리미처럼 선을 깔고 전기를 통하면 따뜻하게 사용할 수 있을 것 같은 생각이 들었다. 얇은 구리선을 모으기 시작하였다. 테이프도 모았다. 그리던 중에 전기에 잘 아는 형을 만났다. 희순이 오빠였다. 희순이 오빠는 공장에 다니고 있었는데 중요한 정보를 주었다. 에나멜선은 코팅이 되어 있어서 거기에 전기를 흘려주면 방바닥처럼 따뜻해진다고 하였다.

'이거다!'

내 생각이 아주 틀린 것은 아니라는 생각이 들었다. 문제는 구리선이 많지 않았고 전기가 통하지 않는 물질을 붙여야 했다. 옆 마을 전기 공사 하는 데까지 가 보았다. 전기 공사하는 아저씨에게 사정사정하여 검정 테이프를 얻기도 하고 주웠다. 얇은 구리선도 최대한 얻어 오고 쓰다 남은 것도 주워왔다. 하나하나씩 모았다. 우리 집에서 만들어 쓸 수는 없었다. 전기다리미를 꽂아 보았지만, 전기가 너무나 많이 들어갔다. 마을 회관이 가장 적당하다 생각했다. 이곳 전기는 마을에서 내는 것이었고 누구나 이용할 수 있는 공간이었다.

합판에 구리선을 연결하여 구불구불 붙이고 그 위에 전기가 통하지 않도록 검정 테이프를 잔뜩 붙였다. 그리고 전기를 연결했다. 대성공이었다. 합판이 따뜻해져 왔다. 그 위에 이불을 놓으면 집의 방바닥처럼 따뜻함을 느낄 수 있었다. 다른 사람이 올 것 같아 얼른 전기를 뺐다. 딱 한 번 잠깐 켜 보았다. 밖에서 놀다가 추우면 마을 회관으로 와서 전기를 꽂고 손과 몸을 녹일 계획이었다. 내가 없을 때는 세워 놓고 쓸 때에만 방바닥에 깔고 전기를 꽂아 사용하면 좋겠다고 생각하였다.

며칠 후에 달식이 형이 마을 회관에서 기절한 채 발견되었다. 이장

님이 발견해서 급히 수원 병원으로 데리고 갔다. 택시가 없으니 철재
네 트럭을 타고 가서 겨우 목숨을 건졌다고 했다. 마을 사람들은 전
부 달식이가 회관에서 전기로 장난 하다가 감전되었다고 수군거렸다.
달식이 형은 자기가 한 일이 아니라고 했다. 이장님 말로는 달식이가
전기를 꽂았으니 결국 달식이가 잘못한 것이라고 결론지었다.

　달식이 형은 한 달 만에 퇴원하였다. 본인이 만든 것이 아니고 있던
것에 전기만 꽂았다고 하였지만 아무도 믿지 않았다.

　"달식이 같으면 충분히 그러고도 남지."
　"다 큰애가 맨날 사고만 치고 다녀."
　"그러게요. 달식이 엄마가 문제에요. 맨날 달식이 편만 드니까 애가
그 모양이죠."
　"다른 사람이 잘못 사용했다면 큰일 날 수도 있었겠어요."

　합판에 검정 테이프가 떨어져 나가 달식이 형의 다리가 감전되었
다. 달식이 형의 참새 잡다가 떨어져서 부러진 다리가 다시 감전되고
전기 화상을 입어 한동안 계속 절어야 했다.

약
장
수

소달구지에 확성기를 단 사람들이 이 마을 저 마을로 다녔다. 곡예
단이 왔다고 일주일 전부터 선전하고 다녔다.

"대한민국에서 제일 유명한 '동천 서커스단'이 병점에 왔습니다. 오
늘 저녁 일곱 시에 어르신들을 모시고 무료로 공연하오니 많은 관람
있으시기 바랍니다. 돈 주고도 못 보는 대한민국 최고의 서커스를 어
르신들을 위해 무료로 공연하오니 많은 관람 있으시기 바랍니다."

'왜 어른들만 무료로 할까?'

일곱 시라는 말에 우리는 일찍 저녁을 먹고 병점으로 갔다. 외각
공터에 집보다도 커다란 천막이 쳐졌다. 할머니 할아버지들이 그냥
들어가고 계셨는데 우리는 들어가지 못하게 막았다. 그렇다고 못 볼

우리는 아니었다. 공연 중간에 천막을 들고 밑으로 숨어들던지 벽에 난 구멍을 통해 잠깐씩 구경하다가 쫓겨났다. 거의 끝나갈 무렵에는 할머니 할아버지 틈에 죽치고 앉으면 못 본 척 지나가 주었다. 우리는 그래도 공연이 신 났는데 어르신들은 공연이 썩 마음에 들지 않았던 것 같았다.

"그렇게 잘하는 것은 아니네!"

"그래도 공짜잖아요?"

할아버지 할머니들이 한마디씩 하였다. 공연이 끝나고 일어서려는 관객을 사회자가 자리에 앉아 있게 하였다.

"잠시만 앉아 계세요. 어머님! 아버님! 잠시만 앉아 계세요!"

특별히 고생하시는 할아버지 할머니들을 위한 약을 팔았다. 지금 돈을 내지 않고 주소만 주면 나중에 마을로 찾아가서 받는다고 하였다. 무료 공연에 돈을 가지고 올 어른들이 몇 안 되었다. 그 약은 한 번 먹기만 하면 안 듣는 데가 없는 좋은 약이었다. 많은 사람이 사갔다. 나도 돈이 있으면 엄마 아빠에게 사다 드리고 싶었다. 우리 마을 어른들도 많이 사셨다.

좋은 약을 사왔다는 소문은 다음날 마을 전체에 바로 퍼졌다. 엄마와 나는 용근이 할머니 댁에 가서 그 약을 구경하였다. 용근이 할머니가 자랑해서 사지 않은 몇 집이 구경하였다. 용근이 할머니 집 안방에 약 상자를 놓고 빙 둘러앉았다. 용근이 할머니는 이틀만 먹었는데도 허리가 싹 낳았다고 자랑하셨다.

"그렇게 좋아요?"

"그렇다니까."

"얼마래요?"

"사만 팔천 원. 조금 비싸."

비싼 것은 아셨다. 농협에 전시된 자전거 한 대가 이만 사천 원이고 쌀 한 가마니가 이만 오천 원 정도 하니까 쌀 두 가마니 값 정도 되었다. 그중에 엄마만 반신반의하였다. 남의 비싼 약이니 함부로 맛을 볼 수는 없었고 냄새와 색깔만 볼 수 있었다. 나도 어른 틈에 끼여 냄새를 맡아 보았지만, 콩가루 냄새밖엔 나지 않았다. 색깔도 약간 노란색을 띠는 것이 콩가루 같았다. 그 방에 또 약을 산 광산댁 할머니도 계셨다. 그 할머니는 약을 먹고 팔 아픈 것이 싹 나았다고 하셨다. 약효를 본 분이 두 분이나 되었으니 다들 부러워만 하였다. 용근이 할머니는 숟가락에 퍼서 조금씩 맛도 보게 하였다.

"쓰지도 않고 먹을 만해."

전부 맛이 괜찮다고 하였다. 나도 남은 약의 맛을 보려 하는데 엄마가 내 이마를 '탁' 쳤다. 나를 보고 눈을 흘겼다. 어른들 일에 애가 참견한다는 뜻이었다. 주춤하고 자리에 앉았다. 용근이 할머니는,

"너도 조금 먹어 보렴."

"놔두세요. 비싼 걸 애들이 뭘 안다고 주세요?"

"애들 먹기에도 거북하지 않아서 애들도 잘 먹어."

용근이 할머니는 마음이 좋으신 분이셨다. 비싼 약을 몸에 좋다고 내게 맛보게 하였다. 나는 아무리 맛을 느끼려 해도 콩가루 맛밖에

나지 않았다. 어른들은 이렇게 약이 좋으니 약장수를 불러서 이야기나 들어 보자고 하였다. 불러놓고 아무도 사지 않으면 어떻게 하느냐는 의견도 있었다. 하지만 용근이 할머니의 적극적인 추천으로 약장수를 마을에 불러오기로 하였다.

마을 회관에 마을 사람들이 전부 모여 약장수의 선전을 들었다. 약을 사신 마을 어른들은 연신 좋다고 하였다. 약장수는 약을 드시고 경험하신 그 어르신들에게 약효를 물어보라고 하였다. 비싸지만 우리 마을을 위해 약을 한 상자만 개봉해서 맛을 보기로 하였다. 약이 쓰지도 않고 먹기 좋게 애들부터 할머니 할아버지까지 부담 없이 드시라고 만들었다고 하였다. 나는 맨 앞에 앉아 있었다. 약장수의 말을 하나도 놓치지 않으려고 눈을 똥그랗게 뜨고 쳐다보고 있었다. 약장수는 내가 눈에 띄었는지 내게 약을 먹어보라고 하였다. 조금은 부끄러워 쭈뼛쭈뼛하며 앞으로 나갔다.

"괜찮아. 어서 먹어 봐. 몸에 아주 좋은 약이야."

"어른이나 아이 할 것 없이 다 좋은 약입니다. 아이도 부담 없이 먹을 수 있습니다."

어디에 좋은지는 몰랐지만, 마을 사람들이 전부 나만 쳐다보고 있었다. 누런 가루약을 한 숟가락 먹고 물을 먹었다. 마을 회관 사람들은 내가 무슨 말을 할 것인지 내 입만 보고 있었다. 약장수는 마이크를 내 입에 대고 약의 맛이 어떠냐고 말을 시켰다.

"콩가루 같아요. 냄새도 콩가루랑 똑같고 맛도 똑같은데요."

마을 회관에 정적이 흘렀다. 약장수는 순간,

"애들도 먹기 좋게 박사님들이 신기술로 콩가루처럼 만들었습니다."

"정말 콩가루하고 똑같아요."

내 말이 떨어지자 강철이 엄마가

"정말 콩가루하고 똑같이 생겼네."

마을의 청년형들이 나섰다.

"저거 콩가루 아냐?"

약장수는 약을 하나도 팔지 않고 우리 마을을 떠났다.

약을 사지 않은 대부분의 사람은 콩가루를 약으로 속였다고 하고 약을 사신 분들은 먹기 좋게 콩가루처럼 만든 것이라고 하였다. 무엇이 맞는 말인지는 알 수 없었다. 한 집에서 뜯지 않았다고 안 사겠다고 했지만 가져가지 않고 돈을 받으러 무서운 아저씨들이 왔다 갔다. 결국, 그 집은 약값을 내야 했는데 이 집만 약이 아니고 콩가루라고 하였다. 그 집은 할머니가 약을 드시고도 계속 아팠다. 아저씨는 사람의 면역력을 키운 것이 아니고 병균의 면역력만 키워줬다고 하였다.

강철이 엄마도 가끔 이상한 물건을 사왔다. 수원이나 오산 장에 가서 몸에 좋다는 물건을 종종 사왔다. 이번 장에는 머리 아픈데 아주 효과가 좋다고 무언가를 사왔다. 강철이 엄마는 자주 머리가 아프다고 하였다. 목걸이인데 작은 철망 속에 동그란 철 조각 하나가 있었다. 속에 있는 것이 머리를 낮게 한다는 물건이었다. 강철이 엄마는 약장수가 하는 것처럼 못을 종이 위에 얹어 놓고 목걸이를 움직이니 못이 따라서 움직였다. 보이지 않는 이 힘이 머리를 낮게 하고 담이 걸린 데를 치료한다고 하였다. 엄마는 철이 달라붙는 것을 보자마자 '지남철_{자석}'이라고 말하였다.

"이거 자석이잖아요."

"그게 효과가 좋다고 그러던데······"

엄마는 더는 아무 말도 하지 않았다. 집에 가서 아버지에게,

"강철이 엄마는 장에 가서 몸에 좋다고 목걸이를 사왔는데 자석 목걸이를 사왔어요."

"또 속았구나."

"그러게요. 뭐라고 할 말이 있어야죠. 이미 샀는데."

자석 목걸이를 산 사람은 강철이 엄마뿐이 아니었다. 특이한 것은 자석 목걸이를 한 사람들은 다 효과가 있다고 말하고 있었다.

"이 목걸이를 하고 나서 머리가 싹 나았어요."

"난 이 목걸이하고 늘 아프던 가슴이 하나도 안 아파요."

"난 비만 오면 아프던 팔이 안 결려요."

이번엔 자석 목걸이와 자석 팔찌를 파는 약장수가 왔다. 또 속으면 어떻게 하느냐고 마을 사람들의 말이 있었다. 강철이 엄마는,

"그래도 이것은 없어지는 것은 아니잖아요."

"그렇고 보니 그러네?"

그래서 마을 회관에 다시 새로운 약장수가 왔다. 이 약장수는 아는 것이 많았다. 자석이 아니라고도 하지 않았다. 자석이라고 밝히고 이야기했다.

"우리 피 속에 철분이 있습니다. 이 자석이 피를 빠르게 휘저으며 돌게 합니다. 그래서 피가 잘 도니까 아픈 데가 싹 없어지는 겁니다."

그러면서 종이 위에 작은 쇠못을 놓고 목걸이를 움직이니까 따라서 못이 움직이는 것을 보여 주었다. 나는 아저씨가 부러웠다. 많이 아는 것 같았다. 앞자리에 앉아서 손을 번쩍 들었다. 처음엔 못 보았는지 반응이 없었다. 이번엔 '아저씨'라고 부르며 손을 들었다.

"아저씨!"

"왜? 애들은 가라!."

"아저씨 애들한테는 나쁜 건가요?"

잠시 정적이 흘렀다.

"애들에게도 좋은 거란다."

"못이 많이 움직이면 더 좋은가요?"

다소 못마땅해 하면서도 마을 사람들이 보고 있으니 말을 이어갔다.

"그럼. 이것 봐라. 이렇게 움직이잖아."

마을 사람들의 눈이 휘둥그레졌다. 나는 천천히 앞으로 나갔다. 그리고 종이가 아니라 얇은 책을 들었다. 책 위에 못을 놓고 책 밑에는 자전거 발전기에서 얻은 자석으로 휘저었다. 책 위에 있는 못이 맘대로 움직였다.

"이건 엄청나게 좋은 거죠?"

"그래. 그거 어디서 났지?"

목걸이와 팔찌를 하나도 팔지 못하고 마을을 떠났다. 이상한 것은 자석 목걸이나 콩가루 약이나 사용한 분들은 그래도 약효가 좋다고 하였다.

마을에 만병통치약과 자석 바람이 불고 지나갔다.

얼마 있다가 희순이 엄마는 각종 생활도구를 자랑하려고 회관으로 마을 사람들을 모이게 했다. 자신이 산 물건을 늘어놓았다. 전부 집에서 필요한 물건들이었다. 쌀 씻을 함지박, 김치 담글 고무 대야, 각종 대야와 바구니 등이 있었다. 20여 종류는 넘을 용기들을 보여 주었다.

"이게 전부 해서 이만 원어치에요."

"전부 다 해서?"

희순이 엄마는 의기양양해서,

"처음에 이만 원만 내면 이거 다 가져가고 그다음부터 사람을 소개해주면 소개할 때마다 하나씩 공짜로 줘요."

"어차피 있어야 할 물건이니 처음엔 돈을 내고 사고 그다음부터 사람만 소개해주면 소개한 사람에게 공짜로 주어요. 그 소개해준 사람이 또 다른 사람을 소개해주면 맨 처음 소개해준 사람에게는 계속 물건을 주어요."

"그럼 일찍 시작한 사람은 가만히 앉아서 돈 버는 거네?"

"그러니까 얼른 시작한 사람이 제일 좋지요."

너도나도 시작하겠다고 하였다. 우리 엄마는 그 돈도 없어서 못 했다. 만약 돈이 있었다면 엄마도 하였을 것이었다.

얼마 안 있어 마을 사람들 대부분이 시작했다. 문제는 마을 사람들이 거의 전부 하다 보니 소개해줄 사람이 없어졌다는 사실이었다. 처음에 거의 쌀 한 가마니 값에 해당하는 물건을 사고는 그다음부터 사람을 소개하면 공짜로 얻을 수 있다고 했는데 소개해줄 사람이 없어진 것이었다. 어떤 집은 공짜를 얻기 위해 자기 딸을 소개해주기도 하였다. 공짜로 고무 그릇 하나 얻는데 결국 딸은 쌀 한 가마니 값을 내야 했다. 비싸게 사긴 했어도 전혀 쓸모없는 것은 아니라는 사실을 적으나마 위안으로 삼았다. 없어지는 것이 아니고 집에서 사용하면 되니 크게 손해는 아니라고 애써 서로를 위안했다.

집마다 플라스틱이나 고무 양동이, 대야 등을 골고루 사고 끝이 났다.

이런 일에는 희순이 엄마가 제일 빨랐다. 어디서 이상한 것은 다 알아서 마을 사람들 전부 사게 하였다. 지나고 나면 희순이네는 공짜로 생기는 것이 많았다. 이번에도 내 돈보다도 더 많이 번 집은 희순이네뿐이었다. 그래서 마을 사람들과 말싸움이 잦았다.

"나 이거 돈으로 다시 바꿔줘!"

"나한테 돈 준거 아니잖아?"

"희순이 엄마가 공짜로 준다고 그러지 않았어?"

"내가 언제? 그 사람들이 준다고 했지 내가 준다고 했어? 내가 돈 받은 적도 없잖아!"

그런데 마을에서 희순이네 살림살이가 제일 힘든 편이었다.

희순이 위로 오빠가 두 명이 있고 언니가 한 명 있었다. 위로 큰 누나와 형은 초등학교만 졸업하고 1년 정도 놀다가 둘 다 공장에 취직하였다. 중학교에 못 보내는 집은 희순이네가 유일하였다.

내가 희순이네 집에 놀러 가면 희순이 엄마는 꼭 밥을 먹고 가라고 챙겨 줬다. 같이 밥을 먹자고 수저를 상에 놓으면 쌀 한 톨 보이지 않는 보리밥이었다. 우리 집만 못 사는 줄 알았는데 그렇지만도 않은 모양이었다. 김치만 두 개 정도 있는 상에 맛있게 먹으라고 숟가락을 쥐여주면 없는 밥을 내가 먹는 거 같았다.

동산에서 놀다가 보면 희순이 언니가 힘없이 터덜터덜 오는 모습을 종종 볼 수 있었다.

"누나 어디 갔다 와?"

"회사에서 일 끝나고 오는 거야."

목소리에도 힘이 없었다.

"어디 아파?"

"배가 고파서 그래."

희순이네 가족들의 얼굴이 검은 편이었는데 희순이 언니는 특히 더 검었다.

◇◇◇◇

그 해 전국적으로 독감이 유행했다. 나도 아파서 일주일 이상을 누워 있었다. 이 감기는 온몸이 아프고 열이 많이 났다. 엄마는 찬 물수건을 연거푸 머리에 얹어놓고 열을 떨어뜨렸다. 병원의 약도 소용없었다. 너무 독한 감기였다. 우리 집에서 내가 다 나을 무렵 어린 동생의 열이 높이 올라갔다. 동생은 경끼를 해서 까무러치고 한동안 숨을 쉬지 않았다. 병원에 가서 약을 타 왔지만 아무런 효과가 없었다. 나흘을 버티지 못하였다.

동생을 아버지가 안고 다시 병원에 가신 것이 마지막이었다.

엄마는 마루에 앉아 먼 산이나 구름을 자주 바라보았다. 아버지는 계속 일을 다니셨고 어머니는 밥을 거의 드시지 않으셨다.

학교에서 돌아오면 엄마는 마루에 앉아 꽃이 없는 정원만 계속 보던가 먼 산을 마냥 보았다.

"엄마! 학교 다녀왔습니다."

대답이 없다.

"학교 다녀왔습니다!"

"그래."

"엄마 점심 드셨어요?"

"먹었다. 너나 먹어라."

힘없이 내뱉는 엄마의 말에 더는 묻지 못할 위압감이 있었다.

부엌에는 그저께부터 먹던 찬 김치찌개가 국물이 자작자작하게 있고 김치 건더기가 몇 조각 붙어 있었다. 김치찌개 국물에 밥을 말아 부엌에서 서서 먹었다. 엄마를 방해하지 않으려 수저 소리를 죽여 가며 김치찌개로만 밥을 먹었다.

마루에 앉은 엄마는 내 입가에 빨간 고춧가루가 붙어도 떼어주지 않았다. 메리의 머리를 계속 쓰다듬다가 몸통이나 엉덩이를 계속 쓰다듬었다. 메리를 보지도 않고 쓰다듬었다. 메리는 그래도 좋은지 꼬리를 계속 흔들어 대었다. 엄마는 메리가 계속 꼬리를 흔들었다는 것도 모를 것이다. 엄마는 일도 하지 않고 먹지도 않았다. 먹었다고 하지만 밥이 그대로였다. 혼자 웃기도 하고 울기도 하였다. 그렇게 열흘이 지나자 말없이 일을 나가셨다. 전처럼 웃지 않으시고 나를 봐도 많이 반가워하지 않으셨다. 어떤 날은 너무 반가워하시고 안아 주셨다. 엄마가 일을 나가시면서 마루에 앉아 있는 엄마는 보지 않을 수 있었다. 말이 없는 엄마를 보는 것은 내게도 힘든 일이었다.

내 동생만 아픈 것이 아니었다. 희순이 언니와 나와 같은 나이인 미화도 아팠다. 마을에서 아팠던 사람은 많았다. 집마다 어른이나 아이 할 것 없이 아팠다. 그중에 늘 힘없이 다니던 희순이 언니와 미화는 다시 일어나지 못하였다. 마을에 웃음이 이처럼 오랫동안 사라진 적은 없었다. 웃을 일이 있어도 피했고 웃음이 나도 옆에 누군가 있으면 웃음을 그쳤다.

마을에 다시 약장수가 나타났다. 건강에 좋다는 약을 무료로 준다고 아침부터 선전하고 다녔다. 마을 회관 앞마당에서 원숭이 공연도 있다고 하였다. 나보다도 어린아이들 대여섯 명만 오고 어른들은 한 명도 오지 않았다. 오후에 다시 마을을 돌며 선전하고 저녁에 원숭이 공연을 보러 오라고 하였다. 저녁을 먹고 오기만 하여도 무료로 약을 준다고 하고 선착순으로 몇 명에게 비누를 준다고 하였다.

마을 회관에 아무도 모이지 않았다. 우리 마을에 약장수는 더는 오지 않았다.

두
더
지
와   할
      머
      니

주인집에는 평소 할머니만 계셨다. 큰아들과 큰 누나는 결혼하였고 둘째 누나는 버스 안내원으로 기숙사에서 생활하였다. 집에는 막내 누나와 할머니만 계셨는데 막내 누나는 직업은 없지만 늘 바쁘게 다녔다. 나중에는 막내 누나도 둘째 누나가 소개해서 버스 안내원을 하였다. 할머니는 4남매를 낳고 남편과 사별한 후 재혼을 했었다. 재혼한 남편이 돌아가시고 파주에 혼자 사시다가 큰아들이 이곳에서 사시라고 모셔왔다. 큰아들은 군청 공무원이라는데 높은 분이라고 하였다. 좋으신 분이라고 어른들의 칭찬하는 소리가 많았다. 큰아들은 집이 수원에 있었고 주말을 이용해서 한 달에 한 번 정도 전 가족을 데리고 와서 하룻밤씩 자고 갔다. 아주머니는 깍쟁이 같았는데 여러 번 보니 꼭 그렇지만은 않았다. 엄마와 같이 이야기하는 날이 많았다. 목소리는 가늘고 옷도 예쁜 옷을 입고 다녔다. 처음에는 마을 사람들이 시골에 오면서 놀러 오는 차림새라고 말들이 많았다. 엄마는 그분도 좋은 사람이라고 말하였다. 이 아줌마는 남편 자랑도 잘했다. 남편이 몸이 안 좋은 자신을 위해 고기를 사다가 요리를 해준 이야기를 하면서 엄마와 깔깔대고 웃었다.

'왜 저렇게 좋아들 하실까?'

듣지 못한 강철이 엄마를 비롯하여 아주머니들이 여럿이 있는 데서 다시 이야기하셨다.

"내가 몸이 안 좋아서 며칠 누워 있는데 애 아빠가 소고기를 사왔어요. 부엌에 두라고 했더니 본인이 직접 요리를 하겠다는 거예요. 밥 한 번도 안 하던 분이 요리한다고 해서 말렸죠. 내가 하겠다고 해도 나를 부엌에 얼씬도 못하게 하고 본인이 직접 고기를 삶아 왔어요. 그런데 접시에 담긴 고기가 단무지처럼 동글동글하고 가운데 작은 구멍이 있는 거예요. 이게 뭐냐고 물어도 바로 대답은 하지 않고 몸에 좋은 것이라고만 하셔요. 소고기가 맞는다고 어서 먹으라고만 하잖아요. 소고기 어디 부위냐고 물어도 몸에 아주 좋다고만 하고……. 그런데 그 고기가 먹을수록 쫀득쫀득하고 아주 맛있었어요. 맛있다고 하니까 한 접시를 더 삶아서 주셔서 두 접시를 혼자 들기름하고 소금에 찍어 먹었지요. 다 먹고 나니까…… 호호호호."

말을 다 하지 못하고 손을 입으로 가리고 웃어 댔다. 계속 혼자 얼

굴이 벌게지도록 웃기만 하였다. 아주머니들은 멍하니 서로 얼굴만
쳐다보며 다음 말을 기다리고 있었다.

"그게 무슨 고기여?"

참다못한 어느 아주머니가 말을 하였다.

"아 글쎄 그게, 저, 황소 거기더라고요. '거시기' 있잖아요?"

아주머니들이 한바탕 웃어 재꼈지만 나는 무슨 말인지 전혀 알아
들을 수 없었다.

"그거 먹고 둘째 낳았잖아요."

"그게 효과가 있는가 봐요."

"첫째 낳고 몸이 약해서 둘째가 안 생기고 매일 방에 누워만 있었
는데 그거 먹고 둘째도 낳고 이제 몸도 많이 좋아졌어요. 여자한테
좋다는 말은 들었는데 직접 먹어보니까 정말 좋아요."

그러고 보니 누나와 동생 나이가 여섯 살 차이가 났다. 그 뒤로 종
종 사 먹는다고 친절하게 거시기 파는 정육점도 일러 주었다.

고기가 없어서 못 먹었다고 하지만 돈이 없어서 못 사 먹었다는 게
맞을 것 같다. 나는 고기를 먹어본 기억이 별로 없었다. 마을 잔치나
가을 시제를 지내는 집에서 얻어먹을 수 있었다. 엄마가 큰 맘 먹고
사오는 날만 맛볼 수 있었다. 먹는 고기가 어디 부위인지는 중요하지
않았다. 소고기인지 돼지고기인지 구분할 수 없었다. 닭은 가끔 먹었
다. 집에서 병아리를 사다가 키워서 어느 정도 크면 어머니가 직접 잡
아 주셨다. 닭털은 뜨거운 물을 부어 엄마와 같이 뽑았다. 그것도 자
주 있는 일은 아니었다. 닭이 커야 하고 일부는 팔아야 하고 일부는

알을 낳게 해야 했다. 벼농사를 짓는 집은 쌀겨라도 있지만, 농사를 짓지 않는 집에서 닭을 키우기가 쉬운 일은 아니었다. 어머니는 아카시아 잎을 따다가 잘게 썰어서 닭에게 먹였다. 쌀겨를 얻기도 하고 사기도 하면서 닭을 키웠다. 또 밖에 내다 키우면 닭들이 돌아다니며 벌레도 잡아먹고 땅에 떨어진 풀씨도 먹으면서 스스로 컸다. 우리 집엔 외양간이 없어서 화장실_{변소} 옆에 나무로 작은 닭장을 만들어 거기다 키웠다.

이 닭장에 닭을 다 팔고 팔리지 않는 닭 한 마리하고 오리 한 마리를 키운 적이 있었다. 오리와 닭을 닭장에 같이 키우게 되었다. 오리 새끼 한 마리가 들어와 금방 죽을 거 같더니 계속 살아 있었다. 아버지는 닭장 밑에 오리가 쉴 수 있도록 판자를 길게 가로질러 놓았다. 닭은 오리 위에 조금 굵은 나뭇가지로 드물게 설치하여 닭똥이 밑으로 빠지게 되어 있었다. 오리는 발바닥이 넓어 닭처럼 나뭇가지에 서질 못하였다. 닭과 같이 있질 못하였기 때문에 닭 밑에 따로 있게 하였다. 어느 날부터인지 이들 둘이 항상 붙어 다녔다. 아침에 닭장을 열어 놓으면 닭은 3층에서, 오리는 2층에서 기어 나왔다. 1층은 오리와 닭의 똥이 쌓이는 곳이었다. 둘은 같이 물가로 가서 놀았는데 오리는 물 깊은 곳으로 가지 않았다. 물가에서만 헤엄치고 놀고 닭도 물가 오리 있는 데서만 놀았다. 저녁이면 둘이 같이 들어와 닭장 앞에 기다리고 있었다. 문을 열어 주면 오리는 2층으로 닭은 3층으로 들어갔다. 마을에서는 유명해서 애들과 어른들이 일부러 구경을 자주 왔다. 병든 것처럼 보이던 닭도 오리도 점점 건강해져서 토실토실 살이 올랐다. 엄마는 이들을 팔려고 했는데 내가 온종일 울고 나서 계속 집에 있게 했다.

그 해 겨울방학 중 할머니 집에 갔다 온 사이에 둘이 없어졌다. 얼어서 죽었다고 했다. 둘이 붙어만 있었어도 추워서 죽지는 않았을 거란 생각이 들었다. 걔네는 진짜로 친구가 아니었다. 정말 친구라면 서로 따뜻하게 해주었을 텐데,

혹시 '엄마가 잡아먹었나?'

주인아저씨네 자식은 딸만 둘인데 나보다 나이 많은 누나 한 명과 나보다 한 살 어린 동생이 있었다. 누나는 착하고 좋은데 동생은 성질이 못되어서 무슨 일만 하면 할머니나 우리 엄마에게 다 일러바쳤다. 어디 갈 때도 떼어놓고 가려면 꼭 끼어 달라고 하고선 가서 무슨 일을 했는지 낱낱이 일러바치는 애였다. 우리끼리 놀려고 눈짓을 하고 살며시 나가면 눈치는 빨라서 어느새 쫓아와 옆에 있었다. 누나는 엄청나게 착한데 눈치가 별로 없었다. 동생보다도 모든 것이 둔했다. 가끔 놀러 오면 우리끼리 산에 올라가 비둘기 알도 구경하고 꿩을 쫓아다니기도 했다. 비둘기는 낮은 소나무에 접시처럼 납작하게 생긴 어설픈 집을 짓고 두 개의 알을 낳았다. 잔 나뭇가지를 대충 쑤셔 넣어 만든 것처럼 생긴 집을 높지 않은 곳에 지었다. 우리는 하얀 알을 꺼내 보고 다시 제자리에 놓았다. 잘 자라라고 주문을 외우고 산속을 뛰어다

녔다. 진달래꽃은 먹을 수 있다고 해서 먹어 보았다. 샐비어 꽃의 꿀처럼 단맛은 없었다. 셋이 같이 잘 놀고선 동생은 저만 떼어놓고 다녔다는 거짓말부터, 보지도 않은 뱀을 봤다는 거짓말도 서슴지 않고 하였다. 그러면 어른들은 우리를 나무랐다. 위험한 곳을 다녔다고 우리만 꾸중을 들었다. 다음에는 떼어놓고 다니자고 누나와 다짐해도 어떻게 하다 보면 동생이 옆에 있었다. 우리만 간다고 따라오지 말라고 하면 이르겠다고 협박을 하였다. 어른들에게 거짓말이나 고자질하지 말라고 하면 그러겠다고 하고선 이르지 말라고 했다는 말까지 일렀다.

'나쁜 계집애!'

할머니는 거의 혼자 집에 계셨다. 걷는 것이 불편해서 어디 다니지도 않고 기껏해야 마당에서 꽃이나 나무 손보는 것이 전부였다. 방과 마루에서만 계셨다. 전에 결핵을 앓으셔서 다 나았다는데 아직도 기침을 거의 쉬지 않고 하셨다. 주무시다가도 일어나서 기침하고 다시 주무셨다. 조용하다 싶으면 '이제 할머니가 주무시는구나!' 알 정도였다. 엄마와 아버지는 내가 할머니 곁에 가까이 가는 것을 싫어하셨다. 두 분은 전에 결핵을 앓은 것이 완치되었는지 모르는 일이라고 하였다. 내게는 그냥 할머니 귀찮아하시니까 가까이 가지 말라고만 하였다. 아프지는 않으신 것이 분명 하였다. 아프시다면 큰아들이 약이라도 사 가지고 오던지 병원에 모시고 다닐 텐데 그런 일은 전혀 없었다. 늘 마루에 앉아서 쉰 목소리로 말씀하셨다. 엄마는 늙으면 잔소리가 심해진다고 투덜거리고 며느리 이야기가 맞는다고 하였다. 수원 아주머니는 할머니 잔소리가 너무 심해서 같이 못살고 따로 산다고 했는데 이제는 엄마도 아주머니 편이 된 모양이었다.

어느 날 할머니는 나를 불러 두더지를 잡아오라고 하셨다.
"두더지가 뭔데요?"
"두더지 몰라? 땅속에 땅 파고 다니는 거."
"아! 그게 두더지에요?"
"그래! 그거 잡아오면 할머니가 과자 사 주마"
"두더지는 안 물어요?"
"두더지는 어두운 데 살기 때문에 밝은 곳에 있으면 꼼짝 못 해."
두더지가 지나간 길은 본 적이 있지만, 두더지를 직접 본 적은 없었다. 밭에 봉긋하게 튀어나온 길이 연이어 있으면 아버지는,
"두더지 요놈들이 또 땅 파났네."
이러셨다. 그런데 할머니가 그 두더지를 나보고 잡아오라고 하신다.
'그걸 어떻게 잡지?'
강근이 형에게 도움을 요청하였다.
"형! 두더지 잡으러 가자!"
"할머니가 잡아오라고 하셨지?"
할머니는 이미 강근이 형에게도 이야기해 두었다. 강철이랑 우리는 두더지잡이를 떠났다. 할머니는 나에게 과자를 사 준다고 하고 강근이 형에게는 돈을 준다고 하였다. 우리는 모두 강근이 형이 잡은 것

으로 하고 돈을 받자고 하였다. 그 돈으로 우리가 사 먹고 싶은 것을 사 먹자고 하였다.

강근이 형과 우리는 각자 삽을 한 자루씩 들고 밭으로 나갔다. 강근이 형은 우리가 늘 보아왔던 땅 위로 솟아 있던 두더지 길이 정말 땅속에선 두더지가 다니는 길이라고 일러 주었다. 두더지는 땅속이 단단하니까 길을 파두고 그 길로 다닌다고 하였다.

"형! 두더지가 안 물을까?"

두더지를 본 적도 없는 데다가 우선 나를 공격하면 어쩌나 걱정이 앞섰다.

"형이 잡을 테니까 시키는 대로 하면 돼."

"두더지가 형한테 안가고 나한테 오면?"

"내가 옆에 있을게. 삽으로 나에게 밀어."

"어떻게 생겼어?"

"나도 몰라."

"형도 못 봤어?"

"어려서 내 앞을 지나가는 것을 본 적이 있는데 그 뒤로는 없어. 빨리 지나가서 잘못 봤어."

"그럼 그게 두더지인지 어떻게 알았어?"

"두더지 같이 생겼어."

우리의 대장 강근이 형도 두더지를 보지 못한 모양이었다. 조금은 두려웠다. 그래도 강근이 형이 같이 있어서 안심이었다. 형이 시키는 대로 하였다.

우선 두더지가 있을 만한 곳에 삽을 박아 두더지 길을 막았다. 두더지가 파 놓은 길을 삽 쪽으로 두 발로 보리밥 밟는 것처럼 밟으면서 갔다.

"없어!"

두더지 길은 많이 있었지만 좀처럼 나타나지 않았다. 아마도 한 마리가 많은 길을 만들어 놓은 모양이었다.

"형! 정말 두더지가 나타날까?"

"잘 몰라."

그래도 형이 하자는 대로 보이지 않는 땅속에 두더지가 있을 것으로 생각하고 두더지 몰이를 계속 하였다.

뭔가가 땅속에서 튀어나왔다.

"두더지다!"

검은색 같기도 하고 갈색 같기도 한 두더지가 재빠르게 우리의 포위를 벗어났다. 큰 쥐만 하였다. 강근이 형은 무척 아쉬워하였다. 그래도 두더지가 있는 것은 사실이고 우리를 보고 달려들지 않고 도망가는 것이 위험은 없어 보였다. 할머니는 밝은 곳에서 두더지가 꼼짝도 못 한다고 하셨지만 잘 뛰어다녔다. 할머니도 두더지를 못 보신 모양이었다.

다시 힘을 내고 두더지를 몰았다. 다시 한 마리가 나타나자 이번에는 강근이 형이 삽으로 때려잡았다. 그렇게 두 마리를 잡아왔다. 처음 보는 두더지이기에 볼수록 신기하게 생겼다.

"두더지는 눈이 없어서 앞을 못 본다!"

그래도 강근이 형은 아는 게 많았다.

"그러면 어떻게 다녀?"

"땅속이라서 어차피 보이지도 않아."

"여기 눈이 있는데? 코딱지만 하지만."

할머니는 정말 강근이 형에게 돈을 주었다. 강근이 형은 과자를 사서 우리와 나눠 먹었다.

'그런데 할머니는 두더지로 뭐하시려는 것일까?'

과자를 빨아 먹으며 집으로 들어갔다. 할머니가 부엌에서 나를 불렀다. 할머니는 솥 안에 무엇인지 삶고 계셨다.

"이게 뭐예요?"

"고기야!"

고기란 말에 정신이 번쩍 들었다.

"이거 한 점 먹어 볼래?"

육류는 거의 먹어보지 못하였는데 할머니가 고기를 주겠다고 하셨다.

"근데 조금밖에 없어요?"

"그러니 한 점만 먹어."

할머니는 솥에 있는 고기를 손으로 뜯어서 먹여 주었다.

"어때?"

"맛있어요."

"한 점 더 먹어라."

질근질근 씹어 먹었다.

저녁에 어머니는,

"너 두더지 고기 먹었어?"

"아니."

"할머니가 그러시던데?"

"할머니가 고기 먹으라고 해서 두 번 먹었는데 두더지는 안 먹었어."

그렇게 두더지 고기는 나와 할머니가 먹었다.

그날 밤에 어머니와 아버지가 하시는 말씀을 들었다.

"폐병이 계속 있나 봐요."

"폐에 두더지가 좋다고 두더지를 잡아먹잖아요. 정수도 두더지 고기 한 점 먹었다는데요?"

"정수가 먹었어?"

"무슨 고기인지 모르고 먹인 모양인데 맛있다고 했다는데요."

"기침에 좋다더구먼."

"그래도 어떻게 두더지를 먹어요?"

"정수도 맛있게 먹었다잖아."

"애가 고기를 못 먹어서 아무 고기나 맛있다고 하나 봐요."

"내일 빚을 내서라도 고기 좀 사와 봐."

"쌀도 떨어져 없는데요."

"보리쌀하고 돼지고기 한 근이라도 사오지. 정수만 쌀밥 먹이고 우리는 보리밥 먹으면 되지."

'내가 먹은 것이 두더지 고기?'

다음 날 돼지고기를 먹을 수 있었다. 엄마와 아빠는 김치찌개 속에 숨겨진 고기를 연신 건져서 내 숟가락 위에 얹어 놓았다.

"엄마 아빠는 왜 안 드세요?"

"안 먹어도 배부르다. 너 어서 먹어."

"그래도 같이 먹어요."

한 점씩, 딱 한 점씩 내가 싫어하는 비계를 드시고는 여전히 나만 먹이셨다.

"아빠 두더지는 나빠? 할머니가 그러시던데."

"밭에 심어 놓은 것을 파헤치니까 그렇지."

좋은 것과 나쁜 것의 기준은 우리에게 해를 끼치면 나쁜 것이고 이익을 주면 좋은 것이었다. 꿩도 나빴다. 콩을 심어 놓으면 바로 파먹는다고 어머니가 성화를 내었다.

학교에서는 내년부터 학교에서 꿩을 키우겠다고 꿩 알을 구해오라고 하였다. 그것도 확인하여 수정된 것이어야 한다고 했다. 꿩 알 하나에 이백 원을 주었다. 보통 꿩은 알을 많이는 열 개도 한 곳에 낳으니까 이천 원을 벌 수도 있었다. 농협에 전시된 자전거에는 24,000원으로 쓰여 있었다. 쌀 한 가마니에 25,000원 정도이니 자전거 한 대가 쌀 한 가마니 값 정도 되었다. 꿩 알을 열두 번 주우면 자전거도 살 수 있었다. 학교에서 정문을 통과해서 하교하면 조금 멀긴 하지만 그곳에 농협이 있었다. 무얼 하는 곳인지는 모르지만 내가 갖고 싶은 자전거가 유리 안에 있었다. 24,000원.

'그 돈만 있으면 자전거를 타고 등하교할 수 있을 텐데.'

집에 있으면 '꿩! 꿩!' 하고 산속에서 나는 꿩 소리는 들리는데 정작 꿩 알은 찾을 수 없었다. 우리 반에 경숙이가 꿩 알을 가져와서 돈을 받아갔다. 보리밭을 베다가 밭에서 발견했다고 했다. 전에 같으면 집에서 삶아 먹었을 것이라고 했다. 경숙이네 밭은 커서 해마다 꿩 알을 줍는다고 자랑이었다. 나는 한 번도 꿩 알은 주워 본 적이 없었다.

학교에서 집으로 갈 때엔 학교 뒷문으로 가는 편이 조금이라도 더 빨랐지만, 자전거를 보기 위해 정문으로 하교하였다. 쌀 한 가마니는 고사하고 어머니는 쌀을 한 되, 돈이 조금 더 있으면 한 말씩 사서 먹고 있었다. 그런데 쌀 한 가마니 값을 주고 자전거를 사줄 상황이 아니라는 것은 내가 잘 알기에 사 달라고는 하지 않았다.

'자전거 타고 다니다 죽는 것보다 먹어야 사니까.'

나는 꿩 알을 찾기 위해 꿩을 찾아다녔고 엄마는 밭에 심어 놓은 씨앗을 파먹는 꿩을 쫓기 위해 꿩을 쫓아다녔다.

난 소득이 없었고 방법도 없었지만, 어머니는 어른이라서 달랐다. 우리 밭에 꿩 잡을 덫을 설치하셨다. 집에 있던 쥐덫을 설치하고 덫을 흙으로 덮었다. 꿩이 힘이 세니까 덫을 달고 날아갈 수 있다고 옆에 말뚝을 박고 끈으로 쥐덫을 묶어 놓았다. 꿩이 이것을 보면 오지 않는다고 끈이나 말뚝도 전부 흙을 살짝 덮어 보이지 않게 하였다. 덫 중앙에는 콩을 몇 알 떨어뜨려 놓았다. 나는 회의적이었다. 이 넓은 밭에 꿩이 이곳까지 와서 또 덫에 걸리려면 힘들겠다 싶었다.

어머니는 매일 덫을 확인하셨다. 콩만 먹고 갔다고 하는 날도 있고 덫이 닫혔는데 살짝 빠져나갔다고 하는 날도 있었다. 오기는 오는 모양이었다.

며칠 후에 꿩 우는 소리가 밭에서 우리 집까지 들려왔다. 엄마는 꿩이 잡힌 것 같다고 뛰어 나갔다. 나도 달려갔다. 꿩이 정말 잡혔다. 얼마나 발버둥을 쳤는지 발 하나가 으스러지려 하고 있었다. 나는 꿩을 받아 나머지 한 발을 묶어 두었다. 빈 닭장에 꿩을 두었지만, 물도 먹지 않았다.

"꿩하고 참새는 성질이 급해서 집에서 못 키워. 다른 새들하고는 달라."

아버지는 꿩이 집에서 잘 살지 못한다고 하셨다. 그래도 살리고 싶었다. 꿩이 좋아한다는 콩과 옥수수를 수북이 놔둬도 먹지 않았다.

그러다가 굶어 죽을 것 같았다. 꿩을 잡고 강제로 입을 벌렸다. 옥수수 한 알을 꿩 입에 넣고 주둥이를 잡으면 삼켰다. 그렇게라도 먹으면 살 것 같았다. 물도 그렇게 먹였다.

난 꿈에 부풀어 있었다.

'이것은 암꿩이다. 얘가 알은 낳으면 학교에 가져다 팔아야지. 그 돈으로 자전거도 사고……'

다음 날 꿩은 죽어 있었다. 아빠 말이 맞았다. 꿩은 알을 하나 낳고 죽어 있었다. 꿩 배에는 불은 콩과 옥수수가 잔뜩 있었다. 어머니는 닭을 요리하는 것처럼 꿩도 그렇게 요리를 하셨다. 꿩의 몸 안에는 나선형으로 큰 알부터 아주 작은 알까지 순서대로 10여 개가 있었다.

자전거를 살 꿈은 날아갔지만 '꿩 먹고 알'도 먹었다.

야
간
열
차
로

남
원
가
는
길

학교에서 돌아와 집에 아무도 없을 줄 알았는데 아버지 목소리가 들렸다. 이 시간은 아버지가 일하시는 시간이었다. 집에 누가 있으면 엄마가 있어야 했다. 아버지 말고 또 다른 아저씨 목소리도 들렸다.

"학교 다녀왔습니다!"

"어서 들어와라!"

낯선 아저씨는 나를 가리키며,

"야가 정수야? 많이 컸네."

아버지는 절을 하라고 하셨다.

"고모부와 작은 아버지시다."

누군지는 모르지만, 친척이라는 것만 어렴풋이 느껴졌다.

"작은아버지는 아빠의 동생이야."

"예."

"고놈 참 똑똑하게 생겼네?"

"나가서 놀아라!"

아버지가 나가라고 하셨다. 방문 밖으로 아버지와 아저씨들의 말이 흘러나왔다.

"형님 여기서 이렇게 고생하는 것보다 집에 오시는 것이 낫지 않겠어요?"

"그럼 그게 백배 낫지. 땅이라도 서로 조금씩 떼어 주면 여기보다 낫겠지. 어머니 아버지도 언제 돌아가실 줄 모르고······"

'어머니'라는 한마디에 아버지의 울먹이는 소리가 방문 밖에까지 들렸다.

"난 불효 자식이야! 먹고살게 있어야 가지. 가서 불란 만 일어나면 여기 있느니만 못하지."

작은아버지와 고모부는 엄마를 보고 그날 밤 바로 떠나셨다. 두 분이 떠난 뒤로 아버지와 엄마는 심각한 이야기를 계속 주고받으셨다. 그것이 몇 달은 되어 갔다. 심심하면,

'고향으로 가야 한다.'

'싫다.'

'그게 낫다.'

'별로 나을 것도 없다.'

고모부와 작은아버지가 다녀가신 뒤에 아버지는 남원 이야기를 종종 하셨다. 남원에 할아버지와 할머니가 계시고 친척들이 살고 계시다고 하셨다. 처음 듣는 아버지 어렸을 적 이야기도 하셨다.

그해 겨울방학 때 아버지는 남원을 가시겠다고 하였다. 아버지 고향에 가서도 살만한지, 먹고살 만한 땅은 확보되는지 알아보러 가시는 길이었다.

엄마는 아버지 편에 나도 같이 데려가 방학을 보내게 하셨다. 어딘지 모르지만, 여행을 간다는 사실에 기쁜 마음으로 같이 가겠다고 하였다.

겨울 방학이 시작되고 얼마 있다가 어머니가 짐을 싸주셨다. 며칠 동안 시골에서 지낼 옷가지와 칫솔 등을 챙겨 주셨다. 병점역에서 밤 11시에 남원 가는 기차가 있다고 하셨다. 저녁을 먹고 느지막이 아버지의 등에 업혀서 역으로 갔다. 추위가 느껴지는 겨울밤이었다. 병점역에는 우리밖에 없었다. 작은 연탄난로가 하나 있어 아버지와 내가 난로를 차지하고 있었다. 아버지는 완행 열차표를 끊었다. 완행은 가격이 쌌지만 모든 기차역에 정차하고 급행은 큰 역에만 정차하는데 기차푯값이 비쌌다. 그것이 무엇을 뜻하는지 모르고 아버지의 설명만 들었다. 기차가 오기 20분 전부터 타는 곳에 나가서 기다렸다. 역무원이 천천히 나가도 된다고 하였지만, 아버지는 혹시나 놓치면 큰일이라고 미리 가서 준비하였다.

어두운 등불이 기찻길 선로를 비추고 있었다. 아버지는 기차를 처음 타보는 나에게 이것저것 설명을 하셨다. 기차는 운전대가 없다는 이야기도 하고 선로나 바퀴가 쇠로 되어있다는 이야기도 하셨다.

　우리가 탈 기차가 오려면 시간이 있는데 기차가 도착한다는 방송이 나왔다. 아버지는 서울로 올라가는 기차라고 하셨다. 우리가 탈 기차는 반대편에서 와야 한다고 표지판을 짚어가며 설명하셨다. 그리곤 화장실을 다녀오시겠다고 역사로 들어가셨다. 그대로 있으라고 신신당부를 하셨고 커다란 우리 보따리도 긴 나무 의자에 있었다. 나는 우리 보따리를 지키는 임무가 있었다. 사람도 한 명 없는데 그 옆에서 우두커니 지키고 서 있었다.
　곧이어 생전 처음 보는 기차가 들어왔다. 멀리서 보면 아주 작게 보였는데 가까이 오니 엄청 크다고 생각했다. 내가 서 있는 곳을 지나쳐 가다가 수증기를 내뿜으며 멈춰 섰다.
　'누가 내릴까?'
　아무도 없었다.
　'아무도 안 내리는데 왜 서지?'
　아버지 말씀대로 기차 바퀴를 보니 그것도 엄청나게 컸다. 기차 구경을 하고 있었다.
　회색 반코트를 입으신 할머니 한 분이 허리가 완전히 굽어진 상태로 지팡이를 힘겹게 집고 오고 계셨다. 게다가 한 손에는 보따리도 들고 계셨다.

"할머니 제가 들어다 드릴게요."

"괜찮아."

그러면서도 내가 보따리를 들자 넘겨주셨다. 나는 할머니의 무겁지 않은 보따리를 받아 들었다.

겨울 방학에 해야 할 일 중 가장 큰 것 하나는 일기를 쓰는 것이었다. 매일 거의 같은 일만 반복하는 상황에서 무슨 특별한 일이라도 있는 날에는 일기를 쓰기가 쉬워졌다. 할머니 짐을 들어다 드린다면 하루 일기는 충분했다.

나는 씩씩하게 할머니보다 앞장서서 걸었다. 어느새 할머니 보다 대여섯 걸음 앞서게 되었다. 할머니는 내게 계속 무어라 하셨는데 기어 들어 가는 목소리여서 잘 들리지 않았다. 아마도 나한테 미안하다는 말일 것으로 생각하였다. 얼른 보따리를 들고 기차에 올라갔다. 기차에 오르는 기차 계단은 높은 편이었다. 할머니 짐을 먼저 계단에 올려놓았다. 뒤에서는 할머니가 계속 미안한지 뭐라 하면서 바쁘게 쫓아오셨다. 내가 기차에 오르려 하자,

"이리 줘!"

"이래 내놔!"

할머니의 목소리가 연속적으로 희미하게 들려왔다.

"할머니 괜찮아요. 천천히 오세요."

미소를 지으며 할머니를 안심시켰다. 내가 보따리를 들고 힘겹게 오르는 걸 본 기차 안의 아저씨 한 분이 보따리를 받았다.

"어휴 착하네."

"할머니 짐인데 안으로 넣어 주세요."

"오냐!"

나는 아저씨에게 짐을 맡겼다. 그리고 당당하게 승차장으로 뛰어내렸다.

"보따리, 보따리 어딨어?"

할머니는 작은 목소리로 헐떡이며 보따리를 찾았다. 펴지지 않는 허리를 펴느라 주저앉다시피 하셨다.

"할머니 걱정하지 마세요. 저기 아저씨가 안으로 들어다 주었어요. 얼른 타시면 돼요!"

조금 큰 소리로 할머니에게 이야기하고 할머니가 잘 타시도록 부축도 해드렸다. 여전히 할머니는 무어라고 중얼거렸지만 기차 소리에 묻혀 잘 들리지 않았다. 나는 우리 짐을 누가 가져갈까 봐 얼른 우리 짐이 있는 벤치로 뛰어갔다. 할머니가 힘겹게 기차에 오르는 것을 보며 뿌듯하였다. 착한 일을 했을 때의 기쁨이 이런 것이라는 것을 실감하였다. 기차는 곧 서울을 향해 출발하였다.

기차가 막 출발할 즈음 아버지가 오셨다.

"짐 잘 지키고 있었어?"

"예!"

우리 짐을 지키지 않고 다른 사람 보따리를 들어다 주었다면 야단맞을 것 같았다. 서울로 가는 기차가 출발하고 우리가 타야 할 하행선 기차는 연착되어 조금 더 늦는다고 방송되었다. 날씨는 더 쌀쌀해졌다. 아버지는 자신의 코트를 내게 머리부터 뒤집어씌워 주셨다.

기차가 조금씩 멀어져 갈 때 아저씨 한 분이 역사에서 헐레벌떡 뛰어 왔다.

"아저씨! 여기 어떤 할머니 못 봤어요?"

아버지에게 물었다.

"못 봤는데요."

"회색 반코트를 입고 허리는 완전히 굽으신 할머닌데요."

"방금 화장실 갔다 왔지만 아무도 못 봤어요."

"그럴 리가 없는데……"

얼굴엔 잔뜩 걱정스러운 표정을 지으며 할머니를 찾았다.

"아무도 없었어요. 왜 그러세요?"

"우리 어머니가 대전에서 이 기차를 타신다고 해서 연락받고 왔는데 안 내리셨나 봐요."

"그래요? 얼른 역에 가서 역무원에게 부탁해 보세요. 수원역에라도 내리게 하실 수 있을 겁니다."

"수원에 사는 동생에게 연락해 봐야겠어요. 연세가 있으시고 허리가 완전히 굽으셨는데 걱정이 많이 됩니다."

"얼른 가 보세요. 큰일은 없을 겁니다."

아저씨는 역 밖으로 달려나갔다.

'할머니는 왜 안 내리셨을까? 그 할머니가 그 할머니인가?'

야간 완행열차는 세상에 있는 모든 역에서 서는 열차였다. 사람 한 명이 내려도 서고 한 명이 타도 섰다. 타고 내리는 사람이 한 명도 없어도 역이 있으면 섰다. 이렇게 열두 시간이 넘도록 열차를 타고 가서 내리면 세상이 흔들거렸다. 큰 역에서는 조금 많이 쉬고 작은 역에서는 금방 떠났다. 완행열차도 좌석표가 있어야 자리에 앉을 수 있었다. 입석은 서서 가는 표인데 빈자리가 있으면 앉았다가 자기 자리를 주장하는 사람이 나타나면 일어서야 했다. 아버지는 빈자리를 찾아 앉았다. 나를 앉히려고 했지만, 사람이 많아 여의치 못했다. 엉거주춤 아버지 무릎에 기대어 앉았다. 아버지는 피곤하셨는지 금방 코를 골았다. 아버지에게 붙어 있는 것이 불편하였다. 나는 열차의 맨 뒤 자석 등받이 뒤와 열차의 문 옆 벽 사이에 빈 곳이 있는 것을 알았다. 그곳에 신문지를 깔고 들어가면 나 정도는 충분히 누울 공간이 나왔다. 그것도 누가 누워 있다가 자리가 나야 하는데 화장실을 다녀오다가 마침 내리는 손님의 자리를 차지하고 누웠다. 밤이 늦었고 열차 안은 건조했지만 뜨거웠다. 차창은 춥고 히터는 뜨거웠다. 눕자마자 아버지 코트를 뒤집어쓰고 잠이 들었다.

아버지는 잠에서 깨자 내가 없어진 것을 아셨다. 밤새도록 나를 찾아 헤매었다. 아버지는 열차 차장에게 내가 열차 안에서 실종되었다고 신고했다. 열차 내에서는 안내 방송이 나왔지만 나는 피곤해서 자느라 못 들었다. 차장과 아버지는 열차표를 일일이 확인하면서 전 열차를 돌아다니셨다. 자는 사람 중에 담요나 옷으로 덮인 아이는 전부 깨워 열차표 검사를 하였다. 열차 직원들이 전부 동원되어 나를 찾아 다녔다.

그러던 중 열차 차장이 나를 발견하였다. 시끄러워 눈을 뜨니 아버지가 나를 안고 있었다.

"왜 그러세요?"

"아니다. 어서 자라."

이리익산역에서는 열차가 정차하는 시간이 길었다. 새벽이 밝아오고 있었다. 아버지는 나를 데리고 가락국수를 먹자고 하였다. 열차에서부터 속이 메스꺼웠고 기어이 화장실에서 토했다. 열차에서 내려 찬 공기를 쐬면 좀 나을 거라고 하셨다. 열차에서 내리는 순간 속이 더 메스껍더니 배속의 모든 것을 토했다.

기차를 타고 내리는 승차장에는 한 명 정도가 들어갈 만한 유리 상자가 서 있었다. 가락국수 파는 매점이었다. 허리 정도까지는 스테인레스 철로 되어 있고 허리 윗부분은 유리로 되어 있었다. 의자도 없고 그릇 하나 올려놓을 정도의 폭에 옆으로 긴 간이 테이블이 매점을 빙 둘러 있었다. 대부분 사람은 서서 손으로 받쳐 들고 먹기도 하고 그 작은 테이블에 그릇을 얹어 놓고 서서 먹었다. 매점 안은 아저씨 혼자 사방으로 주문을 받고 사방으로 뚫어진 공간으로 음식 접시를 내었다. 매점 안에는 직사각형 모양의 철로 된 커다란 통에 많은 양의 육수가 항상 끓고 있었다. 기차가 서는 짧은 시간 안에 우동같이 굵은 면발의 국수를 주문받고, 내어 주고, 먹었다. 고춧가루와 단무지는 폭이 좁고 긴 테이블 한편에 준비되어 있어 먹을 만큼 먹을 수 있었다.

아버지는 따뜻한 국물을 먹으면 괜찮을 것이라고 하며 가락국수를 사 주셨다. 아버지는 국물 한 방울도 남기지 않고 다 드셨다. 나는 조금 목으로 넘기자마자 바로 토하여 먹을 수 없었다. 맵기까지 하여 결국 내 것까지 아버지가 다 드셨다.

'가락국수가 드시고 싶었나?'
아버지가 가락국수를 드시고 싶었을 것으로 생각했다.

기차 안에서도 여전히 토하여 화장실을 드나들었다. 잠이 들면서 조금 견딜 수 있었다.

남원역에 도착하여 찬 공기를 쏘이고 나서 조금 멀미가 가라앉은 것 같았다. 아버지는 아침을 먹이려 김치 국밥집을 데리고 가셨다. 작고 허름한 식당이었다. 나무로 된 가늘고 긴 의자가 울퉁불퉁한 맨땅에 놓여있었다. 의자가 균형이 조금씩 맞지 않아 앉을 때마다 흔들렸다. 의자마저 흔들리니 다시 멀미가 나려고 했다. 그래도 먹어야 멀미를 하지 않는다고 하여 조금 먹어 보았다. 뜨거운 것을 조금씩 불어가며 한 숟가락을 먹어보았다. 손님은 우리뿐이었다. 주인은 내가 잘 못 먹자 찐 고구마를 주기도 하고 김치를 새로 썰어주면서 먹이려 하였다. 참으려 하는데도 기어이 그 한 숟가락 조금 먹은 것이 올라 왔다. 울컥하며 입에서 김치가 옆의 그릇으로 떨어졌다. 입을 틀어막고 바로 화장실로 달려갔다. 아버지를 화장실에서 만났다. 화장실에서 토했지만 나올 것도 없었다. 다시 식당으로 왔다. 식당에는 아저씨 세 분이 새로 와서 앉아 있었다. 김치 국밥에 막걸리를 들고 계셨다. 아버지는 식당 주인에게 음식은 맛있는데 멀미를 심하게 해서 못 먹는다고 죄송하다고 하셨다. 주인아저씨는 가면서 먹으라고 찐 고구마 두 개를 싸서 주셨다.

새로 오신 아저씨들은 열띤 이야기를 하시며 막걸리를 드셨다.

그릇을 깨끗하게 비우시면서……

남원 읍내에서도 버스를 타고 가야 할머니, 할아버지가 계신다는 아버지 고향을 갈 수 있었다. 내가 아주 어렸을 때에 1년 정도 살았다고 하셨다. 기억을 더듬으면 오줌 싸서 옆집에 키를 쓰고 간 기억이 어렴풋이 났다. 너무 오줌이 마려워 참았다가 아무도 보지 않는 나무 밑에서 시원하게 오줌을 누고 나면 이불 속이었다. 나도 이불에 오줌을 누고 싶지는 않았는데 꿈과 현실이 구분되지 않았다. 이 세상 누가 자기 잠자는 이불에 오줌을 누고 싶어 하겠는가? 그것은 인간의 노력으로 되는 것이 아니라는 생각도 들었다. 야단맞는다고 해결되는 것도 아니었다.

나는 초등학교에 가서도 가끔 이불에 오줌을 쌌다. 엄마나 아버지는 처음엔 야단만 치다가 걱정을 하였다.

"아직도 오줌을 못 가리니 어디 아픈 거 아냐?"

아프다는 생각은 들지 않았다. 그저 꿈인지 모르지만, 분명히 오줌을 누어도 되는 환경이 되어서 누고 나면 이불이 있던 것뿐이었다. 키를 쓰고 옆집에 가면 또 왔느냐고 옆집 아주머니에게 꾸중 듣던 기억이 있었다.

남원에는 눈이 많이 내리고 있었다. 하루에 두 번 있는 버스가 눈이 와서 못 갈 수도 있다고 했다. 버스를 기다리는 승객은 적지 않았다. 버스 기사님은 갈 수 있는데 까지만 가고 더 못 가면 되돌아온다고 하고 출발했다. 버스는 운봉에서 멈추었다. 눈이 계속 내리고 길에는 눈이 쌓여 더는 버스가 갈 수 없었다. 운봉에서 오십 리 길을 더 가야 한다고 했다. 승객들은 전부 내려서 걸었다. 나는 아버지 발자국을 따라 걷다가 아버지가 업어주면 업혀 갔고 미안하면 내려 달라고 해서 걸어갔다. 아버지는 보따리를 하나 들고 있어서 나를 업기가 매우 불편하였다.

아버지의 코트로 머리부터 전신을 둘둘 말고 허리를 끈으로 묶었다. 아버지 코트가 무겁다는 사실과 코트의 옆이 터져있다는 것을 알았다. 두 눈으로 코트의 터진 곳을 이용해 밖을 보며 아버지 발자국을 따라 걸었다. 이 코트가 어디서 많이 본 것 같은 생각이 들었다.

생각이 났다. 강철이네 외양간 터진 곳에 바람 막으려고 둘러쌓은 낡은 검은색 코트가 떠올랐다. 지금 보니 아버지 코트와 똑같이 생겼다. 그래도 칭칭 동여매었더니 눈보라가 불어도 끄떡없이 걸을 수 있었다. 오히려 코트가 무거워 거추장스럽기도 하였다. 열심히 아버지를 따라가도 아버지는 저만치 앞에 있었다. 그러면 뛰어가서 따라잡고 다시 뒤처지면 다시 따라잡기를 반복하며 걸었다.

어느 정도 걷다 보니 우리만 걷고 있었다. 처음에 같이 출발한 다른 사람들은 어디로 갔는지 보이지 않았다. 바람이 없으면 좋겠는데 눈과 바람이 계속 불어 앞을 보기가 힘들었다. 간혹 그 중에도 지나가는 차가 있었다. 작은 트럭이 마주 왔다. 아버지는 나를 감싸고 길 한쪽으로 비켜 주었다. 트럭은 신경질적으로 경적을 울리며 논으로 들어갔다.

"아빠! 저 차는 왜 논으로 다녀?"

"앞이 안 보여서 빠진 모양이다."

트럭 운전기사는 차를 논에다 두고 우리와 같이 걸어갔다. 씩씩대던 그 아저씨도 걸음이 빨라서 우리를 앞질러 가버렸다. 한참 걸어서 마을이 보였다. 상점도 있고 식당도 보였다. 제법 큰 마을이었다. 그곳에서도 더 가야 해서 몸을 녹이고 가자고 식당에 들렀다.

식당에는 많은 사람이 눈을 피해 난롯불을 쬐고 있었다. 밥을 먹지 않아도 눈보라를 피하고 있었다. 나는 화장실을 가지 못해 화장실로 달려갔다. 추워도 오줌은 제때에 나왔다. 그 건물에서 화장실은 떨어져 있었다.

화장실의 위치에 대한 주인의 친절한 화살표 표시가 있어서 쉽게 찾을 수 있었다. 화장실 표지는 돼지우리를 향하고 있었다.

'돼지우리와 화장실이 무슨 관계가 있을까?'

돼지우리 옆으로 사다리가 놓여 있었다. 위층에 나무판자로 된 문이 있고 판자문에 '화장실'이라고 써 놓았다. 세 개의 계단을 올라가서 문을 살짝 열었다. 잘 안 열려 세게 잡아당겼다.

"문 닫아!"

"깜짝이야!"

처음 본 아주머니가 앉아 있었다. 손에는 끈으로 된 문고리를 잡고 계셨다. 끈을 잡고 볼일을 보아야 하는 모양이었다. 계단에서 떨어질 뻔하였다. 얼른 문을 닫고 내려왔다. 내가 화장실에 앉아 있는데 누가 문을 벌컥 열면 짜증 났던 일이 생각났다. 아주머니의 신경질적인 목소리가 충분히 이해되었다.

다시 계단을 올라가 다시 문을 열었다.

"죄송합니다!"

정중하게 인사를 하고 문을 닫아 드렸다.

문은 밖에서 잠글 수 있게 되어 있었다. 작은 나무토막의 가운데 못을 박아 나무토막을 돌려 문이 열리지 않게 만들어 놓았다. 평소에 늘 열려 있는 모양이었다.

밖에서 나무토막을 돌려 닫아 드렸다. 손을 놓아도 문이 열리지 않게.

남원 지리산 근교에도 화장실이 돼지우리 위층에 설치되어 있었다. 처음 본 화장실이었지만 할머니가 사시는 마을 대부분 이런 구조로 되어 있었다. 돼지우리 위층에 문을 달고 짚으로 이엉을 만들어 둘러 쌓았다. 밖에서는 이 층에 있는 창고처럼 보였다. 문제는 돼지 밥을 주는 입구에서 보면 사람의 앉아있는 아랫부분이 훤히 보인다는 사실이었다.

나는 아주머니가 나오시길 기다리며 돼지를 보았다. 돼지는 내게 왔다가 아주머니를 바라보았다가를 반복하였다.

"저리 가!"

화장실 안에서 아주머니가 소리치셨다. 그래서 쳐다보니 아주머니의 다리가 보였다. 다시 식당으로 가서 아버지에게,

"아빠! 화장실 못 가겠어."

"돼지가 무서워서 그렇구나? 괜찮아. 여기는 화장실이 다 그렇게 생겼다."

"나 다른 데서 쉬하면 안 돼?"

눈보라가 이는 밖의 한적한 곳에서 볼일을 보게 했다. 돼지우리 위의 화장실은 충격이었다. 처음엔 아무리 짐승이지만 돼지가 보고 있어서 도저히 볼일을 볼 수 없었다. 배가 아파 어쩔 수 없이 한두 번 가게 되면서부터 적응할 수 있었다.

아래에서 돼지가 고개를 들고 쳐다보면 처음 앉은 사람은 끔찍한 경험이다. 배탈이 나서 설사를 하게 되면 더 큰 일이었다. 돼지가 귀

를 털기 때문에 얼른 피해야 한다. 돼지 밥을 주러 오는 시간도 피해야 한다.

다행히도 고모네 집은 화장실이 두 개 있었다. 돼지우리 화장실도 있고 부엌에서 나온 재를 쌓아 두고 거기서 볼일을 보는 화장실이 있었다. 이 화장실은 볼일을 보고 난 뒤처리를 본인이 재를 덮어 잿더미에 던졌다. 나중에 거름으로 쓴다고 하였다. 재를 덮어 나무 삽으로 던져야 하는데 냄새가 적고 돼지가 없어 한결 나았다.

아버지와 함께 할아버지, 할머니를 뵌 것은 점심때가 지나서였다. 오랜만에 보는 손자라고 모든 반찬을 해주셨다. 할머니는,

"이 돼지, 마을에서 엊그제 잡은 돼지고기인데 맛있어. 여기 돼지가 맛있어. 많이 먹어라."

남원 지리산 자락의 한 마을이 할머니 할아버지가 사시는 곳이었다. 겨울에는 많은 눈이 내리는 곳이었다. 춥고 바람도 세게 불었다. 그러한 곳에서 적응한 마을 아이들은 춥다고 하는 사람도 없고 틈만 나면 놀러 다녔다. 경사진 보리밭에서 비닐 비료포대에 짚을 잔뜩 집어넣고 베개처럼 앉아서 눈썰매를 즐겼다. 내가 가기 전까지는 대부분 눈 위에서 즐기는 놀이를 많이 했다. 논은 많이 있었는데 물이 많이 없어서 얼음 위로 벼 뿌리 부위가 솟아올라 있었다. 나는 근처에서 제일 큰 논을 골랐다. 저녁에 그 논의 물꼬를 돌아 논에 물이 밖으로 나가지 못하게 하였다. 다음 날에는 논 전체가 물에 잠겨 언 것 같은 썰매장이 만들어졌다. 처음엔 논 주인이 누가 물을 댔느냐고 호통치며 물을 뺐지만 이제 마을 아이들은 논마다 돌아가며 물을 대서 썰매장을 만들었다. 이곳에서 썰매를 즐기다가 싫증이 나면 눈 위에서 대나무로 스키를 만들어 탔다. 그것도 싫증이 날 무렵에 정월 대보름이 아닌데도 마을은 '쥐불놀이'가 시작되었다.

사촌 형은 나와 같이 소나무에 붙어 있는 관솔과 솔방울을 구하려 다녔다. 사촌 형은 나보다 다섯 살이나 많은 큰 형이었다. 솔방울을 줍다가 없으면 직접 나무에 올라가 낫이나 긴 나무로 쳐서 나뭇가지에 붙은 솔방울을 땄다. 문제는 형과 가끔 의사소통이 되지 않았다.

"얼른 주워!"

"어디 떨어졌어?"

"거그 아래로 널쩌서 똑또구르 굴렀짜네?"

"어디 있다구?"

"한국놈이 한국말을 몬 알아 들어."

"어디 있는데?"

"저 짝에. 니 왼쪽 폴 옆으로."

관솔은 송진이 잔뜩 붙어 있어 불도 잘 붙고 오래 탔다. 알루미늄 깡통에 못으로 구멍을 내고 관솔과 솔방울을 넣으면 제일 좋은 쥐불놀이 통이 완성되었다.

쥐불놀이는 겨울 들판 논에서 밤마다 했다. 저녁을 먹고 각자 만든 깡통과 준비한 태울 것들을 들고 모였다. 짚으로 불을 붙이고 관솔과 솔방울을 넣어 구멍 난 깡통을 돌리면 커다란 불이 돌았다. 추우면 들판이라 짚을 태우기도 하고 나무를 태우기도 하였다. 나보다는 형들이 있고 들판이기 때문에 불이 날 염려도 없었다.

어느 날부턴가 멀리서도 쥐불놀이하는 것을 볼 수 있었다. 작은 불꽃이 원을 그리며 돌았다. 이틀은 서로 놀았는데 누구랄 것도 없이 이웃마을 아이들과 가까이 가서는 깡통을 던지며 싸움을 하였다. 금방이라도 다칠 것 같이 보이지만 지나고 나면 아무도 다친 사람은 없었다. 서로 무서워했던 것 같았다. 나같이 어린 애들은 뒤로 빠져 있었다. 불붙은 깡통을 불 채 던지면 서로 무서워서 도망가고 서로 이겼다고 함성을 질렀다. 나는 힘이 약해 던져도 앞에 떨어질 것이기에 뒤에서 구경만 하고 있었다. 좀처럼 깡통에 맞는 일은 없었다. 그런데 사촌 형은 나이가 많았고 몸집도 컸다. 자신만만하게 맨 앞에서 있다가 이웃마을 아이들이 던진 깡통에 맞았다. 몸에 맞았는데 불이 붙은 것은 아니고 옷이 까맣게 그을렸다. 형은 화가 많이 났다. 우리의 대장 격인 형의 자존심이 상했던 모양이었다.

"너 지금 전쟁인데 뭐 하고 있어? 너는 안 던져?"

사촌 형이 내게 소리를 질렀다. 서로 오합지졸로 깡통을 돌리다가 누가 한 명 앞에서 깡통을 던지면 그 마을 아이들도 몇 명이 던지고 서로 도망가기 바빴다. 그런데 사촌 형은 뒤에 있는 내게 깡통을 던지라고 하고 있었다. 내가 던지지 않는 것이 아니라 힘이 없어서 못 닐아가기 때문인데 형은 내게 화풀이를 하였다.

서로 일정한 간격을 두고 깡통을 던지기 직전에는 팽팽한 긴장감이 돌았다. 나는 형의 소리를 듣고 앞에서 깡통을 던지는 순간 나도 뒤에서 내 불붙은 깡통은 힘껏 던졌다. 날아가며 깡통 속의 관솔과 솔방울이 불붙은 채로 내 코앞에서 떨어졌다. 솔방울 하나는 사촌 형의 머리 위로 날아갔다. 사촌 형은 나일론으로 짠 털모자를 겨우내 쓰고 있었다. 머리 위에 방울이 달린 모자로 밖에 있을 때는 늘 그것을 쓰고 다녔다. 불붙은 작은 솔방울 하나가 사촌 형 털모자 위로 떨어졌다. 그다음은 보지 못하였다. 깡통을 던지고 전부 바로 뒤돌아 뛰어갔었다. 어느 정도 뛰어가다가 다들 멈추어 뒤를 돌아보았다. 이웃 마을 아이들도 자기 마을 쪽으로 달아나 있었다. 사촌 형의 털모자를 보았다. 털모자에서 연기가 나는 듯이 보였다. 털모자 밑에 한번 접은 부위에 솔방울이 달려 있었다. 바람이 불면 불이 조금씩 세어지다가 약해지다가를 반복하고 있었다. 누군가 외쳤다.

　"불이야!"

　"어디 어디?"

　형은 자기 주위를 둘러보았다. 다른 형이 형의 털모자를 얼른 벗겼다. 털모자는 나일론으로 이미 구멍이 나 있고 머리카락도 타들어 가 있었다. 형은 얼른 바닥의 눈을 들어 뒤통수를 문질렀다. 머리가 아픈 것을 그제야 느낀 모양이었다. 뒤통수에 동전만 하게 타들어 간 흔적이 생겼다. 약이 있었으면 금방 나았을 텐데 약이 없고 눈으로만 비비다 보니 상처가 덧났다. 겨우내 사촌 형의 뒤통수에는 동그란 맨살과 고약이 번갈아 드러났다.

사촌 형은 더욱 화가 났다. 이웃 마을에서 던진 깡통에 맞았다고 생각했다. 나에게 깡통을 던지지 않았다고 화를 내려다가 나도 깡통을 던진 것을 알고는 잘했다고 하였다. 사촌 형은 일찍 던진 깡통을 수거 하여 주인을 찾아주고 남은 것은 비축하여 다음날 전쟁을 준비했다. 다음부터는 작전을 세웠다. 들에서 있는 조와 숨어서 공격하는 조로 나누었다. 대부분 전날처럼 들에서 적들을 마주하고 몸집이 작은 세 명은 들과 산의 경계에 있는 산 쪽에 숨어 있게 하였다. 숨어 있다가 적이 도망갈 때 옆에서 갑자기 나타나 깡통을 던지도록 했다. 아무리 생각해도 숨어있는 조가 달리기를 잘해야 할 터인데 사촌 형은 무조건 숨어 있으려면 몸집이 작아야 한다고 우겼다. 한 번 뱉은 말이라 수정하는 것이 그의 자존심 상하는 일인 듯했다.

사촌 형의 지시대로 몸집이 작은 세 명은 불이 새어 나가지 않게 가리고 나갔다. 겨우 불씨만 있는 깡통을 들고 산과 들의 경계에 숨어 있었다. 형의 작전대로 많은 이웃 아이들이 들판으로 우리를 공격해왔다. 나를 비롯해 숨어있는 우리는 무섭기만 하였다. 깡통을 던지다가 이웃 마을 아이들에게 잡히면 맞을 수도 있었다. 형이 무서워 숨어만 있었다.

서로 깡통을 던지고 이웃 마을 아이들이 우리 앞으로 해서 되돌아가고 있었다. 우리 셋은 일제히 깡통을 돌렸다. 두 명은 먼저 던지고 뛰어갔다. 나는 더욱 주저하다가 던지긴 했는데 멀리 나가지 않고 앞에 떨어졌다. 던지고 나서 나도 뒤돌아보지 않고 뛰었다. 거기 더 있다간 이웃 마을 아이들에게 잡힐 것 같아 무조건 뛰어 도망갔다. 왜 서로 싸워야 하는지는 모르지만, 낮에는 눈싸움에 밤에는 쥐불놀이 싸움까지 겨우내 매일 반복되었다.

그날 밤, 마을 확성기에선 사이렌 소리가 울리고 이장님의 말씀이 들렸다.

"마을 입구에 있는 앞산에 불이 났습니다. 마을 어르신들은 전부 불을 끌 도구를 가지고 마을 앞산으로 급히 나오시기 바랍니다. 앞산에 불이 났습니다!"

이장님의 다급한 목소리가 겨울밤을 깨웠다. 불은 논가에서부터 나서 산으로 올라가고 있었다. 우리 마을 사람들뿐 아니라 이웃 마을 사람들까지 전부 모여 불을 껐다. 새벽이 되어서 다 꺼졌다고 했다. 마을 어른들은 쥐불놀이 때문에 불이 난 것이라고 하여 그날부터 그해 쥐불놀이는 금지했다. 이웃 마을도 마찬가지였다. 우리 마을 아이들과 이웃 마을 아이들이 서로 상대편에서 불을 냈다고 했지만, 결론은 없었다.

쥐불놀이는 위험했다. 그냥 불 깡통만 돌리는 것이 아니었다.

'산불은 왜 났을까?'

산불이 나면서 쥐불놀이는 전혀 할 수 없었고 논에서 노는 것도 한동안 못하였다. 우리 마을뿐 아니라 이웃 마을도 마찬가지였다. 아무리 추운 겨울이어도 방안에만 있을 아이들이 아니었다. 우리는 그래도 놀 방법들을 몸으로 알고 있었다.

지리산 언저리이니 많은 눈이 내리고 쌓였다. 많이 올 때에는 허리까지 쌓이는 눈을 헤치고 다녔다. 밤새도록 개가 짖어서 아침에 나가 보면 토끼와 개 발자국이 집 주위를 맴돌았다는 것을 알 수 있었다. 바람이 불면 많은 눈이 논과 논 사이의 높이 쌓여 있는 곳에는 사람 한 키가 넘는 눈이 쌓였다. 이곳에 노루가 빠져 초등학생 형이 노루를 잡아갔다.

눈이 많이 오지 않는 날에도 밭과 들엔 겨우내 눈이 쌓여 있었다.

우리는 누가 지시하거나 시킨 것도 없는데 밭으로 몰려들었다. 약속도 없었다. 밭도 아무 밭이나 모이는 것이 아니었다. 우리가 가는 밭에는 두 종류 밭이 있었다. 무척 큰 밭과 그것 보다는 작은 밭이 붙어 있는 곳이었다. 두 밭 다 보리밭이었다. 밭은 산을 개간하여 만든 것으로 산 위쪽에서 아래쪽으로 이랑을 만들어 보리를 심었다. 겨울에는 보리가 보이지 않고 눈 속을 파보면 보리가 살아 있었다. 가끔 이 보리를 노루가 내려와 파먹기도 했다. 그 옆에 있는 밭은 이것 보다는 크기가 작은 밭이었다. 우리는 비료 포대 속에 늘 짚으로 채워서 베개 모양으로 만들었다. 비료 포대는 비닐로 되어 있어서 잘 미끄러졌다. 눈 위에서도 아주 잘 미끄러져 놀이기구로 충분하였다. 가끔 눈이 거의 없는 길에서 짚을 채우지 않은 비료 포대를 앉아서 타는 애들이 있었다. 이렇게 죽 미끄러지다가 돌멩이 하나라도 만나면 많이 아팠다.

베개 모양으로 만든 비료 포대는 앉아서 타면 푹신푹신해서 엉덩이를 보호해 주었다. 보리밭은 위에서 아래로 이랑을 만들어 보리를 심었기 때문에 눈이 많이 쌓여도 약간의 골이 만들어져 있었다. 이 골에 비료 포대를 놓고 앉으면 골을 따라 밑으로 죽 내려갔다. 밭 밑에도 밭이 있었는데 높이가 1m 정도 차이가 나는 밭이었다. 잘 타는 아이나 나이가 많은 형들은 위의 밭에서 날아서 아래 밭으로 떨어져 두 개 밭을 타고 내려갔다. 내려가는 길이는 한결 늘어났다. 비료 포대를 자신이 들고 다시 위까지 올라와야 하는 문제는 있었다. 그보다 더 큰 문제가 생겼다. 큰 보리밭 주인은 우리가 자기네 밭에서 비료 포대 타는 것을 매우 싫어하였다. 보리가 상한다고 틈만 나면 못 타게 하였다. 그 옆의 작은 보리밭 주인은 우리가 놀아도 특별한 이야기를 하지 않았다. 오히려 겨울에 일부러 보리밭 밟기도 하는데 보리밭 밟는 효과가 있다고 내버려 두었다. 보리는 겨울에 너무 자라면 추운 날 얼어 죽기 때문에 가끔 밟아 주어 웃자라는 것을 막아 주어야 했다. 작은 보리밭 주인은 좋으신데 길이가 조금 짧아서 우리는 주인이 없을 때는 큰 보리밭에서 놀았다.

큰 보리밭에서 놀고 있으면 화가 단단히 난 주인이 우리를 못 들어가게 하고 보리밭 망가진 것을 물리겠다고 난리를 쳤다. 집에도 연락하여 다시는 거기서 놀지 못하게 한다고 하셨고 우리는 집에서부터 잔소리를 들었다.

나는 이때 소심해서 보리밭에서 쭉 내려가는 것에 무서움을 느끼고 있었다. 내겐 너무 빠른 속도로 내려갔다. 형들처럼 아래 밭으로 붕 떠서 내려가는 것을 즐길 처지도 못 되었다. 그래서 속도를 줄여야 했다. 처음에는 비료 포대 옆으로 발을 내밀어 발로 눈을 긁으며 속도를 줄였다. 그렇게 몇 번 하다 보면 바지 속으로 눈이 들어와 바지가 엉망이 되었고 바지에 눈이 녹아서 얼어붙었다. 고민을 해결한 것이 일종의 브레이크를 만드는 것이었다.

처음엔 썰매에 쓰는 못이 박힌 썰매 지팡이를 사용했었다. 비료 포대의 속력이 빠르다 싶으면 앞쪽 가랑이 사이에 막대기를 땅에 꽂아 속도를 줄여 보았다. 이것은 못이 보리를 파내어 정말 보리밭을 망칠 수 있었다. 못이 없는 작은 막대기를 사용하여 속도를 줄였다. 하지만 이것도 성공하지 못하였다. 속도가 느리면 효과가 있었지만 빠를 경우에는 두 다리 사이의 비료 포대 앞에 막대기를 꽂음과 동시에 비료 포대가 빙 돌아 몸이 눈밭에 굴렀다. 비료 포대 뒤에 구멍을 내었다. 속도가 빠르다 싶으면 엉덩이 뒤에 있는 막대기를 땅 쪽으로 눌러 꽂아 속도를 줄여 보았다. 이것이 그래도 효과적이었다. 단점은 있었다. 너무 깊게 땅에 찌르면 보리가 땅 위로 드러날 수가 있었다. 그러면 어느 보리밭 주인이라도 가만히 있지는 않을 것이었다. 내가 개발한 브레이크는 어느새 전부 사용하고 있었다. 다시 높은 곳으로 되돌아 올라오는 모습을 보면 비료 포대만 든 것이 아니라 작은 막대기를 하나씩 들고 있었다.

장날이었다. 긴 보리밭 주인이 밭에 들렀다. 우리는 전부 작은 보리밭에서 놀고 있었다. 그 주인은 화가 잔뜩 나서 우리를 모았다. 우리가 자신의 보리밭을 망쳤다고 화를 내었다. 우리는 전부 아저씨가 타지 말라고 한 뒤로 타지 않았다고 했지만 막무가내였다. 자신의 밭에 보리가 드러난 것을 보여주며 우리가 그랬다고 나무랐다. 분명히 노루 발자국이 있는데도 우리를 나무랐다.

"아저씨 여기 노루 발자국이 있잖아요."

"노루 핑계 대지 마! 내년에 보리가 안 나오면 너희들 전부 변상시킬 테니 그렇게 알아!"

아저씨는 우리를 나무라고 장을 보러 마을을 빠져나갔다.

우리는 이제 우리가 그 밭의 노루도 지켜주어야 하느냐고 불평이 많았다. 누군가 이렇게 말했다.

"이왕 이렇게 된 거 저기서 놀자!"

"그래! 거기서 노나 안 노나 똑같으면 놀아버리지 뭐!"

그날 온종일 큰 보리밭에서 실컷 놀았다. 브레이크는 살살 눈만 눌러 속도를 줄였는데 꾹꾹 눌러가며 속도를 마음대로 줄였다. 저녁이 되자 보리밭 위로 푸릇푸릇한 보리들이 올라와 있었다. 밤이 되면 노루가 땅을 파지도 않고 보리를 전부 먹어 치울 것이었다.

그날 이후로 비료 포대는 타지 않았다. 보리밭 근처에도 가지 않았다. 동산에 올라 대나무로 스키를 만들어 놀았다.

우리가 저녁 늦게까지 보리밭에서 놀지 않자 초저녁부터 산에서 노루가 내려와 보리밭의 보리 순을 다 파먹었다.

할머니 집 울타리에는 옻나무가 한 그루 있었다. 사촌 형은 옻나무를 가리키면서 가까이 가지 말라고 하였다.

"옻이 뭐야?"

"옻도 몰라? 옻나무를 만지거나 가까이 가면 온몸에 빨갛게 두드러기가 나고 가려워."

"형도 옻 올라봤어?"

"옻이 타는 사람도 있고 안타는 사람도 있어. 난 옻을 안 타."

"나고 그랬으면 좋겠다."

옻나무를 유심히 봐 두었다. 온몸이 가려워진다는 생각만으로도 가려운 느낌이 들었다. 저기 근처에도 가지 않을 계획이었다.

겨울에 아버지는 몸에 좋다는 옻닭을 해서 드셨다. 내가 옻이 오를 수도 있다고 해서 아버지만 부엌에서 드셨다.

긴 보리밭 주인아주머니가 우리 집 뒤로 지나가다가 울타리를 두고 할머니와 이야기를 나누었다. 애들이 보리밭을 망쳐 놨다고 했다. 할머니는 꼭 그런 것은 아니라 노루가 보리밭을 망쳐 놓는다고 했다.

"보리는 겨울에 잘 밟아 주어야 웃자라지도 않고 애들이 눈을 다져 주어야 노루도 잘 못 파먹는 법이여."

할머니의 이야기에도 아주머니는 믿지 않는 눈치였다. 옆에 있는 나를 보는 눈초리가 날카롭게 느껴졌다. 나도 그 집 보리밭에서 놀았으니 마을 애들 전부가 미울 수도 있었다. 아주머니는 할머니와 이런 저런 이야기를 했다. 아주머니는 이야기가 길어짐에 따라 나뭇가지 하나를 주워들었다. 껍질을 입으로 벗기고 손으로 톡톡 끊으며 할머니와 정답게 이야기했다.

'와! 옻을 타지 않는 사람도 있다더니 정말.'

"그래도 속상해요."

"그 집은 보리밭이 크잖아. 조금 피해가 있어도 별 지장은 없을 텐데."

"아녜요. 보리 싹이 완전히 다 드러나 있어요."

"그 정도여?"

"예! 그러니까 속상하죠."

아주머니는 나뭇가지를 들고 손으로 비벼가며 할머니와 이야기를 하였다.

아주머니는 할머니에게 인사를 하고 머리에 고무 대야를 이고 가던 길을 계속 가셨다.

아주 순간적이지만 내게 눈을 흘기고 떠나셨다.

며칠 후에 아주머니는 옻이 올랐다고 했다. 온몸에 좁쌀만 한 것이 솟아나서 누워 있는데 어디서 옻이 올랐는지 모른다고 하였다.

'옻을 타는데 왜 옻나무를 물어뜯고 계셨을까?'

봄이 되자 주인이 우려한 대로 긴 보리밭은 보리가 너무 듬성듬성 나서 밭을 갈아엎었다. 마을 사람들은 애들이 놀아야 보리밟기가 되는데 그러지 못하게 했다는 말부터 노루를 퇴치해야 한다는 말까지 여러 이야기가 있었다.

마을의 형들은 아이들을 집합시켰다. 토끼를 잡자고 하였다.
"토끼를 잡아서 키워?"
"탕으로 해먹으려고 그런다."
집토끼도 먹어본 적이 없었다. 이 겨울에 토끼를 잡아서 먹겠다고 했다. 아이들은 종종 있는 일처럼 일사불란하게 움직였다. 산에 올라갈 준비를 하고 지팡이나 창을 들었다. 나는 처음이라 사촌 형 뒤만 따라다녔다. 마을 아이들 대부분이 산으로 출발했다.
산의 바위가 많은 곳을 찾아서 형들이 작은 구멍을 확인하고 토끼집을 찾아내었다.
"여기다."
"여기 굴 입구 바위에 토끼털이 묻어 있잖아."
"토끼는 뒷다리가 길어서 밑으로는 잘 못 뛰고 산 위로는 잘 뛰기 때문에 산 아래로 몰아야 한다."
형들은 토끼 집 주위를 더 살펴 우리를 배치하였다. 토끼는 위급하면 도망가기 위해 비상구를 여러 개 만들어 놓았다. 입구는 오히려 놔두고 비상구 쪽에서 토끼를 놀라게 하였다. 형의 신호에 따라 토끼의 비상구에서 일제히 막대기를 두드리거나 땅속을 쑤셔 대었다. 정말 토끼가 입구로 튀어나왔다. 산토끼는 '깡충깡충'하고 뛰어다니지 않았다. '후다닥'하고 뛰어 나갔다. 토끼는 산 아래쪽이건 위쪽이건 가리지 않고 빠르게 뛰어다녔다. 아무리 날쌘 형이라 해도 잡을 수 없었다. 입구를 지키던 형이 핀잔을 들었지만 내가 생각해도 도저히 잡을 수는 없을 것 같았다. 그렇게 한 시간을 쫓아다녔다. 한 마리를 잡았다. 핀잔을 들은 형이 자신의 손이 까지고 이마에 상처가 생기는 것을 무릅쓰고 덮쳐서 잡았다. 한 마리로 마을 아이들이 다 먹을 양이 되지 않았다. 점점 손발이 차가워지고 춥다는 아이들이 생겨났다. 산에서 내려가야 했다. 잡은 토끼는 한 마리뿐이었다.

산토끼는 우리가 아는 토끼와는 전혀 다르게 보였다. 털을 뜯어 놓고 보니 어린아이 팔뚝보다도 가늘었다. 크기도 쥐보다 조금 크게 보였다. 토끼 손질을 형들이 하였는데 손질이 끝난 토끼는 고등어보다 작았다.

"형! 이거 다 자란 토끼야?"

"산토끼는 뛰어다니기 때문에 집토끼보다 훨씬 작아."

토끼 요리를 하려고 마을 회관에 모였다. 집에서 그릇과 김치를 가져오고 일부는 밥을 들고 왔다. 마을 아이들은 어림잡아 열 명이 넘었다. 저 작은 것 하나를 먹겠다고 전부 기다리고 있었다.

'어떻게 요리를 하지?'

형들은 커다란 가마솥에 시래기와 고사리를 넣었다. 우리가 보는 앞에서 토끼를 통째로 넣었다. 가마솥은 소에게 여물을 먹일 만큼 큰

솥이었다. 한참 끓이다가 커다란 주걱으로 휘휘 저었다. 오래오래 삶았다. 시래기와 고사리가 다 물러졌고 토끼 뼈도 물러져 없어질 정도로 삶았다.

"다 됐다!"

형들은 아이들 모두에게 한 그릇씩 퍼 주었다. 토끼 고기는 전혀 보이지 않았다. 고기 맛도 전혀 나지 않았다. 살 점하나 보이지 않는 토끼탕을 조금 먹어 보았다. 분명히 토끼가 들어가긴 했지만, 아직도 토끼가 어떤 맛인지 알지 못한다. 형들은 거기에 밥을 말아서 먹었다. 아이들은 모두 잘 먹었다고 했다.

'무엇을 잘 먹은 것일까? 토끼는 어디로 갔을까?'

안화동을 떠나며

엄마와 아빠는 우리가 이사를 하게 되었다고 말씀하셨다. 이 마을에 온 것처럼 그렇게 떠나기로 하셨다. 서울에서 안화동으로, 이제 안화동에서 남원으로 떠나야 한다.

"왜 가야 해?"
"여기서 살기 어려워서."
"거기 가면 잘 살아?"
"친척이 많이 사니까 여기보다 나을 거야."
"친구들은?"
"가서 편지하면 되지. 새로운 친구도 사귀고……"

내가 가기 싫다고 되는 것도 아니었다. 부모님이 결정하면 그뿐이었다. 갑자기 이루어진 것은 아니었다. 작은아버지와 고모부가 다녀가신 이후로 빠르게 진행되었다. 엄마와 아버지는 내가 겨울 방학에 남원에 갔다 온 뒤 삼일도 안 되어 결정했다. 아버지는 남원에 가서서 친척들을 만나본 뒤에 결심하신 모양이었다. 우리가 갈 곳이 그곳이라고 했다. 마을에는 우리가 이사한다는 소문이 하루 만에 퍼졌다.

강철이 엄마는 우리 집에서 살다시피 하였다. 짐 정리를 강철이 엄마가 거의 다 하셨다. 짐 하나 싸고 우시고 또 하나 싸고 우셨다. 물건 싸는데 많은 시간이 걸렸다. 물건이 많아서가 아니고 하나하나 사연을 다 회상하느라,

"이거 그때 수원 장에서 산 거 맞지?"

"맞아요. 수원 장에 가서 샀잖아요."

"그때 정수 엄마가 소매치기 잡았었지?"

수원 시장에서 강철이 엄마의 지갑을 청년 한 명이 가져갔다. 가방에서 지갑을 꺼내 가는 데도 엄마만 알아챘다. 정확히 꺼내는 것은 보지 못하시고 지갑을 청년의 소매에 넣은 것을 보셨다. 지갑의 모양과 상황을 파악하신 엄마는 강철이 엄마의 지갑인 줄 아셨다. 강철이 엄마는 자기 지갑이 없어진 줄도 모르고 생선을 구경하고 있었다. 엄마가 갑자기 청년을 쫓아갔다.

"지갑 내놔! 지갑 내놔!"

엄마가 뛰어가자 우리는 모두 같이 뛰었다. 강철이 엄마는 가면서도,

"무슨 일이야?"

강철이 엄마는 우리 지갑을 청년이 가져간 줄 아셨다고 했다. 엄마는 다른 사람들이 듣도록 더 큰소리를 치며 따라갔다. 강철이 엄마는 원래 목소리도 작았고 천식이 있어서 소리를 잘 못 지르셨다. 청년 뒤를 엄마가 쫓아가고 그 뒤를 강철이 엄마와 내가 쫓았다. 청년은 다급했던지 엄마 앞에 지갑을 던져 버리고 갔다. 청년은 엄마를 위협하고 떠났다. 그때 강철이 엄마랑 목도리를 같이 샀었다.

"그 목도리 맞네."

"맞아! 정수 엄마 큰일 날 뻔했어. 해코지라도 하면 어찌하려고 그렇게 쫓아갔어?"

"나도 모르게 뛰었어요. 나중에 보니까 옷 안에 희끗희끗한 것이 흉기 같더라고요. 그걸 보니까 무서운 생각이 들데요."

이 이야기는 그날 저녁부터 해서 두고두고 들었던 내용이었다. 빨래터에서도 듣고 저녁 먹다가 듣고 강철이 엄마도 하고 엄마도 하고 이웃집 아주머니도 하시고.

"이 이불 솜 트는 집에서 안 해준다고 해서 우겨서 했던 거잖아?"

"그래서 강철이네 이불도 같이 해서 했죠?"

"아니 수근이 누나, 근령이 시집 보낼 때 주겠다고 해서 거기하고 같이 했지."

요강도 정성스럽게 씻어서 두었다.

"정수네 요강이 예쁘게 생겼어."

"사기인데도 잘 안 깨지고 오래 써요. 정수가 마당에 떨어뜨렸는데도 멀쩡해요."

"마당에 던졌어?"

"요강 비운다고 들고 가다가 떨어뜨려서 오줌을 온 몸에 뒤집어썼잖아요. 그래서 강철이네 소 구정물 통에 물 받아서 목욕시켰잖아요. 정수가 창피하다고 우는 거 때려가며 씻겼더니 물이 새까매요. 얼마나 때가 많던지……"

"겨울엔 목욕을 잘 안 하니까 우리 애들도 목욕 한 번 하면 물이 까매져. 물 한 번 덥혀서 강근이 씻기고 그 물에 강철이 씻기고 나중에 깨끗한 물로 다시 씻겨야 하지. 물이 한정 없이 들어가."

옆집 사시는 근수 형네 엄마도 오셔서 같이 짐을 싸면서 물건 하나하나에 대한 사연은 늘어났다. 이야기하러 모이는 것인지 짐을 싸러 모이는 것인지 알 수 없었다.

"근수가 타던 스케이트 정수 줄까?"

"정수 발이 작아서 못 신어요. 근수 타야죠."

"근수는 사촌이 타던 스케이트를 또 얻어왔어."

내가 스케이트 구두 밑의 쇠를 닳게 한 그 스케이트였다. 엄마 말이 맞았다. 그냥 줘도 어른이 되기 전까지 내 발엔 커서 탈 수 없었다.

'그래도 받아가지.'

"이 책상 튼튼하게 생겼네."

"10년도 넘었어요. 정수 외삼촌이 쓰던 것인데 오래 썼죠."

튼튼한 나무로 된 책상으로 상판에는 내가 그린 칼자국과 검정 잉크가 번져 있었다. 앉아서 책을 봐야 한다고 '앉은뱅이책상'이라고 불렀다. 그래도 이런 책상이 없는 집은 밥상을 펴놓고 숙제나 공부를 했다. 그에 비하면 요긴한 책상이었다.

"정수가 책상이 있어서 공부를 잘하는구나?"

내 성적을 모르면서 무조건 잘한다고 하셨다.

"서울댁 장독대는 어떻게 하지?"

"고추장만 가져가고 간장이나 된장은 나눠 드리고 가야 할 거 같아요."

"차가오니까 될 수 있으면 가져가야지."

"거기 친척이 있어서 많이는 필요 없을 거예요."

"많아서 버리는 것은 괜찮지만 없으면 불편해."

"정수네는 항아리도 예쁜 것이 많아."

"전에 정수가 머리를 넣어 깨먹은 거 그것이 아주 예쁘고 다른 것은 그저 그래요."

"작은 고추장 단지도 예쁘잖아."

"그거 가져가세요."

"정수네는?"

"그것 말고도 또 있어요. 식구가 없어서 필요 없어요."

'정말 필요 없는 것이라면 왜 가지고 있었을까?'

"아기 옷도 있네?"

"그건 태워 버려야 해요. 정수 동생 있을 때 입히려던 것이었는데……."

어떤 물건은 드리고 가고 어떤 물건은 깨질까 봐 신문지로 겹겹이 쌌다. 드릴 물건은 몇 안 되었다. 이삿짐은 작은 트럭에 전부 싣고도 여유가 많았다.

수원에 계시던 주인아저씨도 오셔서 한 번 더 아버지와 엄마를 설득하였다.

"오래 계시면 이 집과 땅도 다 드리려고 생각하고 있었는데 꼭 떠나야 하겠어요?"

이삿짐을 다 싼 뒤에 인사말이겠지만 그렇게 이야기하셨다.

"시골에 부모님이 연로하셔서 가 봐야 할 것 같습니다. 잘해 주셨는데 많이 섭섭합니다."

마을 사람들은 우리 집에 한 명씩 돌아가며 들렀다. 엄마와 싸운 뒤로 말 한번 안 하시던 성근이 형 엄마도 서운하다며 우유 한 통을 놓고 갔다. 한 분이 다녀가면 다른 한 분이 무언가를 들고 오셨다.

◇◇◇◇

거의 왕래가 없던, 한 번도 가본 적이 없던 마을 뒤편에 사시는 할

머니가 어머니와 나를 저녁 먹으러 오라고 불렀다. 나를 위해서 엿을
고아 놓았다고 하셨다. 이 분과는 지나다니는 길에 인사만 하는 사이
였다. 엄마와도 특별히 친한 할머닌 아니셨다. 그 집에 내 또래가 없
어 드나들 일이 없었다. 들어가 본 적이 없는 집이었다. 그런 분이 우
리가 떠나게 되어 아쉽다고 밥을 같이 먹자고 하셨다. 내게 처음 준
엿은 물엿이었다. 숟가락으로 떠먹고 떡도 찍어 먹었다. 할머니는 엿
을 더 고아 단단한 갱엿을 만들어 비닐로 싸 주었다.

"서울댁은 정수가 크면 잘 될 것이고 고생하지 않아도 될 거야!"

"그래야 할 텐데요."

"정수 눈 좀 봐. 초롱초롱 빛나잖아. 크게 될 아이야!"

엄마와 아버지는 알고 계셨다.

'내가 얼마나 바보스러운지……'

갱엿은 아주 단단해서 가위를 대고 망치로 내리쳐야만 떼어 낼 수
있었다. 먹을 만큼 떼어 내기도 힘들었다. 할머니가 주신 갱엿은 도라
지와 인삼도 넣었다고 하였다. 내겐 단맛만 느껴졌다. 엿을 한참 물고
있어야 조금씩 녹았다. 그때부터 어금니로 지그시 깨물면 살짝 들어
가며 아주 조금 물러졌다. 끈적거리는 것은 어금니를 위와 아래로 붙
여 버릴 것 같았다. 그것을 서서히 씹다 보면 단맛을 즐길 수 있었다.

"엄마 어금니가 빠졌어."

엿 속에서 어금니를 찾아 힘들게 빼내었다. 빠진 어금니는 지붕 위

에 던져야 이가 잘 났기 때문에 엄마는 빠진 이를 지붕에 던지라고 하였다. 앞니도 지붕에 던졌고 어금니는 조금 더 있다가 빠질 줄 알았는데 엿 먹다가 빠져 버렸다.

그 할머니 집 말고도 이사를 하기 전날까지 집마다 돌아가면서 저녁을 먹었다. 특별한 반찬이 있는 집도 있지만 대부분 그냥 저녁밥이었다. 어떤 집은 쌀이 보리보다 많은 집도 있고 보리가 조금 들어간집도 있었다. 용근이와 자주 다투었던 까닭인지 용근이네 외할머니집에서는 나도 모르게 무릎을 꿇게 되었다. 밥은 다른 집보다 맛있는반찬이 많았다.

"편하게 앉아서 먹어라!"

"이게 편해요."

편하다는 말까지 해버려서 더는 어쩔 수 없이 계속 무릎을 꿇고 밥을 먹었다. 발이 저렸지만 참았다. 처음엔 감각이 점점 없어져도 참을만했다. 엄마와 용근이네 식구들과의 정겨운 이야기는 계속되었다.

화장실을 가려고 일어서려다가 앞으로 고꾸라졌다. 다리가 저린 것이 아니고 감각 자체가 없었다.

"아휴! 편히 앉아서 먹으라니까……."

넘어져서 앞니가 빠졌다. 입에서 피가 약간 났고 이마가 금방 부풀어 올랐다. 빠진 이는 주머니에 넣었다.

'지붕에 던져야지.'

며칠 사이에 앞니와 어금니가 빠져 버렸다. 이마나 입이 아픈 것은 전혀 느낄 수 없었다. 그다음부터는 서서히 발이 저렸다. 다리부터 가만히 있어도 찌릿찌릿 거려 움직일 수 없었다. 조금이라도 움직이면 저린 고통이 그대로 느껴졌다.

용근이 할머니는 내 다리를 강제로 피게 하고 힘차게 주물렀다.

"할머니 괜찮아요."

기어들어가는 목소리로 애원하였지만, 용근이 할머니는 친절하게도 내 다리를 계속해서 더욱 힘차게 주무르셨다.

"아이고 얼마나 아플꼬."

'아!'

목소리가 입속으로 기어들어갔다.

엄마와 용근이네 가족과의 대화는 끊임없이 이어졌다.

우리가 안화동을 떠나는 날에도 눈발이 날렸다. 안화동에 오던 날은 3월 말이었다. 그때도 춥고 눈발이 날렸었다. 어제까지도 따뜻하던 날씨가 갑자기 추워졌다. 안화동으로 올 때에는 세 발 트럭이었고 안화동을 떠날 때에는 네 발 트럭이었다. 차가 오고 오전 내 이삿짐을 전부 차에 실었다. 엄마는 운전기사를 대접하느라 달걀을 푼 라면을 끓였다. 강철이네 식구들과 수근이 형네 식구들이 전부 큰 솥에 끓인 라면을 마루에 앉아 먹었다. 이삿짐은 트럭 짐칸에 싣고 검은색 고무 밧줄로 단단히 묶었다. 밧줄이 튼튼히 묶여 있음에도 돌아가며 눌러보고 잡아당겨 보았다.

"남원까지 가려면 바빠요. 서둘러야 합니다."

운전기사님이 아무 말도 하지 않았더라면 계속 그렇게 있을 분위기였다.

"어서 출발해요."

강철이 아버지가 우리를 차에 밀다시피 태웠다.

"왜 그래요?"

강철이 엄마는 강철이 아버지에게 눈치를 하였다.

"늦게 출발하면 위험해. 어서 가야지."

강철이 아버지는 꿋꿋하게 재촉하였다.

앞자리가 조금 넓어 운전 기사분과 우리 셋이 타는 데 크게 불편하지 않았다. 부모님이 불편하셨을 수도 있겠지만 나는 괜찮았다.

우리 집 보물 1호인 라디오는 여전히 엄마가 안고 탔다.

마을 사람들은 손을 흔들며 따라왔다.

"정이 많이 드셨나 봐요."

운전기사 아저씨가 한마디 하였다.

차는 천천히 마을을 벗어났다. 차가 모퉁이를 돌고 아무도 보이지 않았다. 안화동도 보이지 않았다.

엄마는 보이지 않는 안화동을 향해 계속 손을 흔들었다.

차가 안화동을 떠나 한참을 가도 말하는 사람은 없었다.

"정수아!"

어머니의 목소리에 마을이 울린다. 저녁 먹으러 들어오라는 소리이다.

"예 가요!"

아이들은 헤어져 각자 자기 집으로 들어간다.

이곳 지리산 언저리의 한 마을과 안화동의 차이라면 이곳은 산이 많다는 것이다. 높고 큰 산이 마을을 둘러싸고 있다. 산에 올라가서 보아도 온통 산뿐이고 산과 산 사이에 작은 논들이 붙어 있다. 여기에서는 뒷산에만 올라가도 구름을 잡을 수 있다. 비가 오는 날이면 검회색 구름이 쏟아질 듯이 뒷산까지 내려오고 빠르게 움직여간다. 구름을 잡으러 산을 올랐다. 두 팔을 벌리고 구름을 맞이하였다. 안개보다 진한 물 기운이 느껴진다. 잠시 서 있어도 옷이 젖는다. 더 있으면 물에 빠진 몸이 될 것이고 엄마의 꾸중이 걱정되어 산에서 내려간다.

"산에 혼자 올라갔어?"

"멧돼지라도 만나면 어떻게 하려고?"

"비나 구름이나 똑같지. 그게 뭐라고 보러 가?"

"젖은 옷을 입고 다니면 감기 걸리기에 십상이지!"

산이 많아서 토끼나 노루도 자주 보는 짐승들이다. 바위산의 돌을 들추면 한여름에도 얼음이 있는 곳이 있다. 겨울엔 많은 눈이 오고 바람도 세다. 항상 가득 물이 담겨 있는 저수지는 멀리 있고 냇물에는 적지 않은 물고기도 있다. 아이들이 놀 공간은 널려있다. 없으면 우리가 만들어서 논다. 산과 내가 있는 곳이 놀이터이다.

집마다 감나무가 많다. 아무 집이나 홍시가 열리면 마음대로 따먹는다. 많이 따먹어도 감이 줄어드는 것보다 사람이 감나무에서 떨어질 것만 걱정하는 마을이다. 지나가다 배가 고프면 아무 밭에서 무하나 뽑아 먹어도, 오이 하나 따 먹어도 흠이 아니다.

새로운 친구들이지만 안화동 친구들과의 행위에 차이가 없다. 여기는 새로운 사람들이 사는 곳이다. 분명히 새로운 마을인데 안화동과 다르지 않다. 물리적인 생활공간의 차이는 있다.

겉으로는 안화동과 많이 다른데 곰곰이 생각하면 마음이 같은 사람들이다.

"정수야! 빨리 와!"
"예! 지금 가고 있어요!"

이곳이나 안화동이나 사람들이 사는 마을이다.

안화동 연가

초판 1쇄 인쇄 2016년 06월 21일
초판 1쇄 발행 2016년 06월 27일

지은이 한영수
펴낸이 김양수
편집 디자인 곽세진

펴낸곳 휴앤스토리 **출판등록** 제2016-000014
주소 (우 10387) 경기도 고양시 일산서구 중앙로 1456(주엽동) 서현프라자 604호
대표전화 031.906.5006 **팩스** 031.906.5079
이메일 okbook1234@naver.com **홈페이지** www.booksam.co.kr

ISBN 979-11-957879-5-1 (03810)

*이 책의 국립중앙도서관 출판시도서목록은 서지정보유통지원시스템 홈페이지(http://seoji.
nl.go.kr)와 국가자료공동목록시스템(http://www.nl.go.kr/kolisnet)에서 이용하실 수 있습니다.
(CIP제어번호 : CIP2016015237)